「おお、これはなかなか……
いやいや、これは短すぎじゃろう……
うむ、わしの美少女っぷりは留まるところを知らぬのぅ！」

「シャルウィナさんの髪、凄く艶やかで綺麗ですわね」
イリス
シャルウィナ
「お肌も凄くつやつやですー」
エスメラルダ

「あんなに
嬉しそうに笑う
イリスを見るのって、
どのくらいぶりなんだろうって」
そう言葉を続けたアルマは、
ミラの背に、
そのままそっと背を
預けるようにして触れる。
まるでこれまでの、
そしてこれからの信頼を
表すかのように。
アルマ
ミラ

賢者の弟子を名乗る賢者 18

りゅうせんひろつぐ／著

藤ちょこ／イラスト

「……この変態が！」
GC NOVELS
She professed herself pupil of the wise man.
story by hirotsugu ryusen, illustration by fuzichoco

賢者の弟子を名乗る賢者
She professed herself pupil of the wise man.
18

〈1〉

空は快晴。ニルヴァーナの首都ラトナトラヤは、今日も今日とて闘技大会の熱気に包まれていた。本戦出場をかけて行われる予選の時点で、既に観客達のボルテージは上がる一方だ。そして闘技場周辺にもその熱は伝播していき、多くの屋台やイベント会場は人々の歓声で溢れている。

今のニルヴァーナは、大陸で最も賑やかで活気に満ちていると言っても過言ではないだろう。

だが同じニルヴァーナ皇国内において、それこそ対照的なほど静かで重苦しい空気が漂う場所があった。

それは、王城にある会議室だ。

「さて、どうしよっか」

そう言葉を発したのは、女王のアルマだ。そして彼女が見回す中にミラの姿もあった。

多くの策をもって、悪の組織『イラ・ムエルテ』のメンバーの捕縛に成功したミラ達。今は一通りの尋問を終え、こうして会議室に集まったところだ。

カグラの自白の術により、『イラ・ムエルテ』の最高幹部であると判明した侵入者の一人、ガローバ。彼の口からは膨大な情報を得る事が出来た。

「今回の情報をどう活かすかじゃが、まずは残り二人の確保が、やはり一番じゃろうな」

『イラ・ムエルテ』について多くの情報を得られた今、その支配下にある組織の摘発、各国に潜入している工作員の検挙など、次に打てる手が一気に広がった。

その中でも特に重要なのは、残る最高幹部二人の身柄を確保する事だろうとミラが告げる。

ガローバから名を訊き出せた最高幹部は、三人。その内の一人はラストラーダ扮する怪盗ファジーダイスの活躍によって、既に牢獄送りとなっていた。

よって身柄を拘束する必要があるのは、あと二人。巫女イリスに嫌がらせをしているユーグストと、ヒルヴェランズ盗賊団を率いるイグナーツだ。

「俺もそう思います。その四人を束ねていたというボスについても気になるけど、まずはこちらの動きを悟られる前に残り二人を終わらせてしまった方がいい」

ミラの提案にノインが同意を示す。何かとミラの言葉と行動に振り回されている彼だが、今回については その限りではないようだ。

ガローバから訊き出した『イラ・ムエルテ』のボスについては、まだはっきりわかっていない部分が多い。真のボスがいるという本拠地は、海のどこかにあるという程度のものだ。そして他の最高幹部達も、同程度しか知らないだろうとの事だった。

最高幹部を全員捕まえたところで、そのトップには届かないわけだ。

しかし、より深くガローバを尋問したところで、幾らかの足掛かりが見つかった。真のボスに迫る僅かな可能性が存在していたのだ。

そしてその可能性は、ガローバ達が真のボスを信頼しきっていなかったからこそ生まれたものであった。

ガローバから訊き出した情報によると、どうやら真のボスにはガローバ達と違う目的があったらしい。時に、まったく稼ぎにならない指示を出し、多くの駒を無意味に消費していたというのだ。

だからこそ最高幹部達は、そこに不信感を募らせていた。そうして、いざという時には本拠地を襲撃して全てを奪おうなどと画策していた。

そのために四人は、秘密裏に本拠地の場所を特定するための術具を準備したという。

ただ、相手に悟られないため、また互いに先走らないよう牽制するため、その術具は四つ揃える事で機能する仕組みになっているそうだ。

つまりは最高幹部四人全員を押さえなければ、どの道真のボスまで辿り着けないわけである。

「私もそれが一番だと思うわ。捕まえたら、もう後はカグラさんに術具の隠し場所を訊き出してもらうだけよね」

だからこそ優先するべきは、最高幹部の捕縛だとエスメラルダも頷いた。真のボスについても気になるが、現時点では手の出しようがないとわかっての発言だ。

本拠地を捜そうにも、場所は広大な大海原のどこか。加えて方角すらわかっていない今、発見は絶望的である。

ガローバ達が用意したという術具に賭けるのが、今出来る最善といえた。

「まあ、それしかないわよね」

カグラもまた、その通りだと答える。それが『イラ・ムエルテ』攻略の最後のカギであると。

こうして全員の意思が一致したところで、次の話し合いに移る。

「それじゃあまず先に、ガローバとトルリ公爵が保管していた術具の回収についてだけど」

犯罪組織『イラ・ムエルテ』の本拠地発見の鍵となる術具入手について、アルマは初めに、攻略済みとなっている二人分をどうするかと話題に挙げた。

ガローバが保管している分だが、この点については既に在りかが判明していた。カグラが術で洗いざらい自白させたからだ。

「一つは私がぴゅーっと行って回収してきますよ。ピー助を飛ばせば早いですから」

ガローバ所有の術具については、そうカグラが申し出た。

ガローバの隠れ家は、ニルヴァーナの東にある群島の一つ。その特定も完了している今、ピー助の速度なら日帰りで行けるだろう。

「ありがとうカグラちゃん。それじゃあ、そっちは任せるね」

こうしてガローバについては、簡単に目処が立った。

次に回収したいのはトルリ公爵が持つ術具だが、これが少々面倒そうだ。

まず秘匿されている術具の在りかを知るトルリ公爵は今、監獄の中である。更に現在は、その私財やら何やらの一切合切がグリムダートの管理下に置かれていた。

よって、こちらにもピー助を飛ばして、さくっと回収してくるというわけにはいかない状況にあるのだ。

「頭の固い国だけど……うん、こっちは私がどうにかするしかないかなぁ」

グリムダートに交渉してみると言ったアルマは、ため息交じりに苦笑した。

しっかりとした理由はあるものの、いわばそちらの国の公爵の私物を寄こせという交渉だ。しかも、かの犯罪組織『イラ・ムエルテ』に関係する品である。

その件に関わらせろといった返事が来るのは目に見えていた。これを壊滅させたとなれば、自国の公爵がしでかした不祥事も多少は誤魔化せるだろうからだ。

なるべく早く交渉を終わらせたい。アルマは最後に「終わらせる」という約束ではなく、ただ希望を述べてトルリ公爵の件を預かりとした。

「未確保の二人の分は、まずは制圧から始めないとよね」

続き議題に挙がったのは、身柄の確保からが始まりとなる二人。イグナーツとユーグストについてだ。

その中でも特に問題なのが、イグナーツである。

「軍団規模の盗賊団ともなると、ただの盗賊狩りとは訳が違ってきます。これを、どのように攻めたものか……」

そう答えたノインは、また厄介な事になったと眉間に皺を寄せた。

数千人規模の大盗賊団。これを攻略するには相応の戦力だけでなく、周辺地域に敗走した盗賊が散らばらないように配慮する必要もあった。

大切なのは、数だ。盗賊団を逃がさないだけの兵士を揃えなければ、イグナーツを捕縛出来たとしても、その後の対応が困難極まる事になる。

数といえばミラお得意の『軍勢』だが、そこでノインが付け加えた。自身とミラとでの攻略を行ったとして、イグナーツの捕縛は出来そうだが完全勝利は難しいと。

盗賊団の規模と要塞の広さ、当該の地形からして、『軍勢』とて完全にはカバー出来ないだろうとの事だ。

「それなら、こういうのはどうかしら?」

一同がどうしたものかと考える中、そう口にしたのはエスメラルダだった。なんと、盗賊団を殲滅出来るだけの戦力と、完全に封じ込めるだけの兵力に当てがあるそうなのだ。

それはどんな案かと問うたところ、アトランティス王国の力を借りるというものだった。

エスメラルダ曰く、以前に別件でアトランティスに協力した事があるらしい。

その礼として、要請すればアトランティス王国から『名も無き四十八将軍』を五人派遣するという密約を交わしているというのだ。

「それとね、アトランティスの将軍が五人も出張ってくるってなったら、周辺の国も動かせそうじゃないかしら」

アトランティスの将軍が動く。それは他の国を動かすための要因になると、エスメラルダは言う。中でも特に、盗賊団をどうにかしたくとも軍事力の及ばない周辺の小国が狙い目だと。

それらの国から兵を集めれば、包囲出来るだけの数は揃う。

今のままなら揃えただけでは戦力不足だが、アトランティスの将軍がそこに加わるとなれば勝率は十割だ。そして兵士達が相手をする事になるのは、激戦場から命からがら逃走した残党である。

これまで高い料金を盗賊団に払わざるを得なかった国なら、きっとこの話に乗ってくるはずだ。そうエスメラルダは続けた。

「ほぅ、それは良い手じゃな」

勝機があるどころか、現状における最善にも思える案だとして、支持するミラ。

「あいつらが出てくるなら、どうにかなりそうですね」

ノインもまた乗り気だ。

というのもアトランティスの将軍は、滅多に他国の問題には介入しないという前提があった。

それは『名も無き四十八将軍』という看板が、それだけ重く強大な影響力を持つためである。加えてアトランティス王国がこの三十年の間に積み重ねてきた平和への貢献は、将軍達に正義の使徒という印象を根付かせていた。

そんな将軍達がいよいよ盗賊団の討伐に動くとなれば、周辺諸国が大いに触発されるのは間違いない。

そうなれば問題解決のため、他国に後れを取らないためにと、周辺諸国から兵が集まるだろう。むしろ、ここで出兵しなければ国のメンツが潰れるとさえ言える。

実現すれば、ヒルヴェランズ盗賊団の壊滅も時間の問題というわけだ。

「よし、それでいきましょ！」

アルマもまた同意すると、イグナーツの対応はエスメラルダの案で決定となった。

そうして、三つの方針が固まった。残るは、変態といっても過言ではない『闇路の支配者、ユーグスト・グラーディン』だけだ。

「それじゃあ、最後の一人だけど――」

アルマが議題に出したところで、すっと手を挙げた者がいた。

「――わしが行こう。イリスの分も、たっぷりぶん殴ってやらねば気が済まぬのでな」

立候補したのはミラだった。

巫女の能力への対抗策として、イリスを男性恐怖症にした挙句、今でも酷い事を続けているユーグスト。奴には、とびきりきつい仕置きが必要だと、それはもうヤル気満々だ。

「うんうん、思いっきりやってやらないとだよね！」

ミラの言葉にこれでもかと同意するアルマ。だが、今のミラには大切な役目があった。

そう、イリスの護衛である。

「でもそうなると、暫《しばら》く離れる事になっちゃうか。イリスの方は大丈夫？」

鉄壁の要塞にいるといっても過言ではないイリス。とはいえ万が一という事も有り得る。

実際、暗殺者のガローバ達が、王城の深くにある特別監獄にまで侵入していた。しかもそこで、標的であるヨーグの口封じまで成功させている。

なお、ガローバから訊き出した手口は、特別な毒蜂を使うというものだった。

標的であるヨーグの匂いを覚えさせてから放つ事で、後は毒蜂が格子をすり抜け、武具精霊にも感知されず仕事を全うしたわけである。

他にも、彼のような暗殺者がいないとも限らない。ゆえに最後の砦として、ミラが護衛についているのだ。

「それならば、心配はないじゃろう。わしがここにいる今でも、しかと団員一号と騎士達が護っておる。加えてユーグストをしばきに行く時は、シャルウィナを置いてゆこう。本好きで、最近は漫画にも嵌っておるようなのでな。きっとイリスとも話が合うじゃろう」

心配そうなアルマに対してミラは全く問題ないと、それはもう自信満々に答えた。

今のイリスの部屋は、この国で一番安全な場所であると同時に、不届きものには一番危険な場所になっていると。

「うっわ、とんでもないな……っていうか、騎士達って大丈夫なのか？　あれだよな、武具精霊だよな？　見た目からしてイリスちゃんの男性恐怖症が反応しそうなんだが……」

そう懸念を口にするノイン。そこには不安だけでなく、どこか希望めいた色も交じっていた。武具精霊が大丈夫だったなら、同じような鎧があれば護衛に紛れ込めるのでは、などと考えているようだ。

だが、その希望は叶わぬもの。

「うむ、それは問題ない。監獄に配置したものと同じようにステルス状態で待機させておるからのぅ。そもそもイリスは灰騎士がいる事に気付いてすらおらぬじゃろう。あの部屋は、既にわしが何日か空けたところで問題はないくらいに固めておるぞ」

イリスの部屋のあちらこちらに配置されている灰騎士の護衛。見た目の威圧感は相当である事に加え、その体躯も極めて雄々《おお》しいものだ。ノインが言うように、男性恐怖症が反応する恐れは十分にあった。

だからこそのステルスだ。現状その存在を知るのはミラと団員一号のみである。

「流石、じぃじ。やっぱり任せて正解ね」

思った通りの仕事ぶりだと称賛したアルマは、だからこそユーグストをミラに任せると続けた。

イリスと共に過ごしたミラだからこそユーグストへの怨みも託せると。

そうして一先《ひとま》ず、術具入手までの基本方針は決まった。

と、そこまでの話し合いが終わったところで、気付けばすっかりと夜になっていた。

〈2〉


夕食の時間を既に過ぎていたという事で、この日の会議はお開きとなった。作戦の実行日といった詳細は各国との話を終えてから再度決定するとして、まずはみんなでイリスの部屋に向かった。

その途中、アルマはカグラにイリスについて話す。その能力の事を。ゆえに、機密情報をイリスの前で口にしてはいけないと。

「大変な能力なのね。でも、わかったわ。注意しておく」

情報によっては漏洩《ろうえい》を防ぐために、ユーグストへの能力の使用を制限しなくてはいけない。そうなれば、こちらもまた情報を得られず、同時に怪しい動きをしないように見張る事も出来なくなる。

ガローバを確保した今、その事実は直ぐに伝わるだろう。となれば、間違いなくユーグストにも動きがあるはずだ。それを確認出来ないのは、大きな痛手となるわけだ。

よってカグラだけでなく、その事をしっかりと再認識して全員で頷き合った。

やがて、大きな金属扉の前に到着したミラ達。扉を開けて、さあ行こうというところだが、ここで一人が脱落となる。

ノインだ。

「いや、そんなに睨まれても、どうしようもないじゃろう」

男子禁制となる巫女の部屋。その扉の外から恨みがましく睨んでくるノイン。対してミラは、殊更見せつけるように扉を抜けていく。

なお、その隣。途中で色々な事情を聞いたカグラは、ノインをからかうミラを見つめながら呆れたようにため息を吐いていた。

そうこうしつつ庭を抜けて階段を上がる。やってきたリビングでは、イリスが団員一号と仲良くテレビ観賞をしていた。随分と夢中なようで、ミラ達が来た事にすらまだ気付いていないようだ。

そんな中でもしっかりと気付いていた団員一号だったが、そこに居並ぶ顔ぶれを見た直後、ヘビに睨まれたカエルの如く硬直する。

「さあイリス、一緒に夕食にしましょ」

夢中な様子のイリスを前に、いつもの事だと笑いながら声をかけるアルマ。

「うわぁ、いらっしゃいませー！」

ようやく気づいたのか振り向いたイリスは、同時に四人もそこにいる事に驚き、満面に花が咲くような笑みを浮かべた。

ただ、その直後である。イリスにとって更に驚く事が起きた。

原因はカグラだ。目にも留まらぬ速さで襲い掛かったのである。――団員一号に。

「あぁん、団員一号くーん！　久しぶりー！」

「にぎゃー！　団長ー！　カグラの姐さんが来るにゃら教えてほしかったですにゃー！」

大の猫好きなカグラにとって団員一号の存在は、それはもう猫にまたたびであった。

激し過ぎるカグラの愛情表現に身動きが取れなくなりつつも、［ヘルプ！］と書かれたプラカードを振って救助を求める団員一号。

けれどミラ達は誰も動かない。ああなったカグラは止められない事を――ああなったカグラを止めてはいけない事をよく知っているからだ。

「あ、あの……」

そんな中、果敢にもカグラに声をかけるイリス。そしてカグラに真っ直ぐ「初めまして、イリスって言います！」と、それはもう元気はつらつに挨拶したではないか。

「え？　あ、えっと……ウズメ、です」

あまりにも純粋な、そして無垢な笑顔を向けられたためか。己の欲望をこれでもかと発散していたカグラは、面喰らったようだ。どこかきょとんとした後、取り繕うように団員一号を解放して名乗る。

ただ、それを聞いたイリスは少し考えるように間を置いてから、ゆっくりと首を傾げていった。

「ウズメさん、ですか？　でもさっき団員一号さんがカグラの姐さんって言ってたような……」

そう、イリスは聞き逃していなかったのだ。思わず叫んだ団員一号の言葉を。その中に出てきた、カグラという名前を。

「あ……」

思わぬ場面での名前バレである。しかも状況はそれだけに終わらなかった。

「カグラさん……どこかで聞いたような……」

イリスはその名に心当たりがあると考え始める。そうして次の瞬間に、これでもかと驚きながら期待に満ちた顔でそれを口にした。

「もしかして！　あの九賢者のカグラさんですか!?」

そう、イリスは団員一号の一言から、謎の少女の正体が『七星のカグラ』だと気付いてしまったのだ。

今はまだ公式に発表されていない九賢者の生存。だがそれはいずれわかる事だ。イリスに知られたとして、彼女もまた国の重役である。その点は、わかってくれるだろう。

だが、問題は別にある。この状態でイリスが能力を使えば、九賢者のカグラがニルヴァーナに協力しているとユーグスト側に伝わってしまう事だ。

「あー、えっと……」

どうしようと振り返るカグラ。対してアルマとエスメラルダも難しい表情だ。

カグラの事は、今のところ国家機密扱いとなっている。加えて九賢者ほどの戦力が追加されたとなれば、『イラ・ムエルテ』の警戒度がより高くなるのは確実だ。

場合によっては、ニルヴァーナとアルカイトで戦争準備を進めているだとか、九賢者と十二使徒で何かを企んでいるだとかいう悪い噂を立てられかねない。

そして悪い噂は、悪い噂を呼ぶ。そうなれば周辺諸国に疑念が生じ、対『イラ・ムエルテ』としての戦力をも動かし辛くなる恐れがあった。

今の世界では、それほどまでに九賢者という称号は重いものになっているのだ。

それをよく知るアルマとエスメラルダは、様々な影響を考慮して悩む。イリスに、どう答えるべきかと。

「あ……」

イリスもまた、その様子から勘付いたようだった。これは自分が知ってはいけない、巫女としての力を持つ者が知ってはいけない秘密であったと。

九賢者のカグラ。そんな物語にもなっている英雄かもしれないと期待した表情から一転、失敗したとばかりに肩を落とすイリス。

と、そうした中、あっさりとそれを口にした者がいた。

「うむ、その通り。何を隠そうこの者こそが、かの九賢者が一人『七星のカグラ』本人じゃ！」

そう完膚なきまでに秘密を明かしたのは、ミラであった。

「ちょっ……!?　おじ――ミラちゃん!?」

慌てたように振り返るカグラ。また、アルマとエスメラルダも『どうするの？』といった顔を向けた。

その秘密を守るべき立場でありながら、イリスにそれを告げたミラ。そこには確かな決意が秘められていた。

「一番の問題は、ユーグストの動向が今後把握出来なくなるという事だけじゃろう？　ならば、わかっている今のうちにとっ捕まえればよいだけの話じゃ。そうすれば、もう能力を使わなくとも済むのじゃからな」

ユーグストが支配する、膨大な裏通商路。それは荷物だけでなく人も運べるものであり、つまりはいざという時の逃走経路にもなり得るものだ。

重要なそれを、ユーグストがまだ隠している可能性は高い。ガローバを捕まえた今、それが一番の警戒どころといえるだろう。

けれどカグラの存在が知られたら、それは同時に相手側につけ入る隙を与える事となる。

だからこそミラは提案した。ユーグストの居場所が割れているうちに、今夜にでも出発し明日で終わらせればいいと。

「むしろ捕まえてしまえば、後はもうカグラの術で何でも白状させられる。じゃからな、もう気にしなくてもよいのじゃよ」

更にカグラが持つ自白の術についてまでも明かしたミラは、そうイリスに優しく微笑んだ。

イリスに見られる事を前提に、ユーグストが講じた対抗策の数々。そこには無垢な少女が男性恐怖症になってしまうほどの苦痛があった。

それでもイリスがやめなかったのは、彼女もまたその胸に正義を秘めていたからだ。

そんなイリスに、もう大丈夫だと笑いかけるミラ。もう能力を使う必要はないと。その苦痛は、今日で終わりだと。

「え!?　そう、なんですか？」

驚いたように、それでいて戸惑いがちな反応をみせるイリス。

ただ、それも仕方がないだろう。能力を使い始めてから今まで、そういった重要な話はイリスに聞こえないところでしており、またイリスも、そういった話を聞かないように努めてきたのだ。

聞いてしまっていいのだろうか、知ってしまっていいのだろうかと、イリスは不安げな表情を浮かべる。

「――そうそう、気にしなくていいから。今日ね、『イラ・ムエルテ』の最高幹部の一人であるガローバって男を捕まえたの。そいつからカグラちゃんが、沢山の情報を訊き出してくれたわ。他の幹部の居場所だとか色々とね！」

ミラに続き、そう口にしたのはアルマだった。イリスにこれ以上辛い思いをさせないため、頑張る事を止めさせるというミラの意図に、その言葉でもって賛同する。

これまでは、決してイリスの前では話す事のなかった『イラ・ムエルテ』に関する情報を堂々と告げたのだ。

「……そういう事。今までご苦労様、イリスちゃん。後は、私達に任せて。ばっちり壊滅させちゃうわ」

エスメラルダもまた、同じ気持ちのようだ。それはもう母のように穏やかな笑みを湛えて、自信満々に言ってみせた。

そのようにして三人は、イリスがカグラの正体に気付いた事も一切問題はなかったといったように振る舞う。

するとイリスもまた、そんな三人を見て、もう大丈夫なのだなと理解していく。

「わかりました！」

皆が頑張った事で、『イラ・ムエルテ』の攻略の目処が立った。その功労者の一人であるイリスは、三人の言葉に大いに喜んだ。

そしてミラの「たっぷりとお仕置きしてくるからのぅ」という一言に「思いっきりよろしくお願いします」と真剣味溢れる顔で返したのだった。


もう能力を使わなくてもいい。そうイリスに告げた後は夕食の時間だ。

アルマが用意した、どこか家庭的な料理の数々がテーブルに並ぶ。一見すると一般家庭の食卓に近いメニューばかりである。

けれど、そこは女王が用意したものだ。使われている素材が雲泥の差であった。百グラムで一万リフはするような最高級の牛肉で作った肉じゃがなどといった料理が並ぶ。

ゆえに、この日の食卓もまた格別なものであり、どれもこれもが絶品だった。

そのためか今日もまた幸せそうに、たらふくかき込んでいるミラ。

いつも通りの夕食だ。しかし、それでいていつもとは違うところがあった。

それは、この場に九賢者の一人であるカグラがいる事だ。

「カッコいいですー！」

そう大いに盛り上がるイリス。カグラの正体を知ったイリスは、それはもう興奮した様子であり、ずっとこの調子で話しているのだ。

読書好きなイリスは、だからこそ当然読破していた。『九賢者物語』の全シリーズを。

アルカイト王国の英雄であると同時に、物語の主人公でもある九賢者は、それはもう子供達に大人気だった。

イリスもまた、その例に漏れず、子供時代にそれはもうどっぷりだったわけだ。本にあったエピソードはどこまでが本当で、どこまでが脚色なのかと突っ込んだ質問をしたり、このダンジョンはどうだったのかといったものや、この場面で手に入れたお宝は結局どうしたのかといったところまで好奇心のまま追及したりしていく。

よくそこまで詳しく知っているものだと、ミラ達が驚くほどの知識量だ。そんなイリスは、ファンであると同時に真実を追い求める記者の如きであった。

「──というわけで直ぐに散財しちゃうから、一ヶ月も持たなかったのよね」

軽く億は超える財宝を入手した九賢者達。けれど、それも束の間。だいたい直ぐに使い切ってしまう者ばかりだと、遠い目で苦笑するカグラ。

有意義だったり無駄だったり――無駄が多いくらいだった当時を思い出しているようだ。

「凄いですー！　でも、だからあんなに研究が盛んなんですね！」

多くの失敗の上に成功がある。術の研究のために、国の発展のために稼ぎをつぎ込んできた九賢者。

その情熱に感銘を受けて興奮するイリス。

まだまだイリスが胸に秘める話題は尽きず、この日の夕食は、いつもより長くかかるのだった。

〈3〉


あれよあれよという間に過ぎ去った夕食の時間。

エスメラルダは、まだまだ残っている仕事のため、また明日と職場に戻っていった。大陸最大規模の祭典が開催中なだけに、エスメラルダが統括する救護班は昼夜を問わず大忙しなのだ。

カグラは、対『イラ・ムエルテ』の終盤戦ともいえる現状を放ってはおけないとして、暫くはここに残ってくれるそうだ。今はアルマが用意した部屋で休んでいる。

そして、真のボスがいるという場所を特定出来る術具を入手するため、ピー助をガローバの拠点に向けて放っている頃だ。

明日中には、一つ目が手に入る事だろう。

アルマは、『イラ・ムエルテ』の壊滅を目指す協力国に呼びかけての緊急国際会議中だ。

先程話し合っていた、『名も無き四十八将軍』の派遣やら周辺諸国への出兵要請やら、トルリ公爵の術具の引き渡しといった交渉をしている。

なお、ユーグストの件で渡したいものがあるとの事で、ミラは出発前に一度アルマのところに立ち寄る予定である。

そのようにして皆が己に出来る事を遂行する中、ミラもまた準備を始めていた。

リビングに浮かぶのは、ロザリオの召喚陣が二つ。

いったい何が始まるのかと、イリスは団員一号を喚《よ》び出した時以来の召喚術に期待に胸を高鳴らせている。

そうした中で、ミラはその言葉を紡いだ。

『天翔ける乙女に問おう。戦場にて、勝利を導く者の名は』

『問いにお答えします。その名は、シャルウィナ。数多《あまた》の戦術を今ここに』

どこからともなく返ってくる声。それと同時に、ロザリオの召喚陣が眩く輝き出した。

『我がもとへ参じよ』

【召喚術：ヴァルキリー】

その言葉と共に魔法陣が一際輝いた直後、そこにふわりと一人の戦乙女が降り立った。

整った容姿に知性溢れる目をした彼女は、本をこよなく愛するヴァルキリー七姉妹の四女、シャルウィナだ。

ただ、今まで個別に召喚される事が少なかったためか、どこか緊張した面持ちである。

「ふぅ……よし！　召喚に従い参上しま――」

「――ヴァルキリーさんですー！」

ここが決めどころだと気合を入れて跪《ひざまず》き挨拶を述べようとしたシャルウィナだったが、初めて見るヴァルキリーの姿を前にしてイリスが堪え切れなくなったようだ。それはもう、満面の笑みで叫んで

いた。

「えー……っと……」

これでもかと屈託のない期待の眼差しを向けられたシャルウィナは、戸惑い気味にミラを仰ぐ。これは、どういった状況なのだろうかと。

「こほん、あー、シャルウィナや。こちらはニルヴァーナの巫女のイリスじゃ。そしてイリスや。この者は見ての通り、ヴァルキリーのシャルウィナじゃ」

興奮した様子のイリスを宥めるようにしつつ、まずはそのように紹介したミラは、更に振り向いてシャルウィナの事も紹介した。

「初めまして、シャルウィナさん！　イリスですー！」

「あ、えっと、シャルウィナです」

輝くような笑顔でシャルウィナの手を取るイリス。

シャルウィナはというと、まだ戸惑った様子ではあるものの、イリスの無邪気さに少し絆《ほだ》されてきたようだ。そっと微笑み返していた。

「さて、シャルウィナよ。お主を喚んだのは他でもない。イリスの護衛を頼みたくてのぅ」

ミラは改めてそう説明した。単体で召喚した理由は、このイリスを護ってほしいからだと。

「護衛、ですか？　……しかしながら主様。それでしたら、アルフィナ姉様の方がよろしいのではないでしょうか？」

ミラからの要請を把握したシャルウィナは、少し考え込んだ後に、そう進言した。護衛という事なら何よりも攻守に優れたアルフィナが最適だと。

事実、ヴァルキリー七姉妹の長女であるアルフィナは、姉妹の中で最強。誰よりも確実に護衛対象を護り切る事が出来るだろう。

だが今回の場合は少しだけ状況が特殊であり、ミラの考えもまた少し違っていた。

「うむ、護衛だけでみればそうなのかもしれぬ。じゃが、今回はお主こそが適任なのじゃよ」

そう答えたミラは、そのままイリスに視線を向ける。そして「イリスも大の本好きでのぅ。きっと話が合うと思うてな」と続けた。

ミラがアルフィナではなくシャルウィナを選んだのは、二人の相性を考えての事でもあったわけだ。

「まあ、なんとそうなのですかイリス様！」

「もしかしてシャルウィナさんもですか!?」

ミラの一言をきっかけにして、両者の目の色がガラリと変わる。

片や、訓練と主しか頭にない長女を筆頭に、書物とはほぼ無縁の姉妹達ばかりなシャルウィナ。その中でシャルウィナ以外に唯一本を読むのは三女のフローディナだが、彼女が読むのは料理本のみだ。本の内容について、そこで繰り広げられる壮大な物語について、シャルウィナが心の底から語り合えるような相手はいなかった。

ゆえに彼女は、同好の士を強く求めていた。

また、イリスも似たようなものだった。

身の安全のため、この特別な部屋で暮らす巫女のイリス。外には出られはしないものの、ここには魔導テレビがある。更にイリスの大好きな本も沢山あった。何時間でも何日でも楽しんでいられるほどに大量な本が。

だが彼女にもまた、その楽しいを共有出来る相手がいなかった。

アルマやエスメラルダは多少話せるものの、本を、そこに綴《つづ》られる内容を心から愛しているわけではない。そのため、想いの熱量が違うのだ。

イリスには、心の底から大好きな本の事で語り合える相手がいなかった。

そんな二人が、ここで出逢った。

「あの……『真夜中図書館』は、読みましたか？」

イリスが恐る恐る窺うように、それでいて期待するように問う。それはきっと本のタイトルだろう。

しかも、特にイリスのお気に入りのようだ。

当然読んだ事のないミラは、シャルウィナの反応に注目する。

「ええ、プリム・ルヴァラン先生の真夜中シリーズの歴史的一作目ですね。読みましたとも！　一気に物語がひっくり返ったあの中盤は、今でも一字一句記憶に焼きついております！」

その反応は、想像以上であった。

イリスが挙げた本のタイトル。特にこういった場面において一番初めに口にするタイトルには、読書家としての自己紹介的な意味がある。

そのタイトルに含まれる様々な要素。そこから読み解ける趣味嗜好。どのような本を好み、どのように感じるのか。本好きとしてのパーソナリティが集約されるのが、この一番に口にする本であるからだ。

シャルウィナはイリスが挙げた本のタイトルから、それを読み取った。そして察したのだと思われる。イリスとは趣味が合いそうだと。

「わわ！　私もですー！　あの場面は、もう忘れようにも忘れられません！」

シャルウィナに対するイリスの反応もまた、それはもう輝かんばかりのものだった。

ようやく分かり合える者と出逢えた、ようやく好きなものを思い切り話し合える者と出逢えた。そんな今まで叶わなかった感情が爆発したようで、次から次へとイリスの口からは好きという感情が溢れ出していく。

また、シャルウィナも同じだけの熱量をもって返していた。

二人は試すように、それでいて確かめ合うかのように言葉を交わし、互いの距離を縮めていく。

そして『夜は明けて、また次の夜が始まる』などと揃って口にした二人は、微笑み合った後に、まるで健闘を称えるかのように手を握り合った。

それはもう、友達を飛び越えて親友にでもなったかのようにも見える光景である。

「あのあの、シャルウィナさんは、他にどのような本を読んでいるんですか!?」

もはやミラの存在など忘れたかのように、シャルウィナにべったりとなったイリス。

「そうですね……やはり、その……最近は恋愛ものが多いでしょうか。特にミイロ・リング先生の著書は、その透き通るような表現が特に好きですね」

ヴァルハラには、イリスのような存在がいなかったからだろう。シャルウィナもまた、ここぞとばかりに語る。

「わかりますー！　あのキラキラした雰囲気、私も好きですー！」

「そうですよね！　だから先生の本はどれも好きなんですけど、『黄色い空』は、なんだか中途半端に終わった感じなのが気になっています」

「え？　それでしたら続編の『青色流星群』を読めば……まだ読んでいませんか？」

「え？　続編があったんですか!?　うう……ヴァルハラって流通がほとんどないから、たまたま出入口近くを通る行商人から買い付けるくらいしか出来ないんです。まさか続編が出ているなんて……！」

スッキリしない結末の物語には、まだ続きがあった。その事実を知ったシャルウィナは、知らなかった事に落ち込むと同時に続きがあるのかと喜んだ。

「あ、それでしたら上の階の書庫にありますのでご覧になりますか？　他にも本はいっぱいありますよー！」

イリスがそう提案した直後だ。これ以上はないくらいの笑みを浮かべて、シャルウィナは「お願いします！」と即答した。

「ではな、シャルウィナよ。イリスをよろしく頼んだぞ。ああ、それと読書はほどほどにのぅ。あとイリスや、シャルウィナの事もよろしく頼む。本の事になると直ぐに徹夜するのでな」

いざ、ユーグストが拠点としているミディトリアの歓楽街に向けて出発する前。書庫に釣られて目的を忘れ気味なシャルウィナに念を押すと共に、イリスにもその面倒を頼むミラ。

護衛という役目だけでなく、二人が友達になればと考えての召喚であったが、どうにもシャルウィナのはしゃぎようの方が上だったからだ。

それは旅行先でテンションの上がった子供を、親族に預けるような状況に近い。

「お任せください！」

「わかりましたー」

そう答えたシャルウィナとイリスに、「では、いってくる」と告げて歩き出すミラ。二人の返事をその背に受けて進み、途中でふと振り返って手を振った。

余程待ちきれなかったのだろう、二人は書庫のある上の階に駆けていくところであった。

ミラは所在なげに右手を下ろし駆け出した。

ミディトリアの街は、アーク大陸の南部にある。位置的には、ニルヴァーナよりずっと西に向かった先だ。

一度アルマの部屋に寄って意味ありげな箱と書類を受け取った後、夜遅くにニルヴァーナを出たミラは今、空の上。

ガルーダが運ぶワゴンの中で、どのようにしてユーグストを捕まえようかと作戦を考えていた。

相手は大陸最大の犯罪組織とされる『イラ・ムエルテ』だ。その最高幹部ともなれば、相応の実力を有していると思われる。

加えて、かつてはかのキメラクローゼンとも繋がりがあったという話だ。ガローバが精霊爆弾を持っていた事からして、ユーグストも切り札めいたものを何かしら所持している確率は高い。

「街中で精霊爆弾を使われては一大事じゃ──」

精霊爆弾か精霊武具か。はたまた別の何かか。ともあれ、禁制品の術具まで持ち出すような輩である。油断は出来ない。街の住民を盾にするなどという非道な事も当たり前に行ってきそうだ。

そういった様々な要素を考慮しながら、ミラは幾つもの作戦を組み上げていった。

そうこうして時間は過ぎていき、次の日の朝。作戦を考えながら眠ってしまったミラは、むくりと起き上がり、寝ぼけまなこで窓の外に目を向ける。

見るとそこには、朝日に煌《きらめ》く草原が広がっていた。

「おお……キラキラな朝じゃのぅ」

ぼんやりした頭に映える、爽やかな朝の風景。鮮やかに広がる緑と、澄み渡る空の青、そして遠くには街の輪郭も見えた。目的地である、ミディトリアの街だ。

流石はガルーダである。一夜にして、ニルヴァーナの首都からここまで飛んでこれたわけだ。

しかも、目的の街が見えながらも目立たない場所にワゴンは下ろされていた。なんと行き届いた配慮だろうか。

ワゴンから出ると、寄り添うように待機しているガルーダの姿があった。そのまま不寝番もしてくれていたようだ。

「ご苦労じゃったな、ガルーダや。お陰でゆっくりと休めた。感謝するぞ」

朝まで眠れたお陰で気力は十分。そして標的がいるはずの目的地は目の前。万全の態勢である。ミラはガルーダに触れながら存分に労《ねぎら》い礼を言う。そして感謝の気持ちとばかりに買い込んであった沢山の肉をガルーダに与えた。

「うむうむ、そうか美味いか。それは何よりじゃ」

ミラが手ずからという事もあってか、ガルーダは随分と嬉しそうだった。加えて、なかなか上質な肉を買っていた事もあってか、それはもういい食べっぷりだ。十何キロとあった肉が、瞬く間にガルーダの腹に収まっていく。

そうして満足した様子のガルーダを送還したミラは、朝の支度を済ませてから自身の朝食を始める。

アイテムボックスから取り出したのは、レストランでテイクアウトしたふわとろオムライスだ。

「朝からがっつりいけるとは、やはり若さじゃのぅ」

朝起きて、まださほど経っていないというのに大盛オムライスをぺろりと平らげる事が出来た。ミラは若さ弾ける身体に感心しつつ、食後のデザートとしてマーテル特製の果物も一つ口にする。

朝からがっつり食べて、しかも果物ブーストまで重ねていく。それもこれも、今日これから始める大捕り物に備えてのものだ。

「さて、気付かれては面倒じゃからな」

精霊女王が来たと、街で噂されるわけにはいかない。そう考えたミラは早速ワゴンの中に篭り、変装を始めた。

ユーグストは、精霊女王が巫女の護衛のためにニルヴァーナにいると知っている。

その精霊女王が護衛を離れてまで、この街にやってきた。ガローバ捕縛の件が伝わっているならば、きっといち早くその理由を察するはずだ。

だからこその変装である。

ミラは、マジカルナイツの広報であるテレサにしてもらった事を思い出しつつ、髪を黒く染めていく。そして、その際に貰った服に着替えた。

これで、普通の可愛らしい町娘の出来上がりだ。かと思いきや、どうにもテレサのようにうまくはいかず、黒髪はグラデーション気味になってしまっていた。

一見すると、どことなくギャルっぽい印象だ。

「まあ、あれじゃよ。これは、オシャレというやつじゃ。うむ」

鏡で仕上がりを確認したミラは、そう誰にともなく言い訳を口にする。

ともあれ、一目見て精霊女王だと気付ける者はいないだろう出来栄えである。準備は完了だ。

道具を片付けワゴンを収納したミラは、その足でミディトリアの街に向かった。

〈4〉


「思った以上にでっかい街じゃったのぅ……」

ミディトリアの街にやってきてから三時間後。ユーグストの情報収集ついでに様子見も兼ねて街を一巡りしたミラは、小さなカフェの片隅で休憩していた。

街の広さは、だいたい三キロメートル四方の中に収まる程度。その範囲に多くの建物がひしめき合っている。その上、人の密度もかなりのものであり、非常に賑わっている街であるといえた。

そしてユーグストがいるのは、この街の歓楽街という話であったが、ここで一つの問題が発生する。

ミディトリアの街は、かなり特殊な街であり、なんと全体の七割近くが歓楽街になっていたのだ。

街にある飲食店の九割方は、酒をメインにした酒場やバーやパブであり、レストランや今いるカフェなどは、ほんの一握りしかない。

他にも、キャバクラやホストクラブ、ラブホテルにショー劇場の類もそこかしこに見受けられた。

加えて風俗店までも、その中に堂々と立ち並んでいるという具合だ。大通りには、娼婦や男娼と思われる者達の姿も多く確認出来た。

雑貨などを扱うような店に並んでいるのは、甘味から煙草といった嗜好品が主だ。しかも場所によっては、禁止と指定まではされていないが怪しい薬物の類まで堂々と陳列されている始末である。

また何よりも、この街の中心には群を抜いて大きなカジノ施設がどんと鎮座していた。街のどの建造物よりも広く高い建物だ。

その外観は、もはや王城といっても過言ではない風格だった。

ミラが感じた、このミディトリアの街の印象。それは娯楽特化で節操がなく、華やかでありながらも品がないといったものだった。

人によっては、まるで夢のような街にも見えるだろう。だがそれでいて厳しい現実も内包した、欲望渦巻く大人の街。

それが、ミディトリアという場所であったのだ。

(さて、どう調査したものか)

まだ正午近い時間でありながら、漂う雰囲気は夜のそれなミディトリアの大通り。その様子を窓から眺めつつ、ミラは、どうやってここからユーグストを見つけようかと考える。

ガローバから得られた情報は、ミディトリアの歓楽街を根城にしているというもの。詳細な場所というのは彼も把握していなかったため、ここからは、この広い歓楽街を捜し回らなくてはいけないわけだ。

まさか、街の大半が歓楽街だったとは。これは想定外だと、ミラはパラダイスオレを飲みながら、ため息を零した。

(目で捜す……のは、流石に無謀じゃな)

元プレイヤーだけが持つ目を利用して、街の者達を片っ端から調べていくという手もある。だが、それには顔が見える位置まで近づかなくてはならず、何よりも対象人数が桁違いだ。現実的な案とはいえなかった。

（しかも、ワーズランベールの力を借りられないのも難点じゃな）

調査などの際に大活躍するのが、静寂の精霊ワーズランベールだ。その隠蔽能力によって、重要な場所だろうと何だろうと入り放題調べ放題なのだが、今回は少々状況が違っていた。

その原因は、歓楽街全体に設置された防犯用の術具の存在である。

建物の上や路地の出入り口、店舗の前など、ミラは街を見て回った三時間のうちに、それを何十と目にしていた。そして、あれは何かと気になり近くの店の店主に問うたのだ。

その答えが、防犯のための術具という事だった。

街のほとんどが歓楽街という、このミディトリアの街。真っ当な店もあれば怪しい店も多く、それだけに治安が良いとは言えない環境である。

しかもこの街には、大陸でも最大級のカジノ施設がど真ん中に存在している。日によっては、貿易が盛んな街を超えるほどの金が動いているのだ。

ともなれば、集まった欲望を獲物にする悪党というのも、この街には多く流れ込んでくるわけだ。

（しかしまあ、何とも豪気な者がいるものじゃな）

防犯用の術具は、そういったならず者達から街の利益を守るために、そして誰もが安心して楽しめるようにと、この街に住む謎の重鎮が私財で設置してくれたものだそうだ。

しかも、すこぶる高性能ときたものだ。

その効果は、術や術具といった類の効果で存在を誤魔化している者、つまりは偽装したり隠れ潜んでいたりする者をことごとく感知してしまうらしい。

更に活性化したマナの感知――いうなれば術などの発動にも反応するとの事だ。

しかもこの術具が反応すれば、一分も経たずに警備兵が駆け付けるようになっているというではないか。

その効果は確かなようで、店主の話によると今では滅多にそういった輩が街に紛れ込む事はなく、術を使うような物騒な喧嘩も起きなくなったそうだ。

(実験してみたいところじゃが、警戒されては面倒じゃからのぅ、どうしたものか)

防犯用の術具に対して、ワーズランベールの力は通用するのか。そこが非常に気になっていたミラ。

光学迷彩のみならず、音やマナ、気配までも隠蔽してしまえる静寂の力だ。そこらの犯罪に利用されるような術具などとは格が違うのである。

だが、それでも絶対ではない。加えて術具の感知方式が判明していない点も懸念材料だ。もしかすると、静寂の力すらも見破ってしまう事だって十分に考えられた。

だからこその実験ではあるが、術具の方がずっと優秀で感知されてしまった場合が問題だった。

それはつまり何者かが隠れて潜入しているという事実を伝える事となるからだ。

ユーグストは、かの『イラ・ムエルテ』の最高幹部である。この防犯用術具の感知報告を受け取れる立場にある事はほぼ確実だ。

場合によっては、むしろ『イラ・ムエルテ』を追う者達を素早く見つけるために、ユーグストがこれを設置したという可能性だってある。

そう、街の利益がどうやらというのは建前であり、こういった時のために防犯用術具を配置したのだと。

そんな代物だ。これには触れないのが賢明だろう。

（もうガローバの件が伝わっているかもしれぬからな。下手に刺激しない方がよいじゃろう）

最高幹部の一人であるガローバが、ニルヴァーナ側に拘束された。その情報が既にユーグストに伝わっていたとしたらどうか。その次の日に近くまで侵入者がやってきたともなれば、間違いなく刺客の存在を疑うはずだ。

（そう、ここで逃げられるわけにはいかん。慎重に、慎重にいかねばならぬ……）

実験したいという欲に駆られるミラ。だがどうにかそれを抑えて、地道に捜査していく事を決めた。

とはいえ、ならばどうやって捜すかという問題にまた戻る。

（聞き込みは……駄目じゃな）

最高幹部という点からして、ユーグストはこの街の大物として知られている可能性が高い。加えてイリスの例を見る限り、かなり度を越した変態だ。ともなれば、この街に詳しい者から話を聞けば、その居場所を絞り込めるだろう。

だが同時に、こちらが調べている事が相手側に伝わってしまうという恐れもあった。ユーグストが、この街の誰と繋がっているのかわからないからだ。

もしも運悪く繋がりのある者に尋ねてしまったとしたら、面倒な刺客を送り込まれたり、とっとと逃げられたりするだろう。

つまりミラは動きを掴まれないように、また誰にもそうと覚《さと》られずにユーグストを捜さなくてはいけないわけだ。

(んーむ……ここはやはり、捜査の原点に立ち戻るべきじゃな、うむうむ)

よって色々と考えた結果、こっそりと足で捜す以外の方法を思い付けなかったミラであった。

地道に足で捜す。そう決めたミラはカフェを出た後、人目につかなそうな場所を探して路地裏に入り込んでいく。

だが、どうにもこういった街だからだろうか、歓楽街でなくとも人目につかなそうな場所には先客がいた。実にお盛んで情熱的な街だ。

また路地裏などには、そういった事を求める者達が集まっているようで、そんなところをうろついていれば誘われるのも必然だ。

しかも、極めて積極的である。

（うーむ……こっちは変態共の巣窟《そうくつ》じゃな……）

最初に街を一巡りした時は、大通りが中心だった。その際は幾らかの視線を感じたものの、それ以上の事はなかった。

だが裏側に入り込むと、まったく別な街の顔が見えてくる。ただの少女ならば、きっと食いものにされていたであろう危険な街だ。

けれど、ただの少女ではないミラにしてみると、ただ変態めいた者が多いだけの場所だった。

「ふむ、ここでよいか」

迫る男らを軽くあしらい、さっさと路地裏から抜けて歓楽街からも出たミラは、近くの安宿で部屋を取る。宿泊だけでなく、三時間の休憩で三千リフという料金設定もある宿だ。

なお受付は、少女が一人できたという事もあって不思議そうな顔をしていた。

「さて――」

さほど広くなく、中央に大きなベッドが居座るその部屋。

人目に付かず、更に防犯用の術具も近くにない事を確認したミラは、ここで召喚術を行使した。

【召喚術：クー・シー】

現れたのは、小さな魔法陣。そこから、ぴょこっと頭を出すのは、シーズーのような子犬の姿をしたワントソだ。

ワントソはしっかりと安全確認をするように、そして何かを警戒するかのようにきょろりきょろりと周囲を見回す。

そして「猫はいないですワン」と呟き、ぴょんと魔法陣から飛び出して、たたたとミラの許に駆けてきた。

「オーナー殿。吾輩の出番ですワン？」

出番がよほど嬉しいようだ。ミラの足元に到着するなり、そのつぶらな瞳をキラキラさせながら期待に満ちた顔で見上げてくるクー・シーのワントソ。

「うむ、ワントソ君や。今回は、お主でなければ難しい状況でのぅ。力を貸してくれるか」

「もちろんですワン！」

ミラが頼むとワントソは、ぱたぱたと尻尾を振って答えた。それはもう、やる気満々だ。

ワントソは、ケット・シーである団員一号と同じく、諜報関係の能力に優れた頼りになる仲間だ。

また、それでいて両者の能力は大きく違う。

団員一号が、直感や技術といった面で仕事をこなす行動タイプに対し、ワントソは計算や推理といった頭脳タイプであるのだ。

そしてもう一つ、ワントソならではの特技があった。

「では早速、これなのじゃがな――」

そう言ってミラが取り出したのは、小さな箱だった。ニルヴァーナを発つ前にアルマから預かってきたうちの一つだ。

ユーグストの件で渡したいものがあると言ったアルマ。蓋を開けると、そこには数本の髪の毛が入っていた。そう、ユーグストの毛髪である。

イリスが、その能力を行使するために使用しているものの他、いざという時のための予備として数本が保管されていた。

けれど、ここで終わりにするのならば、もう、いざという時の予備は必要ないとしてミラに預けられたものだ。

『じぃじの仲間なら、これを有効活用出来るよね』

それが、これを受け取る際にアルマが口にした言葉だ。

事実、この毛髪を有効活用する手段がミラにはあった。

毛髪は、呪術などの触媒としても活用出来る。だが今回ミラがとる手段は、もっと単純で正攻法なやり方だ。

「さあ、ワントソや。この匂いの人物が、この街のどこかにいるそうでな。お主の鼻で捜してくれぬか」

そう、匂いの追跡である。特にワントソの鼻というと、その嗅覚は、もはや人の常識では収まらない域にあった。

加えてワントソは、クー・シーだけが使えるという特別な魔法の使い手でもある。その魔法を使えば覚えた匂いを、空間的に認識してしまえるのだ。

つまり、ユーグストがワントソの嗅覚か魔法範囲内に入れば、たちどころに位置を特定出来るというわけである。

ただ歓楽街には防犯用の術具があるため、今回はこの魔法はお預けになりそうだ。

「お任せくださいですワン！」

胸を張って答えたワントソは、鼻をクンクンいわせて匂いを覚えた。これで後は、街を回って捜すだけだ。

隅から隅まで歩けば、どこかで見つけられる。とはいえ、こういう時はそれなりに狙いをつけるのが定石というものだ。

既に下見を済ませているミラは、その中でも可能性の高そうな場所を頭の中でピックアップしていった。

〈5〉


捜索の準備を整えたミラは、早速街へと繰り出した。

その際にワントソを抱きかかえる。

この街は、人の欲望が中心に据えられたものだ。ゆえに精霊やら何やらといった存在の姿が他の街に比べ極めて少なかった。

小型犬に近いとはいえ、動く姿を見ればクー・シーだと気づく者もいるだろう。そして、そんな人の欲望とは程遠い存在がこのような街にいる事は、かなり珍しく映るはずだ。加えて、クー・シーの鼻と魔法は有名である。

ゆえに、何か探しているのかと思う者が出てくるかもしれない。

ユーグストに勘付かれるような要素は、極力抑えるべきだ。そう思ったミラが考えた策が、ぬいぐるみ作戦だった。

ミラが少女の身体という事も相まって、この作戦は一切の違和感なく嵌っていた。今のワントソは、少女に抱かれた子犬のぬいぐるみ以外の何物でもない。

なお、ぬいぐるみどうこうよりも、一人で休憩に入り十数分程度で部屋から出てきたミラに受付の者はかなりの疑問顔だったりしたのだが、ミラ本人は一切気付く様子もなかった。

『この近くには、いないようですワン』

大通りに出て直ぐに周囲を嗅ぎ分けたワントソが、そう報告する。この辺りにユーグストの匂いの残滓は、まったくないようだ。

『ふむ、そうか。まあ、この辺りならば仕方がないじゃろうな』

召喚契約による繋がりを介する事で、口に出さずとも会話が可能だ。だからこそ、ばっちり調査を行っているにもかかわらず、今のミラはぬいぐるみを抱いた女の子以外の何ものでもなかった。ただ場所柄的に、少しマニア向けに見えるだけだ。

『まずは、街の中心からいくとしようか』

ミラが入った宿も含め、近辺は比較的に低価格な店が多く集まっていた。

この街は、それぞれの地区によって格付けのようなものがある。それを下調べしていた際に知ったミラは、ここでは見つからなくても当然だろうと足を進める。

向かう先は最高級の店が集まる、街の中心部だ。

標的は、大陸最大とされる犯罪組織『イラ・ムエルテ』の最高幹部。ともなれば、最大最高の場所を根城としているに違いない。それがミラの予想であった。

特に一番怪しい場所といえば、この街で最も大きくて、最も金が動く場所。カジノだ。

そこを目的地として、ミラは確信めいた足取りで大通りを進んでいった。

ミディトリアの街には、嗜好品が溢れている。それは大人向けが大半を占めるが、中には老若男女問わず好まれるものもまた含まれていた。

カジノに向かう道中、ミラはそういった嗜好品が集まる通りを選んで歩く。一般人として周囲に溶け込むためにだ。

その通りの名は、『シュガーストリート』。その名の通り、甘味の集まるスイーツ天国である。

他の地区とはえらく印象が違う場所だが、どこの世界でもスイーツ人気は共通であり、ここもまた人の姿が多かった。特にというべきか、やはりというべきか、女性の人数が飛び抜けて多い。

だからこそミラも、うまく紛れ込めていた。

『これまた、ここだけ別世界じゃな！』

『甘い匂いで溢れていますワン』

大人の欲望が渦巻く街の只中に、子供の夢のような光景が広がっている。その光景を前にして目を輝かせたミラであるが、ちらりと店を覗き込んだ直後に、その顔を凍らせた。

その店は、チョコレートの専門店だった。店内には甘いチョコレートの香りが漂っており、ショーケースにはまるで宝石のようなチョコレートが並んでいた。

どれもこれも、食べるのがもったいなくなるような、それでいて幾らでも食べてしまいたくなるような素晴らしいチョコレートばかりである。

だが、だからこそミラは戦慄したのだ。その値段に。

なんと、どれもこれも一粒で二千リフ以上するのである。そう、一粒で二千リフなのだ。

『これはチョコレートではない……ショコラじゃ！』

ショコラはチョコレートの上位互換。何となくそんなイメージを持っているミラは、店内に並ぶ贅沢品の数々を見回しながら、これ全部で何百万リフするのだろうかなどと考えつつ、そっとその場を後にした。

そのように途中途中で惹かれる店を覗いてみては、その高級さに震えるミラ。『シュガーストリート』は子供が喜びそうな場所だったが、実際は子供では手が出せないような大人の場所であった。

ここにはショコラだけでなくアイスクリームやケーキ、プリンに和菓子まで揃っている。

ミラはそれらの店を背にして思う。今回の用事を達成した暁には、思う存分に買って帰ると。それは頑張った自分へのご褒美であると。

『さあ、もうすぐじゃ！』

『はい、ですワン！』

スイーツの誘惑を断ち切るようにして『シュガーストリート』を抜けたミラは、いよいよミディトリアの街の中心地に到着した。

そこは、一目で特別だとわかる地区だ。

中央に鎮座するのは、この街の象徴たる巨大建造物。窓などは一切なく、内外を繋ぐのは、四ヶ所の出入り口のみとなっている。

それらの出入り口には屈強なガードマンが待機しており、またその周囲にも、これを警備する兵士達の姿が見受けられた。

徹底的に管理がされた場所だが、最も特徴的なのはそこではない。何といっても一番目につくのは、その外見だ。

『しかしまあ、ピッカピカじゃのぅ……』

『すごい迫力ですワン……』

ミディトリアの象徴であるカジノは、全てが黄金色に輝いていたのだ。

さながら、黄金宮殿とでもいおうか。カジノを飾る彫刻なども、もちろん全てが金箔仕様。屋根も壁も階段も悉《ことごと》くがきんきらきんであり、その存在感たるや悪趣味という領域を通り越して感心すらしてしまうほどの絢爛《けんらん》さであった。

『ではワントソ君や。頼んだぞ』

『お任せくださいですワン』

街一番の建造物。そして街一番の警備体制が敷かれたカジノは、潜伏するのにもってこいの場所といえる。

ここのどこかにユーグストが。そう狙いを定めて、一歩二歩とずんずんカジノに近づいていくミラ。

そしてその手に抱かれたワントソは、自慢の鼻で周囲を捜索していった。

最も賑わう場所だけあって、ここに漂う人の匂いは数十、数百程度では収まらない。ゆうに千を超える匂いの痕跡が雑多に混じっている。その中から特定の匂いを捜し出すのは至難の業といえるだろう。

だが、クー・シーであるワントソの鼻は、そんな条件下であろうとも嗅ぎ分けられる特別なものであった。

そんなワントソが出した答え。それは『近くに標的はおりませんワン』というものだった。

『なん、じゃと……』

少しでも出入りしていれば、匂いは残る。それをワントソが見逃すはずはない。

だが、唯一例外もある。それは日数だ。流石のワントソとて、完全に匂いが散ってしまう程に月日が経過していれば、感知は出来ないというもの。

そこでミラは考えた。巫女のイリスに見張られていた事もあり、極力情報を与えないよう、敵はずっと外に出ず引き篭っていたのではないかと。

となれば、中もしっかりと確認しておいた方がよさそうだ。

とはいえ、カジノには立ち入り禁止区域も多い。そういった場所にユーグストがいた場合は、どうしたらいいか。

場所が場所だけに警備は厳重だ。加えてカジノ内には、更に強力な防犯用術具があるという話である。ワーズランベールの力を借りられるかも難しいところだ。

『ふむ、ここは一先ず……』

どうしたものかと考えたミラは、ここを後回しにして、もう一つの潜伏候補から回ろうかと考えた。

街を一巡りした時にミラは、ユーグストが潜伏している可能性が高そうな場所として二ヶ所に目を付けていた。

一つが、このカジノ。そしてもう一つは、アルマやイリスから聞いた、ユーグストの変態性を考慮した候補地だ。

それは街の端にありながら、カジノの次に金が動く地区。花街特区だった。

この街の特徴といえば、いたるところに風俗店がある事。

だが、そういった店は全てが、いわゆる大衆向けの店とされていた。一度利用するのに十万リフなんてかかったりもするが、それでもまだ花街特区に比べれば大衆的であるというのだから、その特別具合が窺えるだろう。

花街特区。そこは一夜の夢を売る店の中でも最上級クラスばかりが集まる、不夜の領域。

いつでも、どんな遊びも思いのままである。つまりはイリスに嫌がらせをするのもまた、ここならば簡単に行えるといえた。

だからこそ、かの変態であるユーグストが根城にしている可能性が高いというわけだ。

(むしろ男ならば、こっちじゃろうか……)

カジノと花街特区。引き籠るとするならどちらか。そう改めて考えたミラは、さほど悩まず答えに至る。

ユーグストがいるのは、きっと間違いなく男の夢が叶う花街特区だと。

『ふむ、閃いたぞ。きっと、向こうじゃ！』

欲望に従っての取捨選択ではなく、あくまで推理した結果だ。そんな顔で歩き出したミラは、少しだけ足早に花街特区へと向かうのだった。


カジノ地区から花街特区まで、一キロメートルと少々。ミラはワントソを抱きかかえたまま、一直線に続く通りを進んでいた。

その途中の事だ。

「なぁ、ヘレンちゃん。今夜店に行ってもいいかい？　もうヘレンちゃんが恋しくて恋しくて眠れそうにないんだよ」

すぐ前方で屈強な男が綺麗なお姉さんに絡む――というより縋《すが》りつくような様子で、そんな事を口にしていた。

とはいえ、この街では一夜限りの自由恋愛が当たり前。こういった場面は、あちらこちらで見かけられる。そして男女は仲良く店に消えていくのだ。

なんてフリーダムな街なのだろうと、改めて思いながら通り過ぎるミラ。

その後である。続くヘレンというお姉さんの言葉が何気なく聞こえてきた。

「えっとねぇ……うーん、お店はちょっとかなぁ。でも出張サービスの方なら大丈夫ですよ」

流石は数多くの風俗店が集まる街だ。店舗型と派遣型の両方を兼ね備えているようである。

つまりは店で気に入ったのなら、自分の宿に連れ込みゆっくりと愛し合うなどという選択も出来るわけだ。

ただし屈強な男の反応からして、出張サービスの方は店舗でのサービスよりも割高らしい。どうにか店の方でと泣きついている。

ただ、お姉さんは出張サービスなら二人きりになれるからと、そちらを推し続けていた。きっと割高な分、そちらの方がお姉さんの上がりも多いのだろう。

（こうなっては、男が勝てる要素は無いのぅ）

好いた方が負けだ。結果、割高な出張サービスで決まり、お姉さんは意気揚々とした足取りでミラの隣を通り過ぎていった。

対して、出費が嵩《かさ》んだ男の方はというと。

（まあ、幸せそうで何よりじゃな）

振り向いてみると、今夜に想いを馳せているのだろう。男は既に夢見心地といった顔をしていた。

そういった交渉やら何やらがそこかしこで行われている大通り。そこには男だ女だといった違いはなく、ミラもまた幾度となく声を掛けられていた。主に風俗店側の者と、一夜の愛を求める者などだ。

ただ、中には優しい笑顔で近づいてくる女性もいた。そしてさりげなく、宿に連れ込もうとするのである。

更には男同士で宿に消えていく姿も、ここでは日常茶飯事のようだ。

流石は、自由恋愛の街。ここには男女の垣根というものも存在しなかった。それでいてこの街では

これが常識だからか、弁《わきま》えている者がほとんどだ。

いいえと断れば、それで終《しま》い。多少粘る男もいたが、ミラが目配せすれば、すぐさま通りすがりの

警備兵が引き剥がして終了だ。

風紀の乱れそうな街ではあるが、だからこそ管理が行き届いていた。

全体の七割が歓楽街で、欲望入り交じる大人の店がそこかしこにあると聞けば、ともすると犯罪の

匂いで満ち満ちていそうな印象を受けるだろう。

だが実際に見て回ると、何ともクリーンな街であった。

6

幾度か誘いを断りつつ歩いていくと、いよいよ大通りの終着点、そして花街特区の入口が見えてきた。

「これまた何とも立派な門構えじゃのぅ……」

花街特区と、そうではない地区の境界線。それは目に見えて明らかであった。その一角は、立派な塀でしっかりと囲われていたからだ。

だがそれでいて、出入りが厳しいというわけでもない。

大通りの突き当たりに位置する場所には、いわゆる楼門と呼ばれるものが聳《そび》えていた。神社仏閣などで見かける事のある、二階建ての門だ。

ミラの正面に現れたそれは、デザインこそ洋風であり、さながら城塞の門にも見える。

今は完全に開け放たれており、門番といった役目の者もいないため、出入りも自由な状態だ。だが、その一歩先は特別な場所であると強く認識させる、そんな風格がその楼門にはあった。

「さて、わしも行くとしようか」

ミラより前に、とても気合の入った一人の男が楼門を潜っていった。彼の一歩は、覚悟を決めた男のものだ。

力強く、そして雄々しい。まるで戦場にでも臨むかのようであり、それでいて足取りは浮かれ切った遊び人のそれである。

花街特区。何とも不可思議な場所だ。

そんな場所へと遂に足を踏み入れた。そして楼門を越えた直後に、ミラは全身を震わせる。それは気持ちの問題か。それとも確かな何かがそこにあるのか。ガラリと雰囲気が変わるのを、その身で感じたからだ。

（なんと……想像していたのと、全然違うのぅ）

花街特区は、大人達の欲望が行き交う歓楽街の頂点。男と女と金と酒が溢れる、それこそ絢爛でいて妖艶な場所を思い浮かべていたミラは、目の前に広がった光景に衝撃を受けた。

そこは印象とは正反対に、伝統と格式に彩られた古都さながらな街並みであったからだ。

思い浮かべていたような夜の街といった要素は一切見られず、その景観にはむしろ清廉さすらあった。

全体的に白く落ち着いた建造物の数々は、どれも立派であり、一見するならば貴族街とでもいった様相だ。

けれど贅沢な飾りといったものは見受けられず、かといって質素とも違う気品が、そこかしこに溢れていた。

（なんとも洒落たところじゃのぅ）

まるで別の場所と間違えてしまったかのような錯覚にすら陥りそうな光景であった。しかし周りを見渡せば、この場所こそが花街特区であると確信出来る。

通りには見目麗しい美女達が揃っており、瞬く間に男達を篭絡《ろうらく》しているからだ。

『さて、ゆくぞ、ワントソ君や。ここからが本番じゃ』

『はいですワン！』

花街特区に踏み込んだミラは、ワントソをしっかりと抱きかかえたまま、その深部に向かって歩き出した。

最高級の店ばかりが集まる花街特区。ここにもまた、その中心に特別な場所があった。

それは、城である。やや小ぶりではあるものの王城の如き建物が、そこにどんと建っているのだ。

いったい何の店なのか、どういった施設なのか。詳細は不明であるが、そこもまた悪の幹部が根城にしていそうな気配に満ちているように見えた。よってミラは、まず初めにその城を確認しようと考えたわけだ。

城の周囲をぐるりとワントソに確かめてもらえば、きっと何か嗅ぎつけてくれるはずだ。そんな自信を持って、ミラは通りを進んでいく。

（流石じゃな……とんでもない別嬪さんばかりじゃ……）

調査は鼻を利かせるワントソに任せ——きりにはせず、これも調査の一環であるといった真剣な面持ちで辺りを見て回るミラ。

目に入るのは、とにかく別格としか言いようのない美女ばかりである。正に、エリート中のエリートだ。

また、もう一つ目に入るのは、そんな美女達に手玉に取られる男達の姿である。いざ決戦といった顔で店に入る者もいれば、成仏でもしてしまいそうな顔で店から出てくる者もいた。

そして彼らの顔には、一片の悔いも浮かんではいなかった。

幸せそうなら何よりだ。そう男達のささやかな夢の一時を応援しつつ、更にずんずんと歩いていた時だ。

「こんにちは、お嬢さん」

そう声をかけられたのだ。

振り向けば、そこにはぴしりとしたコートを羽織った身なりの良い男がいた。穏やかな笑みを浮かべる彼は、それこそどこぞの貴族とでもいったような風貌である。

しかも相手に威圧感を与えないよう、一定の距離を空けておくという配慮も欠かさない。正しく、紳士といった言葉が似あう男であった。

「ふむ、わしに何か用じゃろうか？」

如何にも紳士な男だが、まったく見覚えはない。加えて、先ほどまでとは違う声の掛けられ方に戸惑ったミラは、こんな紳士がどうしたのだろうかと首を傾げた。

すると紳士は、そんなミラの反応を警戒と取ったようだ。「おっと、突然で申し訳ございません」

と謝罪するだけでなく、その理由を一息に告げた。

「私は随分と長くここに通っているのですが、お嬢さんを見るのは初めてだったものでして、つい声をかけてしまいました。ところでお嬢さんは、どちらの遊宿《あそびやど》の宵女《よいめ》さんなのでしょうか。私、恥ずかしながら一目見た瞬間に心を射貫かれてしまいました。是非とも一夜の夢を共にしたいと、気ばかりが焦ってしまった次第でございます」

聞きなれない言葉は、この花街特区特有の呼称なのだろう。その様子から、かなりの常連だと思われる紳士は、それこそ早口でそこまで語ると、ミラの事をそれはもう愛おしそうに見つめてから更に言葉を続けた。

「ああ、もしや最近彗星の如く現れた『ミラクルヘヴン』でしょうか。新規という事もあって、まだ在籍する宵女さんを全ては把握出来ていないものでして。お嬢さんのような素晴らしい方を見逃してしまっているとしたら、それ以外に思い付きません。如何でしょう？」

紳士の言葉を要約するに、どうやら彼は、この花街特区にある店の女性をほとんど把握しているようだ。だが、最近出来たばかりの店『ミラクルヘヴン』については、まだ完璧とは言えないらしい。だからこそ見覚えのないミラの事を、その『ミラクルヘヴン』の従業員だと判断し、是非とも一夜をと思ったようだ。

「あーっと、済まぬな。ちょいとまあ、色々と用事があって立ち寄っただけでのぅ。わしは、どこの店の者でもないのじゃよ」

当然、ユーグストを捜しに来たなどと、本当の理由を話す事は出来ない。かといって場所が場所だけに言い訳も思いつかないため、ミラははぐらかすように答えた。

すると紳士は、だからこそ勘違いして受け取ってしまったようである。

「ああ！　なんとそうでしたか！　これは本当に申し訳ありません。こちら側の夢見通りに宵女さん以外の女性がいるなど極めて珍しい事ですので、その可能性を失念しておりました。いやはや、なんと謝罪したらよいものか。ああ、そうです。これをお持ちください。ここにある全ての遊宿で使える割引券です。ではお嬢さん、夢のような一夜を。失礼いたします」

これまた捲し立てるように言った紳士は、朗らかな笑顔と共に会釈した。そして爽やかに立ち去る途中で、「あのような少女と宵女さんが……！」などと興奮気味に肩を震わせる。

そう、紳士はミラが花街特区に遊びに来たと勘違いしたのである。そして百合百合な展開を妄想したわけだ。

「いや、わしはじゃな……！」

言い訳をしようにも、紳士の姿は既に遠くにあった。余程、慣れているのだろう。とんでもない素早さに加え、すれ違う女性達への挨拶なども忘れない。その動きには一切の躊躇《ためら》いや無駄がなかった。

物言いや立ち居振る舞いは、如何にも紳士然とした男であった。しかしながら、ミラに心を射貫かれて声をかけた時点で、彼の変態性がわかるというものだ。

「花街マスターとでもいったところじゃろうか」

その常連具合や大物染みた印象に加え、そこはかとなく感じた変態性から、もしやユーグストかと思ったミラ。だがワントソの判断によると無関係との事だ。

彼は、ただの変態紳士である。

ミラは思わず彼から受け取った三枚の割引券を見つめて驚く。なんとそれは一割二割などというケチなものではなく、五割引きという別格の割引券だったからだ。

五割引きの券をくれるなど、とんでもなく太っ腹な紳士がいたものだ。花街特区の奥深さを垣間見たミラは、それをそっとポケットに忍ばせてから気を取り直して捜索を再開するのだった。


花街特区の大通り、変態紳士曰く夢見通りなどと呼ばれる道を更に進む事暫く。

ワントソがユーグストの匂いを探る中で、ミラはその店を見つけた。変態紳士が開店したばかりだと言っていた『ミラクルヘヴン』という名の店だ。

(ほぅ……新しいというだけあって、何やら他にはない雰囲気じゃな)

その店は、一見すると喫茶店と見紛うような造りとなっていた。しかも表で客引きをしている女性はメイド服などの衣装に身を包んでいるではないか。

そう、つまり『ミラクルヘヴン』は、シチュエーションとコスプレを主軸に売り出しているわけだ。

と、分析している間にも男がまた一人、学生服を着た女性に釣られて入店していった。

その際の事だ。開いた扉から店内の待合所が垣間見えた。そこには、しっかりと変態紳士の姿があった。彼はきっと何日とかけて、この店をコンプリートするつもりなのだろう。静かに待つその姿からは、それでいて眠れる竜の如き気迫が滲み出ていた。

彼ほどの男を本気にさせたのだ。この店は成功するだろう。そんな確信を得たミラは、変態紳士の健闘を祈りながら先へと進んだ。

(しかしまあ、昼のうちにこの賑わいとは。夜になったらどうなるのじゃろうな)

流石は花街特区というだけあって特色のある店が多く、そのどれもがハイレベルにまとまっていた。そしてジャンルもまた幅広く、ここに来れば理想を実現出来る事間違いなしだ。

きっと至高の一夜を過ごせる、大人の街。しかも昼の時点で大盛況な様子である。これが夜になったなら、どれだけ騒がしくなるのか。

そうなれば捜査も面倒になりそうだ。

なるべくならば夜になる前に決着をつけてしまいたい。そう考えつつ、大通りを歩いていくミラ。そして一夜を望む男に何度か声を掛けられながらも中央の城まで残り二百メートルほどまで近づいた時だった。

『オーナー殿、匂いを見つけましたワン!』

じっとぬいぐるみのふりをしたままでも、しっかりと匂いの捜索をしていたワントソが、遂にユーグストのものと思われる匂いを発見したのだ。

『おお、でかした！　して、どこじゃ!?』

『あちらですワン！』

ワントソの鼻が匂いを間違える事は、あり得ない。つまり、この匂いを辿れば必ずやユーグストの許に辿り着けるというわけだ。

ワントソの言う通りに大通りを駆け抜けていくミラ。スタンダードからマニア向けまで、多くの店を横目にしながら行き着いた先。

踏み込むとそこは、まるでファミレスのような店であった。

『これまた何ともフェチ心を……いや、これは――――！』

ファミレスとウエイトレス。一目見た瞬間に、そんな素晴らしいシチュエーション系の店かと思ったミラ。だが直後、そこに違和感を覚えた。

広々とした店内は見通しがよく開放的だった。そして、そんな店内にいた客は男だけではなく、多くの女性もまた客としてそこにいたのである。

しかも、何て事はない。普通に食事をしているではないか。そう、花街特区という場所の只中にありながら、ここは正真正銘普通のファミレスだったのだ。

「しかもまあ、美味そうじゃな……」

雰囲気としてはファミレスのそれに近いが、テーブルに並ぶ料理は、一流のレストランさながらだった。

見たところ、この花街特区で働く女性達の憩《いこ》いの場になっているようだ。随分と寛いだ様子で食事をしたり談笑したりと、実に落ち着いた雰囲気がここにはあった。

「いらっしゃいませ。一名様ですか？」

店内を確認していたところで、店員に声を掛けられる。店員が僅かにワントソを見たが、その演技っぷりは完璧だ。ワントソをぬいぐるみかなにかだと判断してくれたようだ。ペットがどうとか言われる事はなかった。

「うむ」

そう答えたところ、「では、お好きな席へどうぞ」と店内に通された。

見たところ、この場にいる男の客の数は五人。うち顔を確認出来て、その名を調べられたのは二人。

その二人は、ユーグストではなかった。となれば残る三人の中の誰かとなるわけだ。

席を探しているという体《てい》を装って、残る三人を調べよう。そう思い、足を一歩踏み出した時である。

『オーナー殿、向こう側から匂って来ますワン』

そう報告したワントソが示した先は、残る三人の男がいる方向とは、まったく別の場所だった。

〈7〉

ユーグストの匂いを辿り行き着いたレストランにて、ミラはワントソを頼りに標的を捜す。

『なんじゃと……？　しかしそちらに男はおらぬぞ』

女性客が圧倒的に多い店内。どれだけ目を凝らしたところで、ワントソが示す先に男の姿は確認出来なかった。

けれどワントソは、もう一度確認するように嗅いだ後『やっぱり向こう側からですワン』と、同じ方向を指し示した。

『いったい、どういう事じゃ……』

ともあれワントソが言うのならば、それは間違いないはずだ。

実は、ユーグストは女だったのか。または女装癖があり、そこに紛れ込んでいるのか。そんな可能性も視野に入れて、ワントソが示す場所へと慎重に歩み寄っていった。

『その人ですワン！』

席を探すふりをしつつ通路を進んでいたところで、ワントソがそう告げる。今この瞬間に隣にいる者こそが、追跡してきた匂いの源であると。

ミラは僅かに歩く速度を緩め、そっと隣に目を向けた。

そこにいたのは、二人の女性だった。テーブルを挟み向かい合うように座り、何やら談笑している。一人は輝くような金髪と、エメラルドのような緑の瞳をした美女。もう一人は清楚な黒髪と灰色の瞳をした、これまた大和撫子風の美人だった。

ワントソが言うに、どうやらこの黒髪の女性こそが対象だという事だ。

（これはまた、何とも……）

黒髪美人をちらりと見やったミラは、その美しさに思わず息を呑んだ。

この花街特区は歓楽街のトップなどと言われているだけあり、そこらにいる女性達もまた、どこを見てもトップクラスばかりだった。

そんな中で、この黒髪の女性は更に頭一つ抜けるほどに美しく、また会話の最中に見せる笑顔は少女のような愛嬌に満ちていた。

堪らず見惚れてしまうほどの魅力に満ちた女性である。まず女装ではないと判断したミラは、続けて調べる事で、名前も確認する。

『やはり、ユーグストではなさそうじゃな。これは、どういう事じゃろうか』

黒髪美人の名は『ラノア』。つまり、捜していた人物ではなかった。そもそも追跡用としてアルマから受け取った毛髪は、黒髪ではない。

だがワントソがユーグストの匂いを辿り行き着いた先にいた女性だ。きっと何かある。そう判断したミラは探りを入れるため、彼女の裏側になる席に腰掛けてメニュー表を手に取る。

それからしっかりとメニューを選びながら聞き耳を立てた。

「――でね、倒れちゃったわけ。使い慣れていなかったんでしょうね。それで急に強い薬なんて飲んだら、そうなっちゃうのも当然なのにね。まあ、そういうわけで半日の予定が十分で終わっちゃった」

ため息混じりにそう話しているのは、金髪美女の方だ。話の内容からして、彼女もまた遊女らしい。

どうやらハッスルしようとした昼の客が薬を飲んで倒れたようだ。

だが続く話からして、それは事件的なものではない。きっとその男は、折角やってきたこの超高級な花街を最大限に楽しもうとしたのだろう。半日という思い切った時間を予約し、強い薬を飲んで戦い抜こうとしたわけだ。

この街で一人の遊女と半日も遊ぶとなれば、とんでもない金額が必要になる。だからこそ彼は、わき目も振らずに仕事を頑張ったはずだ。

頑張って稼いで、頑張って蓄えて、遂にこの日が来たと思ったら、とっておきの薬を飲んで緊急搬送である。

当然、自己責任ゆえに返金などはない。つまり長い期間をかけて築き上げた彼の一世一代の大勝負は、準備の僅か十分で露と消えたわけだ。

(なんともまた……憐れな男じゃな……)

二人の会話から、だいたいの事情を把握したミラは、そのあまりにも惨《むご》たらしい結末に同情を禁じ得なかった。

と、そんな話をした後に金髪美女は「それでね、この後まるまる空いちゃったのよね」と続けた。

半日の予定が十分で終了ともなれば無理もないだろう。

「ラノアは、この後暇だったり……するわけないか。花街特区で一番のお姫様に空き時間なんてあるわけないものね」

暇つぶしに付き合ってくれる相手が欲しかったようだ。金髪美女は期待するように言いながらも、途中で諦めて苦笑した。確かめるまでもなく、暇なわけがないと悟っている様子だ。

そして、それは事実でもあった。

「うん、ごめんなさい。今日はこの後、王様のところなんです」

やはりというべきか、ラノアもまた遊女のようだ。暫くの後に王様なる人物から予約が入っていると話す。

流石は花街特区だ。王様まで通っているのか。などと驚くミラであったが、どうやら真実は違うようだった。

「あー、また王様か。貴女ってほんと気に入られているわねぇ。気が利いて男前で、しかもどこの大富豪かってくらいに金払いも最高。普通なら羨むところなんでしょうけど、まったく羨ましくないのは、やっぱり彼が度を越した変態だからかな」

そう言った金髪美女の声には、言葉通りに羨望の色はなく、むしろ憐憫《れんびん》にも似た感情が込められていた。

「あれさえなければ、ただのエッチでお金持ちなおじ様なんですけどね」

ため息と共に呟いたラノアの声には、諦念が入り交じっていた。それほどまでに王様とやらの変態性は相当なようだ。

また、その会話から王様というのが、いわゆる常連客に付けられたあだ名のようなものだとも判断出来た。

（ふむ、王様か……）

王様と呼ばれているド変態。ミラは、その人物が気になっていた。

大富豪かというくらいに金払いがいいと言っていた事からして、そのような呼ばれ方をしているのだろう。

だが、本当にそれだけが理由なのか。そう考えたミラの脳裏に一つの推測が過《よぎ》った。

（もしや、あの城に――）

そこに可能性を見出した直後だ。

「いらっしゃいませー、ご注文はお決まりでしょうかー？」

ハッとしてメニュー表を置いたところで、颯爽と店員がやってきたのである。それはもう、見計らっていたかのような迅速さだった。

実に働き者な店員であるが、今は何かと都合が悪い。盗み聞きしていたとバレたら面倒というものだ。

ゆえに一般客に徹するのが定石であり、こういった際に注文するメニューというのもだいたい相場が決まっている。

どこの店にもある定番。そう、コーヒーを一つ、だ。

「うむ、ロイヤルチーズケーキと、ロイヤルティーオレを頼む」

否、ミラは聞き耳を立てながらもしっかりとメニューを確認していた。そして、しっかりと好みのものを見つけていた。

笑顔でそれを口にしたミラに、エージェントの如く標的を見張るプロフェッショナルさは微塵もなく、ただただおやつを食べに来た少女の純真さだけがあった。

今の姿だからこそ出来た、完璧ともいえるほどの潜伏術である。

「かしこまりました」

注文を聞き終えて去っていく店員を見送ったミラは「さて」と呟き、今一度ラノア達の会話に聞き耳を立てる。

(――む、さっき何かに気付きかけていたような……)

はて、店員に声を掛けられる前に何を考えていたか。何か重要な事を思い付いていたようなと首を傾げるミラ。

と、そうしている間にも、ラノア達の会話は続いていた。

「それでね、王様の相手は新人さんには辛いから――」

昨日もラノアは、王様なる人物の相手をしていたようだ。また王様は毎回複数人をまとめて呼んでおり、昨日はそこに初仕事の新人がいたという。

ラノアが愚痴るに、新鮮という事もあって新人は存分に可愛がられたらしい。それも徹底した変態行為の数々でだ。

「あの子、大丈夫だったかな」

新人が限界だとして途中で代わったそうだが、初めてで王様の相手をさせられるのは辛かっただろうと、ラノアは心配しているようだ。

それに対して金髪美女もまた、「それは厳しいかも」と同情した様子である。

（そうじゃそうじゃ、王様じゃやった！）

いったい、どんなプレイだったのか。何とも心を擽《くすぐ》られる内容であるが、ミラはその会話を聞いて直前に気付いた事を思い出す。

（きっと金払いのよさだけではない。王様と呼ばれているのには、他にも理由があるはずじゃ。例えば……城を拠点にしている、とかのぅ！）

そう、城である。ミラが一先ず向かおうとしていた場所、花街特区の中心にある一番大きな建造物。それの外観は、まんま城だった。

まだ何の施設かはわからないが、居住出来る部屋があったり、宿泊出来るようになっていた場合、そこにユーグストがいる可能性は高いとミラは睨んだ。

その要因の一つとなったのは、二人の会話にあった言葉。

王様なる人物の変態性である。

ニルヴァーナの巫女であるイリスが見せつけられた変態プレイの数々。

その一端を参考までに聞かされていたミラは、予感した。二人が話す王様という人物こそが、ユーグスト本人なのではないかと。

ともなればワントソがユーグストの匂いを追跡した結果、このラノアという女性に辿り着いたのも納得である。

話によると、ラノアは王様のお気に入りだ。それはもう、共にいた時間も長いだろう。つまりは、ラノアにユーグストの匂いが移っていてもおかしくないわけだ。

試しにワントソに確認してみたところ、『長く一緒にいれば、そういった事も有り得ますワン』との事だった。

(これは、きっと決まりじゃな)

標的は、城にいる。そう確信したミラは、だが直ぐに動こうとはせずに注文したメニューが来るのを待った。

その後も続くラノア達の話を聞き続ける事暫く。

王様以外に遭遇した変態達の情報交換や、行儀よく花街特区を楽しむ紳士の事、そして商売をしていく上で重要な薬などについても話が広がっていた。

（な……なんともまた、大変そうじゃのぅ……）

生々し過ぎるラノア達の会話に、そういう真実は聞きたくないと耳を塞ぎたくなるミラであったが、重要な情報を聞き逃さないためにも黙って耳を澄まし続けた。

なお、その途中で精霊王とマーテルが感想をぽろりと呟いている。

精霊王曰く、『昔に比べて、随分と決まりが整っているのだな』との事だ。

どうやら精霊王が知る数千年前にも風俗店はあったようだ。そして当時は、今よりもずっと色々な部分で適当だったらしく治安も悪かったという。

人の、性にかける情熱は底が知れないなと笑っていた。

マーテルはというと、一夜だけの関係から真実の愛に辿り着く時もあるのだと、こういう場所ではそういった例も多いのだと静かに燃え上がっていた。

身受けがどうとか言っては、『それも愛よね』としみじみ呟くマーテル。

彼女にとっての愛は、花街であろうと関係ないようだ。あまりにも広くて深い愛である。

「お待たせいたしましたー」

と、そうこうしている間に、注文したメニューが届いた。

「おお……なんてロイヤルなのじゃろうか」

ロイヤルチーズケーキと、ロイヤルティーオレは、その名の通りのロイヤルさだった。

ファミレスのような店構えでありつつ、さながら王室で出てきそうなメニューを提供する。それがこの店のコンセプトのようだ。

当然、値段も相応であるが、決戦の前の腹ごしらえだとミラは贅沢なおやつタイムを堪能した。

「それじゃあ、また今度」

「ええ、今度は一緒にお買い物に行きましょ」

「いつになるんでしょうね。まあ、楽しみにしているわ」

ミラがおやつを楽しんでいる途中、ラノア達が席を立った。もう店を出るようだ。

ただ彼女からは、十分に必要な情報は得られた。もうこれ以上張り込み続ける必要はないだろう。

そのためミラは、まったく気にした素振りも見せず、ただの一般客になりきったままロイヤルチーズケーキを頬張っては、その至福の味わいに震える。

その最中、「あっ」と声を上げてラノアが駆け戻ってきた。そしてミラの隣を抜けて席まで戻ると、「あったー」と呟いて、また駆けていった。

どうやら財布を席に忘れてしまっていたようだ。

清楚でいて、しっかりしていそうな雰囲気だが、おっちょこちょいなところもあるようだ。

と、そういった感想を頭に浮かべながらロイヤルティーオレで、ほっと一息ついたところだった。

『先程のラノアさんと仰る女性、オーナー殿を気にしているような様子でしたワン』

そう、ワントソが気になる報告をしてきたではないか。何でも忘れ物を取りに行くという行動の中で、ミラの隣を抜けていった二度とも、ちらりとこちらを窺うように見ていたというのだ。

『なんじゃと……？　もしや、盗み聞きしているのがバレていたのじゃろうか……』

そういった気配は一切感じられなかったと驚くミラ。ただワントソが言うに、その視線から敵意のようなものは一切感じられなかったそうだ。

『もしやライバルとして気に留めた、とかかのぅ』

一目見て感じた通り、また話を聞いていた限りからして、ラノアはこの花街特区で一番の遊女との事だ。

そんな彼女のステージに突如やって来た、その立場を脅かす可能性のある美少女である自分。ともなれば気にされるのも無理はないと、ミラは余裕をもって微笑む。

(なーに、安心するがよい。わしは、ちょいと立ち寄っただけの冒険者じゃからな)

ラノアの美しさも相当だが、負ける気は毛頭ない。とはいえ、そもそも争う必要もまたどこにもないというものだ。花街特区の一番は彼女のものである。

ミラは謎の自信を顔に浮かべつつ、のんびりとおやつタイムを満喫してから店を後にするのだった。

〈8〉

『さて、作戦開始じゃな』

ラノア達の会話のお陰で、ユーグストの居場所に見当がついた。やはり、花街特区の中心である城こそが拠点で間違いなさそうだ。

ともなれば、状況は索敵から侵入へと移行する。

レストラン前の通りを真っ直ぐ進んでいけば、いよいよ目的地だ。

『ふむ、近くで見ると、またでっかいのぅ……』

城に到着したミラは、まずワントソに訊いた。匂いは感じられるかと。

『先程と同じか、同じような匂いしかありませんワン。本人は、ずっと出てきていないと思われますワン』

ここにあるのはラノアについた匂いと、それと同じようなもの――つまり他の遊女についた匂いだけしかないそうだ。

ワントソは言った。一ヶ月前までならば匂いを追跡出来ると。だが、ここに本人と思える匂いがない事から、一ヶ月以上は城から出てきていない。それがワントソの答えだった。

『ふむ、十分に考えられる状況じゃな』

ユーグストの動きは、巫女のイリスが監視していた。そのため頻繁に外出してしまっては、潜伏場所のヒントをイリス側に与えかねない。ゆえに城の中で引き篭り、出来るだけ伝わってしまう情報を制限していたと思われる。

だが、その変態性からして、女遊びは止められなかったようだ。そしてそれが自分自身を追い詰めるきっかけとなった。

ずっと大人しくしていれば、ワントソの鼻をもってしても嗅ぎつけられなかっただろう。だが今は、こうして遊女に残った匂いを嗅ぎ分けられる状態にある。

その結果ミラは、ユーグストはここにいるという確証を得るに至った。

『まずは下調べじゃな』

外観は大きな城だが、王族だなんだといった者が住んでいる王城とは違う。ではいったいどのような場所なのか。それを知るべく、ミラは城を探り始めた。

『さて、どうしたものかのぅ……』

花街特区の中心に聳える大きな城。それはいったい、どういった目的の建物なのかを把握したミラは、そこを見上げながら考え込んだ。

聞き込みや現地の視察……などという事はする必要もなく、城の表側に堂々と、この施設の利用方法なる説明がしっかりと掲示されていた。

その掲示板を見る限り、どうやらこの王城の如き建造物は巨大な複合施設になっているようだ。宿泊はもちろん、ギャンブルやスポーツを楽しめる場や様々なテーブルゲーム場など、一通りの娯楽設備が整っている。しかも温泉まであり、それらは全て男女関係なく利用出来るとあった。

まるで、複合レジャーランドである。けれど、この施設のある場所が花街特区である事を忘れてはいけない。

ざっと見ただけでも確認出来る客はことごとくペアであった。

そう、ここは遊女と共に楽しめる、いわゆるアダルトなプレイルームのようなものなのだ。負けたら脱ぐのが当たり前。そして何より、どこでも行為が可能という場所であった。

（よもや、こんなとんでもない施設があるとは恐れ入った……）

この城こそが、花街特区の真骨頂といっても過言ではない。そう確信したミラは、それではどうしようかと悩んでいた。

その原因は、風紀がどうとか恥ずかしいから、などというものではない。もっと単純な事だ。どこを見ても、そこにいる客は全てがペアなのである。男女に限らず、受付の時点でフリーダムさが滲んでいる店内。だからこそ、そんな場所に一人で入っては酷く目立つ事は間違いないというものだ。

かといって、一緒に入る相手などいない。そこらの男を誘って入り、用が済んだら眠らせてさよならする、などという女スパイ的な方法も思い付いたが、ミラは即座に却下した。

そんな目に遭う男の方に同情してしまうからだ。男心を知るミラだからこそ、「馬鹿な男」などという一言で済ませられない感情があった。

(うーむ、ここは一つ、協力を頼むしかないかのぅ……)

目立たないようにその場に紛れ込み、そっとユーグストのいる場所を目指す。

そして気付かれず警戒されず、逃げられない位置まで接近し、一気にこれを制圧する。周囲への被害なども考慮すれば、それこそが理想的な決着といえた。

どこに監視の目があるかわからない以上、城内で目立つ状態になるのは出来るだけ避けたいところだ。

よってここで一度引き返し街の外に出るなどしてから、ワーズランベールあたりにパートナー役を頼み再来しようかと考えるミラ。

だが、そこで一つ誤算が生じた。

「そっちに行ったぞ!」

そんな声と共に、いかつい男達が城から飛び出してきたのだ。

「いったい何じゃ!?」

まさか、もう潜入がバレたのか。そう身構えたミラだったが、どうやら男達の標的は違う者のようだ。

その先に目を走らせると、何やら手に乗る程度の大きさの黒い物体があった。しかも、機敏に動き回っているではないか。

何がどうしたのかと見ていたところ、一人の男が一気に接近して、これを叩き潰した。その身のこなしからして、かなりの手練れのようだ。

「大丈夫だ、取り返したぞー」

男は砕いた残骸から何かを拾い上げて帰ってくる。その途中、ミラが興味深げに見ていたのに気づいたのだろう。男は、「もう安心だよ」と笑顔を向けてきた。

そんな親切そうな彼に、ミラは問うた。「今のは何の騒ぎだったのじゃろう？」と。

「ああ、それはね――」

そんな質問に、男は快く答えてくれた。

彼が言うに、先程逃げまわっていたものは、死霊術で操られている小型のゴーレムという事だった。

施設内の全ての場所がフリーダム過ぎるがゆえ、窃盗といった犯罪行為も日常茶飯事らしい。

その中でも特に多いのが、死霊術などの使役系の術を悪用したタイプだそうだ。小型のゴーレムなどを巧みに操り、客から金品を盗み出すという。

そして厄介な事に、こういったやり方の場合は犯人の特定が難しいため、犯行が繰り返される傾向にあるそうだ。つまりは、いたちごっこである。

今回の件も、小型ゴーレムは破壊したが術者は見つからず終いだ。

「なんと、大変なのじゃな。じゃがそういう事ならば、ゴーレムが犯人のところに戻るのを待てばよいと思うが、そうしないのは何故じゃろうか？」

小狡い悪党もいたものだ。そう感じつつも、なぜゴーレムを追跡しないのだろうかと疑問を抱いたミラ。盗んだものを回収するために、術者はゴーレムを手元に戻す。そこを狙うのが定石というものだ。

そんなミラの疑問に対する答えは、何とも単純なものだった。

「相手は小型ですばしっこいからね。城内ならどうにかなるが、外に出られるとあっという間に見失ってしまうんだ。それを追いかけるなんて難しいし、城内の警備を放っておいて外を駆け回る訳にはいかないのさ――」

城内での犯行は、小型ゴーレムがほとんどだそうだ。直ぐに物陰に潜り込み、人が入れないような隙間を高速で移動するため、少しでも見失ったらお手上げらしい。

しかも、街に仕掛けられた防犯用の術具は、誰彼の区別なく検知するため、小型ゴーレムを追跡するための術具といった類にも反応し、警報を鳴らす。

そうなれば更にややこしくなり、そんな状況になれば相手もまた遠慮なく術を使って逃走出来る。また、ゴーレム追跡に警備の者が出てしまうと、それだけ城内が手薄になる。結果、第二第三の被害者が出たとしたら元も子もない。

と、男がそういった内容の話を口にしたところで、ミラはその中に一つ気になる点を見つけた。

「ところで先程、城内ならどうにかなると言うておったが、中には小型ゴーレムをどうこう出来る仕掛けでもあるのじゃろうか？」

男が何気なく言っていた言葉。だがミラは思う。むしろ物や人の多い城内の方が、見失い易いのではないかと。

「ああ、それはだね――」

その答えは、まさかというようなものだった。けれど、ユーグストがこの場所を拠点としているのならば、十分に有り得る事でもあった。

男が言うに、この城には外に設置されているものよりも更に高性能な防犯用術具が、一ヶ月ほど前から設置されているというのだ。

その効果は、感知した対象に特別なマナ粒子を放射し、誰の目にも見えやすくハイライトしてしまうというものだそうだ。

これから逃れるには、防犯用術具の効果範囲外、つまりは城の外に出る以外にはなく、そういった一連の結果が先程の騒ぎというわけだった。

正確な場所については防犯上の理由から秘密との事だが、その効果対象は死霊術だけでなく陰陽術の式神や召喚術、また魔導工学によって生み出された自動人形のストルワートドールといった類にまで及ぶため、導入前に比べ客への被害が激減したと男は豪語した。

「さっきのは相当な使い手だったようで、ちょっと騒がしくなったけど、この通り僕等も頑張っているから。安心していいよ」

男は、小型ゴーレムから取り返した財布を勲章の如く見せつけると、足取り軽く城に戻っていった。

『……さて、困った事になったのぅ』

そんな警備員を見送りながら、ミラは深刻な表情で呟き、そのままワントソに視線を向ける。

街のあちらこちらに配置された防犯術具よりも、更に高性能なものが城には配備されているとの事だ。

つまりは、このまま城に入ってしまっていたら、ぬいぐるみのふりをしているワントソが召喚体であるとバレてしまっていたわけである。

それで騒ぎになり、何かしら企んでいるとでも疑われれば、面倒な事になるのは確実だ。

だが、ワントソが最高に活躍する予定なのは、ここから先。

現時点において、この城内にユーグストがいる可能性は高い。だが、ここのどこにいるかまでは不明だ。

そこでワントソの出番だった。

宿泊施設になっているのは城の上階。その部屋数は百にも及ぶ。当然そこには、ユーグスト以外もいる。

間違って別の部屋に突入するわけにはいかない。一般人がお楽しみ中のところに乱入してしまっては、目も当てられないというものだ。

だからこそのワントソだったが、連れて入れないとなれば、かなり状況は変わってくる。

『なんという事ですワン……』

活躍の場に入れず、ワントソもまた落ち込んだ様子だった。

城内で目立たぬようにするためのパートナー調達と、ユーグストの居場所を特定するための方法。

ミラはこの二つをどうするべきか考えながら、じっとしていられないといった様子で城の外周を歩き始めた。

城は大きな広場のど真ん中に建っているためか、その周囲には色々な人達がいた。

待ち合わせをしている者や、一夜を共にするパートナーとの出会いを求めている者、また丁度いい獲物《男》を探す遊女など。実に賑やかである。

（ん？　あの者は……）

何かいい手はないか。窺うように、それでいてさりげなく城の周りを探りつつ丁度建物の裏手に出た時だ。極めて気になる光景がミラの目に映った。

それは、裏手の扉から城へと入っていく一人の女性の姿だ。

そう、一人の女性である。ペアしかいなかった表と違い、そこから入っていくのはお一人様だったのだ。

（ほぅ、これはきっと何かありそうじゃな！）

何か現状を打破出来そうな予感がしたミラは、早速そこに向かった。

見ると、その入口の奥には、もう一つの受付があった。

（お一人様用……とかじゃろうか）

中には一人で楽しみたい者だっているだろう。そんな者のために裏の入口があるのではないかと考えたミラであったが、どうやら違うようだ。

入口の前をさりげない仕草で往復しながら様子を見ていたところ、また一人の女性がそこから入っていった。

結果、その動きを確かめる事で、ミラはこの受付がどういったものなのかを理解した。

（なるほどのぅ、そういう事じゃったのか）

入っていった女性は何かを受付に提示しながら、更に何かを伝えていた。

流石に受付までの距離があるため、その声をミラは聞く事が出来なかった。だが、鼻だけでなく耳も良いワントソが、女性と受付のやり取りを中継してくれた。

ワントソが言うに、女性は「プリムプルリムからでーす」と言っていたそうだ。

プリムプルリム。その言葉にミラは覚えがあった。というより、街を歩いていた際に目にした店の中に、その名があった。

その店は、特に豊満な胸の遊女が揃っていると記憶していたミラは、なるほど確かにと先程の女性を思い出しながら納得する。

店からやってきた遊女が利用する入口。

そう、つまりこの裏の入口は、出張サービスでやってきた遊女のためのものであるわけだ。

と、そこでミラは先程の件を思い出した。街で出会った変態紳士に、遊女に間違えられて声を掛けられた時の事を。

（ふむ、いけるかもしれぬな！）

出張サービスの遊女専用出入り口。それを前にして、これだと閃くミラ。

自分は、遊女として十分に通用する。あの花街特区マスターらしき雰囲気の紳士に間違えられたくらいなのだから。

そこに気付いたミラが思い付いた策。それは、出張サービスの遊女として入ってしまえば一人でも目立たない、というものだった。

だが、それを実行するには一つのハードルがあった。先程入っていった女性が、受付に見せていた何かだ。

きっとそれは、出張で来た事を示すようなものだろう。そしてその女性は、受付からカードのようなものを受け取っていた。

そのカードのようなものが何を意味しているのかはわからない。だが、何かしら重要な意味がありそうだ。客のいる宿泊施設への通行許可書などといった類である可能性も高い。

そして高級そうな場所だけに、どこでどれだけ、こういった身分証の提示が必要になるかもわからない。

遊女として入るのならば、受付に見せる何かの入手は必須だ。

(うーむ、どうしたものか)

これで何度目になるか。ミラは唸りながら、どう動くのが正解かと悩む。

そうしていたところで、また一人裏の入口から入っていった。瞬間ミラは、思えばそのパターンもあったなと気付き、入口から離れた位置より素早く様子を窺った。

今回入っていったのは男であり、受付とのやり取りを、またワントソが中継してくれた。

その男は、一番お手頃で一番人気のある二時間プランでの手続きの後、どこか浮かれた様子で「スマイルメイムのジャスミンちゃんで」と言っていたそうだ。

(なるほどのぅ、そういうシステムか)

ちょっと考えれば、わかるものだ。出張サービスで遊女が来るとなれば、当然男は一人で待っている事になる。となれば客が一人で入ったところで何もおかしくはない。

(よし、これじゃな！)

遊女を装う以外に、客として入るという選択肢が出てきた。

そもそも、宿泊施設があるのだ。ただの宿泊客もいるだろう。城内はペアばかりだが、一人でいたっておかしくはないはずだ。

ついついその場の雰囲気に呑まれ、そういう事でなければ入れないと考えが偏ってしまっていたと反省したミラは、軽い足取りで入口に歩み寄っていった。

そして、その入口近くにあった看板に気付く。

（なぬ……!?）

それは、宿泊施設を利用するための料金表であり、そこには驚くべき——だがある意味で当たり前の事が書かれていた。

宿泊施設とはいえ、ここは花街特区の中心地だ。もちろん、ただの宿泊施設なはずもない。ここに一人で来るというのは、出張サービスの利用が前提であり、ここの宿泊プランは全てが出張サービスとセットだったのだ。


「さて……どちらも難易度が高いが、どうしたものじゃろうか……」

「難しいところですワン」

城から離れ、周囲の広場にあるベンチに腰掛けたミラはワントソを抱いたまま、ユーグストを見つけるために、どうやって城に入ろうかと考え込んでいた。

思い付いた方法は、二つ。

第一の方法は、今の容姿を最大限に活かし、遊女として入るというもの。

だが見たところ、それには店から来たという証になるようなものが必要だと思われた。

実際、これだけ警備が厳重な施設だ。誰とも知れないような者が、何のチェックもなく行き来出来るはずもない。

それを入手する手段となると、実際に店の門を叩き指名を得るか、出張サービスでやってきた遊女を説得するか、ちょっとあれこれして貸してもらうかといったところだろう。

とはいえ、直ぐに店に所属出来る保証はなく、説得するにも説明が難しい。そして、あれこれして貸してもらうのも罪のない女性が相手では気が引けるというものだ。

(やはり、客に成りすますのが最善かのぅ)

ここはもう一つの方法である、客として入るのが最も簡単で早く確実だとミラは結論する。

けれど、これにも一つ問題があった。

どの宿泊プランにも付いてくる出張サービスだ。

当然ながら、その分だけ割高な宿泊料であるため、サービスは要らないなんて言えば、ならばなぜこの施設に来たのだと怪しまれる事間違いなしだ。宿泊するだけならば、もっと条件が良くて安い宿がいっぱいあるのだから。

かといって、サービスを利用するのもまた問題だった。

(男を寄こされたら、堪ったものではない)

全ての性が集まる花街特区だけあって、当然ここには女性向けの店も沢山あった。

今回ミラは、ユーグストの捜索という事もあり、男客を対象とした場所だけしか見て回っていなかったが、この花街特区は東と西で、男向けと女向けで分かれた造りになっている。

そしてこの城は、その境界線のど真ん中に立っているわけだ。

ともなれば女性客用の宿泊プランもまた当然用意されており、男娼の派遣サービスも行われている次第である。

この城に宿泊するとなったら、男が派遣されてくるのが基本というわけだ。

(いや、しかし……中には百合百合なペアもおったのじゃから、それだけとも限らぬのではないじゃろうか!?)

どうにか抜け道はないかと考えたミラは、その可能性に至った。これだけ幅広くフリーダムな場所である。ならば当然、百合が乱れ咲くお店もあるのではないかと。

それならばまだ……などと考え始めたが、一番の問題はそこではなかった。

(いやいや、男だ女だという前に、そもそも来られては面倒じゃろう!)

城に入った後にやる事は、ユーグストの居場所を特定し、これを確保するというもの。

当然だが部屋でのんびりなどしている暇もなく、誰が来ようと不在になるわけだ。

そうするとどうなるかといえば、やってきた相手が困る事になる。そして施設の者に報告するなりといった行動をとると思われる。場合によっては急病の可能性なども考慮し、扉を開けて部屋を確認するかもしれない。

そして部屋にいないのがバレる。その次は、どこにいったのかとなるはずだ。

施設関係者によって捜索されたりでもすれば、術やら何やらの監視が厳しい城内の事。直ぐに見つかってしまうだろう。

また、そんな騒ぎを起こしたらユーグスト本人に勘付かれる恐れもあった。

ならばいっそ、相手が来るのを部屋で待ったらどうか。

色々と済ませた後に、などというつもりは毛頭ない。そのまま放置も不自然だ。そうすると、やる事は一つ。やってきた者には眠っていただいて、その間にユーグストの捜索をするというものだ。

これは名案である。そう思ったミラだったが、少しして、それは問題ばかりだと却下する。

出張サービスでやってきた相手を、薬で眠らせる。ミラが帯びた使命どうこうを考えず、この行為だけを抜き取ってみれば問題しかない事は明らかだ。

「うーむ……出来るだけ遅れて来てくれれば……──！」

チェックインから、数時間以上たっぷりと余裕をもって遊女が来るなら。そう理想的な状況を思い浮かべたミラは、そこで完全に頭から抜け落ちていた可能性に気付いた。

時間指定くらいなら、普通に考慮してくれるのではないかと。

「こんな単純な方法に気付かぬとは、やはり少し毒されてきておるのかもしれぬな……」

花街特区に漂う、華やかで淫靡《いんび》な雰囲気。それに中《あ》てられたというべきか、気が焦っていたというべきか、遊女には早く来てほしい気持ちがあったためか、うっかりしていた。

そう自分の視野の狭さに呆れながらも、ミラはこれならいけると立ち上がった。

選ぶ宿泊プランは、一晩。そして遊女の到着時刻を夜遅くに設定すれば、その空いた時間をユーグストの捜索に充てられる。

その後、任務を完遂してユーグストを連行したら、遊女だ何だといったものは有耶無耶で終わらせてしまえばいい。

これが現状で考えられる一番の策だ。

そう確信したミラは、城内には連れて入れないワントソを送還、しようとした。

だがそこで、不意に手を止める。これも防犯装置に感知されてしまうのではないかと思い至ったからだ。

召喚体の送還についても、ミラは研究の末に仕組みを把握していた。

その仕組みは、実に単純だ。

召喚体の安全のため、召喚術には強制送還の術式が組み込まれている。送還は、この術式を手動で発動させるだけの事なのだ。

ただミラは、この部分が気になった。強制送還の術式の起動に、防犯装置が反応してしまうのではないかと。

「さて、この場合は……」

感知される恐れがある以上、送還は出来ない。そう判断したミラは、ならばどうするかと考える。

まず、ワントソを城に連れては入れない。

だが隠れられそうな場所が、この近くにはなさそうだ。

外でそのまま待機していてもらう手もあるが、こんな場所にクー・シーがいるというのは、何とも不自然に見えるだろう。しかも、そこそこ詳しい者がじっくりと調べればワントソが召喚体だとわかるはずだ。

誰が何のために。そんな疑惑が広がるかもしれない。ユーグストに警戒するきっかけを与えるのは極力避けるべきだ。

ぬいぐるみのふりをしたまま待っていてもらうなんて方法もあるが、誰かに拾われては面倒である。

「折角、ここまで来たのじゃからな。急がば回れじゃ」

幾つか考えた結果、ミラは一番確実な方法を選んだ。それは、防犯装置の範囲外に出て送還する、というものだ。

やる事が決まったのなら行動は迅速。ミラは直ぐに歩き出した。

まずは、中央広場から花街特区の出入り口にも繋がっている夢見通りを真っ直ぐ進んでいく。大きな店の並ぶ、最上級のメインストリートだ。

その途中で今一度、この街でオープンしたばかりという店『ミラクルヘヴン』の前に差し掛かった。

すると——。

『オーナー殿、泣いている女性の声が聞こえますワン！』

ワントソが、そんな事を伝えてきたのだ。

そのよく聞こえる耳で、遠くの声を捉えたようである。燃えるような正義感をその目に宿し、声がしたという方向を視線で示す。

とはいえ今は、ユーグストを捕らえるという極めて重要な任務の真っ最中だ。寄り道などしている暇はない。

場所が場所だけに、揉め事が多そうな事に加え、ただの痴話喧嘩という線も強い。いちいち首を突っ込んでいたらきりがないというものだ。

「ふむ……ちょいと様子だけでも窺ってみようかのぅ」

だが、泣いている女性を放ってはおけない。それが男の在り方だ。

ワントソの漲《みなぎ》る使命感に同調したミラは、とにもかくにも確認だけしておこうと、その声がしたという方に向きを変えた。

ワントソが示した場所は、『ミラクルヘヴン』の裏手の辺りであった。そして、そこまで行くには少し離れたところにある横道から路地裏に入り込む必要がありそうだ。

「この奥じゃな……」

夢見通りと交差するようにして伸びる一本の道。そこを曲がってから少し進んだところにあるのが路地裏の入口だ。

路地裏は表の夢見通りと違い、落ち着いた――というより簡素な様子だった。

遊女とはまた違う、どこかの店のスタッフらしき人物が大きな荷物を抱えている姿などが見える。

どうやら路地裏は、そういった裏方仕事を担当する者達が行き交う道になっているらしい。買い出しなどの雑用の際に、この道をつかっているわけだ。

「さて、ここを曲がってと……」

さも、どこぞの店の関係者ですよといった顔で路地裏に入り込んだミラは、奥に進む事で手前からではわからなかった、もう一つの路地裏の顔を目の当たりにする。

入口から見て、視線の通らない場所。角を曲がった辺りには、ベンチに座り気ままに寛ぐ遊女の姿がちらほらと見受けられた。

裏方仕事の人間だけでなく、店の者達のための休憩場所でもあるようだ。

ミラは与《あずか》り知らぬところだが、店内は気持ちを高ぶらせる香が焚かれているため、こうして休憩時は外に出る事が多いのである。

さらに休憩しているという事は、一仕事終えた後という意味でもある。そこらで寛ぐ遊女達は何とも言えない色香を纏っており、見方によっては表通りよりも男が喰いつきそうな雰囲気が漂っていた。

(しかも無防備なところがまた……)

遊女らがちらりと見えるたびにドキマギしながら、そんな路地裏を進み、丁度『ミラクルヘヴン』の裏手に差し掛かったところである。

「うう……そう――けど、そんな――だなんて聞いて――」

ワントソが言う通り、泣いている女性の声が聞こえてきた。どうやら何か話が違うと訴えているようだ。

「でも貴女が自分で行くと言ったのでしょう――」

対して、もう一人の女性の声も聞こえた。優しくも厳しく諭すような口調だ。

ここだけを聞くに、泣いている女性は、自分で行くと言ったにもかかわらず、急に行きたくないと言い出したようだ。

（ふーむ……これではまだ、判断出来ぬな）

場合によっては泣いている女性を助けようと駆け付けたミラ。だが、どうも様子からして、おいそれと介入出来る問題ではなさそうだ。もう一人の女性が言う事も、もっともである。

とはいえ泣くほど嫌だと言っているのにも、わけがあるのだろう。

ミラは一先ず詳細を把握するべく、そのまま二人の話を聞いてみる事に決めた。

ただ路地裏とはいえ、ちらほらと人通りはある。そのまま立ち聞きしていたら、怪しまれる事必至だ。

ゆえにミラは、そこらにいる休憩中の遊女を真似て、近くのベンチに座った。そして更に休憩感を出すため、レモンジンジャーオレを手に聞き耳を立てる。

ただ残念ながら、ミラには他の遊女のような色香を出す事が難しいようだ。頑張って溶け込もうとするも、羞恥心の無い少女程度にしかならない。

しかしミラは完璧に演じられていると自信満々だった。

〈10〉

「知っていたなら教えてくれればいいのに――」

「しょうがないでしょ。私だってさっき知ったんだから――」

ミラが遊女になりきっている間にも、二人の話は進んでいった。

それを聞いている事暫く。女性が泣いていたそもそもの原因について、幾らか把握出来てきた。

一つ、泣いている女性は、報酬五倍に釣られて出張サービスの依頼に飛びついたという事。

一つ、どうやらその出張先について揉めていた事。かなり問題のある客らしく、しかも遊女歴の浅い新人を御所望ときたものだ。

そしてつい先程、その五倍の理由を知って、それは無理だと訴えたが聞いてもらえなかった。と、概ねそういった内容だった。

「――でも、セーラの事隠していたじゃないですか。ただの休みだって言っていたのに、違ったじゃないですか。クラダ先生のところから出て来たところで会ったんです――」

女性は、更に泣きながら続ける。

クラダ先生とは、この花街特区に常勤している遊女専用の医者のようだ。

その治療院から、彼女の友人であり同僚でもあるセーラが出てきた。

女性が必死に訴えるのは、その理由だ。セーラは昨日の客に酷い事を沢山されたため、肉体的精神的にかなり参ってしまっていたという。

「セーラが言っていました。王様っていう人にやられたって！　そんな事させられるなんて聞いていません！」

セーラという遊女は、相当に酷い事をさせられたのだろう。セーラに全て聞いたという女性は、そんな事出来ないと訴え続ける。

「む!?　王様とな？」

と、二人の話を盗み聞きしていたミラは、そこにあった一つの言葉に注目した。

王様。遊女達がそう呼称する人物。それは、今現在においてユーグストである可能性が最も高い者だ。

思えばレストランにて、新人が王様に酷い目に遭わされていたと聞いた。どうやらその新人というのがセーラであるようだ。

そして泣いている女性は五倍という報酬に飛びついたものの、セーラからどれだけ酷い事をされるのかを聞いて、出張サービスに行きたくないと言い始めたわけだ。

しかし、一度引き受けた仕事なのだからキャンセルは出来ない。客側にも新人を派遣すると連絡を入れてあるため断れない。他の新人は既に別の場所に出張中であるため、代わりもいない。

と、そういう状況の話であった。

その時、ミラは二人のやりとりから更に気付いた。つまり、この泣いている女性の出張サービス先は王様であると。

（ふむ……なるほどのぅ。これはチャンスやもしれぬな）

これはもしや、ユーグストのもとに辿り着くための選択肢として使えるのではないか。

そう策を思い付いたミラは、一先ず二人の話がどのような決着をもって終わるのかを見届けるため、二本目のレモンジンジャーオレを取り出した。


花街特区の路地裏。そこを極めて重い足取りで、のっそり歩く者が一人いた。王様の相手をするのは嫌だと泣いていた女性だ。

どれだけ行きたくないと訴えても、引き受けてしまった以上は仕方がないとして、出張のキャンセルは出来なかったのである。

また何よりも決定的だったのは、相手が王様だという点だった。

大常連である事に加え、この街でもかなりの権力者として君臨しているため、引き受けておきながらキャンセルなどしたら店がどうなるかわからない。

そんな大きな責任を負わされた結果、彼女は行くしかなくなったわけだ。

ただ、譲歩案として報酬が十倍になった。これを高いと見るか安いと見るかは彼女次第だが、結果、泣いていた女性は歩き出した。

「――はぁ……帰りたいなぁ。――はぁ……何で引き受けちゃったんだろ。――はぁ……お城吹き飛ばないかなぁ。――はぁ、鬼畜変態罪で捕まらないかなぁ」

女性は一歩踏み出すたびにため息をもらし、恨み言を口にする。けれど店のため同僚達のためにと歩を進めていく。

そんな女性の後をつける少女が一人。そう、ミラである。周囲を見回しながら声をかけるタイミングを見計らっていた。

「――はぁ……お店が潰れちゃうとかずるい。――はぁ……誰か代わってくれないかな」

早く到着したくないためか、女性は遠回りして路地裏を進んでいた。そして人通りの少ない道に入り込んだ時である。

「わしが代わってやってもよいぞ」

独り言の止まらない女性に、ミラはそう声をかけたのだ。

「え!?」

彼女にとってその一言は、きっと地獄に仏とでもいったものだったはずだ。

しかし路地裏の中でも更に人の少ないところで、急にそんな事を言われたからだろう。振り向いた女性の顔は警戒感に満ちていた。

「えっと、誰？　その……代わってくれるって、どういう意味？」

ミラの姿を目にした女性は、それでいて少しだけ期待するような色をその目に浮かべる。藁にも縋る思いというものだ。

そんな彼女に向かってミラは告げた。「お主が今、直面している問題についてじゃよ」と。

「え？　それって……」

一瞬だけ表情を輝かせるのも束の間。今度は新手の詐欺を疑うような目をした女性。

ただ、それも仕方がない。彼女にしてみれば、そんな都合のいい話などあるはずもないのだから。

けれどミラにとっては、あったわけだ。

「なーに、騙そうなどというものではない。わしとお主の利害が一致したというだけの話じゃよ」

疑いの眼差しを向けてくる女性に悪意はないと弁明するミラは、そこから更に言葉を続けていった。

「すまぬが、ちょいと偶然にのぅ、お主ともう一人が言い争っておる声が聞こえてしもうてな。事情については、その際に把握させてもらった。そこで提案なのじゃが、その仕事をわしに譲る気はないか？　もちろん、お主と店に迷惑はかけぬ。わしが店の者として行かせてもらうだけじゃ」

店の事さえなければ今すぐにでも逃げ出したい王様相手の出張サービス。それを譲ってくれという
ミラに、どういった魂胆があるのかと疑う女性。

だがその提案は、どれだけ怪しかろうと惹かれてしまうものがあったようだ。

「何で代わりたいのか教えてくれたら……」

そう言った女性は直後に「あ、別に言えない事なら、まあ……」と、妥協案も口にした。それはむしろ妥協というより、本当に代わってくれるのならもう何でもいいといった彼女の本心そのままだ。

「うむ、ごもっともな言葉じゃな。理由については話そう。じゃが、ちょいとここで話せる内容ではないのでな。落ち着いて話せる場所があるとよいのじゃが――」

そのように移動を提案したミラ。すると女性は、「それなら一度、宿に入りましょう」と直ぐに返してきた。代わってもらえるのなら是非とも代わってほしいと、実に前のめりな様子である。

「それは名案じゃな。では、そうするとしようか」

女性の提案に頷いたミラは、どの宿にするかは任せると続けた。

場所柄もあってか、この地区にある全ての宿は防音対策が行き届いている。秘密の話をするにもうってつけなのだ。

「それじゃあ、私が知っているところで」

女性は、ミラの事をじっと見つめてから答えた。そしてあまりにも堂々とした、また犬のぬいぐるみ（ワントソ）を抱きかかえたミラの姿に、猜疑心が一気に薄まったようだ。宿に向かう彼女の足取りは、先程までとは比べ物にならぬほど軽かった。

「えっと、じゃあ改めまして、私はサリー」

「わしは、ミラじゃ」

花街特区にある宿の一室。そう自己紹介をしあった二人は、そのまま大きなベッドの上に座り向かい合う。

「それでミラちゃん……ミラ……さん？　えっと、理由を聞かせて」

サリーは、是非とも気持ちよく仕事を譲れるようにといった様子で迫る。流石に自分が行くのは嫌過ぎるといっても、何かしらの犯罪に利用されるかもしれないとなれば思うところもあるのだろう。どうか真っ当な理由でと祈るように両手を組んでいた。

「うむ、わかった」

サリーに出張サービスを代わってもらう理由。サリーが快く承諾してくれるだろう言い訳を、ミラは考えていた。それは何よりも、王様に対しての印象が最悪な彼女にとって飛びつきたくなるような設定だ。

「実はのぅ、大きな声では言えぬが、わしは裏風紀委員会からやってきた者なのじゃよ――」

そんな言葉から始まった、ミラの作り話。サリーが新人であるという事も考慮して並べた嘘八百。

裏風紀委員会についての内容は、こうだ。

ミディトリアの街は、その特徴からして風紀については特に厳しく取り締まられている。なんといっても、客達にこの街で大いに楽しんでもらうためだ。

ただ客達の中には、少々行為が過ぎる者がいるのも事実。

金銭を支払っているからといって、羽目を外し過ぎていいわけではない。この街で労働に携わる者達もまた、国にとっては大切な国民なのだ。

だが厳しく取り締まり過ぎると、客足が遠退く恐れがある。

だからこそ、そういったやり過ぎな客を、そっとわからせてやる者が必要となった。

そのような理由から組織されたのが、裏風紀委員会である。

そう嘘で作り上げた設定を、ミラはまるで真実であるかの如く堂々とした態度で語ってみせた。

「そうだったんだ……噂には聞いていたけど、本当にあったのね……」

裏風紀委員会について聞かされたサリーは、驚き半分、期待半分といった顔でそう呟いた。

ミディトリアの風紀を取り締まる裏組織が実在していた事。そして何よりも快く仕事を譲れそうである事に、サリーは素直に喜びを浮かべる。

ただそこで反対に驚いたのは、ミラの方であった。

（なん……じゃと……？　噂……とな？）

サリーを騙す――説得するためにでっち上げた裏風紀委員会という設定。それはミラが勝手に描いた妄想話でしかなかった。だが、なんとサリーは、そういった組織が存在する噂を聞いた事があると言うのだ。

その噂が本当だとしたら、勝手にメンバーを名乗ると余計面倒な事になるかもしれない。

ただ、もしかしたらサリーが話を合わせているだけという事も考えられた。

どちらにせよ話してしまったからには、もうこのまま押し通す以外に選択肢は無い。

「お主が聞いたという噂がどんなものかは知らぬが、まあ、わしはこの委員会の一人でのぅ。今は王様などと呼ばれておる者に、ちょいと話をしにきたのじゃよ――」

噂の正体。それについて考えたところで、今はどうにもならない。そう思ったミラは、そのまま続きを話し始めた。

王様の横暴ぶりは、知っての通り。遊女達の事を考えず、時にその心を大いに傷つける事もある。よって今回、裏風紀委員会が動く事と相成った。

けれど、この花街特区において強大な権力を有する彼は、こちらの動きも把握していた。

そのため何度訪ねようとしても門前払いとなり、近づく事も出来ない。

「――というわけでのぅ。どうしたものかと考えておったところで、お主達の話が聞こえてきたのじゃよ。そこでわしは閃いた。正面からがダメならば、遊女として入り込んでしまえばどうか、とな」

まるで名案でも思い付いたといった口調で、なおも続ける。

大勢の遊女を呼んでは、毎日のように遊んでいる王様だ。では遊女の中に紛れ込んでしまえば近づくチャンスがあるのではないか。そう閃いたのだと。

だが、そこに紛れ込むには店の者であると証明するものが必要だ。

そんな時に出会ったのが、サリーである。『ミラクルヘヴン』という新しい店の新人であるため王様との面識がないからこそ、入れ替わったところで気付かれないだろう。

そうして入り込みさえすれば、王様にガツンとお仕置きをしてやれる。

そこまで説明したミラは、最後に「どうじゃろう、この街の風紀のために協力しては貰えぬか？」と言って話を締め括った。

「喜んで！」

それはもう即答であった。行きたくないという思いもあり、途中から既に彼女の答えは決まっていたのである。

そしてサリーは同時に、店から預かる出張証というものを渡してくれた。それが受付で提示するもののようだ。店名が書かれているカードの裏を見ると、そこには主張先の場所と相手の名前が記されていた。

『キャメロットパレス　キングルーム　ウォーレン』

そこに書かれている事からして、王様の名はウォーレンというようだ。

目標のユーグストではない。だがそれを見てもミラは特に焦る事もなく「うむ、助かる」と言ってポケットに収めた。

捜している相手、『イラ・ムエルテ』の最高幹部の一人である『ユーグスト・グラーディン』は、ニルヴァーナが使える全ての情報網を駆使して探り当てた本名だ。当然ながら、こんな場面でその名が出てくるはずもない。偽名を使っているのは当然というものだ。

「あとこれも。一応フリーサイズだから、多分大丈夫よね」

必要なものとして、更にサリーからカバンを手渡された。

「ふむ、これは何じゃ？」

他に何かあっただろうか。見た限り、この出張証があればどうにかなると踏んでいたミラは、そのカバンを受け取りながら問い返す。

するとサリーの口から、とんでもない言葉が飛び出してきた。

「指定された衣装よ」

何とその中身は衣装一式であり、しかも変態の王様が指定してきたとびきりの代物だというではないか。

（なん……じゃと……）

カバンを開けると、そこには実にマニアックな衣装が入っていた。

それは、ミニスカ着物である。

夏の夜空を思わせる煌《きら》びやかな柄でありつつ、すっぱりと短くされた丈は、夏の熱気と淫靡さを感じさせる。そんな着物だった。

まさか、こんなオプションまで付いていたとは。

愕然とするミラ。だが男は度胸である。こうなればどこまでもやってやろうではないかと覚悟を決めた。

「さて、それではこの後じゃが、お主は暫《しば》しこの部屋で待っていてほしい。知り合いなどに出会って、王様のところに行っていないと伝わってしまうと仕事に支障が出てしまうのでな」

気を取り直したミラは、そのように要請する。

サリーが出歩いているのが見つかり、それが店にバレたりでもしたら面倒だ。作戦を始める前にそこから王様にも情報が伝わってしまうと、ならばここに来た者は何者なのだとなってしまう。場合によっては、王様に近づく前に追い出される事になるだろう。

よってサリーには、ここで待機していてもらうのが一番だった。そう考えたミラは念のためとして、抱きかかえていたワントソをベッドの上に放す。

「何かあっても、この副委員長がどうにかしてくれるので心配は無用じゃ」

ミラがそう口にすると共に、ワントソはぬいぐるみのふりを止めて立ち上がる。

「はじめましてですワン」

器用な仕草で紳士の礼をとるワントソ。

もしも想定外な事態になった場合の備えとして、またサリーの行動を見張る意味も兼ねて、ここにワントソを待機させる。そうする事で送還する必要もなくなり、一石二鳥というものだ。

「うそ……！　可愛い！　え？　もしかして……クー・シー!?」

ワントソが動いたところ、サリーは驚くと同時に興奮した様子で、その可愛らしさに釘付けとなっていた。

「私、大の犬派なの！　夢みたい！」

それはもう子供のようにはしゃぐサリー。気付けばいつの間にかワントソは、彼女の腕に抱かれているではないか。

ミラと違い、かなり胸元のボリュームがあるためか、そこに収まったワントソは「なんだか安定感がいいですワン」と、抱かれ心地がよさそうな様子である。

なんて羨ましい。そんな感情を抱きつつも、ミラは一先ず問題ないようだと両者の様子を確認する。

犬派というだけあってか、サリーは相当の犬好きのようだ。

なぜクー・シーがいるのか、裏風紀委員会の副委員長とは何なのかといった事など、まったく気にする素振りもなくワントソに夢中になっていた。

両者の関係はすこぶる良好だ。このまま置いていっても心配はいらないだろうほどに。

そう判断したミラは、「さて、それでは行ってくるのでな。後はよろしく頼むぞ」と言って立ち上がった。

「お任せくださいですワン」

「うん、がつんと王様を懲らしめちゃって！　もう再起不能にしちゃってくれてもいいから！　むしろしちゃって！」

ワントソは胸を張って答え、サリーもまた何かを握り潰すかのような仕草で激励を送る。

「う、うむ」

酷い目に遭わされた同僚の事を思ってだろう。ただミラは、その仕草は怖いと背筋を震わせた。

と、そうして言葉を交わした後、両者はまた楽しげにじゃれ合い始める。

紳士ぶるワントソではあるが、クー・シーの性《さが》とでもいうのか、サリーがどこからともなく取り出したボールに尻尾を振って目を輝かせている。

自分も時折、ああして遊んでやった方がいいだろうか。そんな事を思いつつ、ミラはボールが跳ね回る部屋を出たのだった。

〈11〉

一人客として城に入る予定だったが、標的にどうやって近づくかといった部分が決まってはいなかった。

けれど『ミラクルヘヴン』の新人であるサリーに出会った事で、悩みは一気に解決。王様相手の遊女として城に入るための切符を手に入れたのだ。

宿泊費も節約出来る、素晴らしい切符である。

後は王様とやらに会い、その人物がユーグスト本人だと確認次第、これを確保するだけだ。

「さて、待っておれよ……」

もしも違っていたら……などという事は考えずにやる気を漲らせるミラ。

イリスを男性恐怖症に陥らせた報い、そしてサリーの同僚を傷つけた事についても存分に償ってもらおう。

そんな意気込みを胸に早速城の受付前にまでやってきたミラは、見ていた通り受付に出張証を呈示した。すると途端に、受付の表情が気の毒そうなそれに変わる。

「そうか、君が今日の新人さんか……」

きっと彼は、こう思ったのだろう。また王様の犠牲になる者が来てしまったと。

しかも今回は幼く見える少女であるからか、彼は何か言いたげだった。

けれども客である王様は、この街一番の有力者だ。ゆえに帰った方がいいなどとは言えず、ただ彼は「何かあったら先輩達を頼るんだよ」とだけ助言して、キングルームに行く順路を教えてくれた。

「うむ、わ……――はいー、わかりましたー」

今の自分は新人遊女だ。そう心の中で思い返したミラは、意識的に言葉遣いと仕草を矯正し、まるで普通の少女の如く振る舞ってみせた。

とはいえ、これまで見た目相応の振る舞いというものを一切気にしてこなかったミラである。必死で繕った動きと言葉は少々やり過ぎであり、いわゆるぶりっ子のようになっていた。

だが、その見た目の可愛らしさのお陰もあってか、さほど違和感はなく、受付に怪しまれるような事にはならなかったようだ。

そうして危なげなく受付を通過したミラは、そのまま宿泊施設に向けて進んでいく。

その途中の事だ。

（ふむ、わしには演技の才能もあったようじゃのぅ！）

宿泊施設の入口手前にあった大きな姿見。そこに自分を映したミラは、より遊女になりきるべく、それらしいと思うセクシーポーズを試し始めた。

ここから先は、目の肥えた客とプロの遊女が跋扈《ばっこ》する戦場だ。偽物だとバレないように、より注意が必要である。

そう気を引き締めたミラは、それでいて自分のセクシー具合に満足げな笑みを浮かべ、自信満々に踏み込んでいった。

「これまた、とんでもないところじゃな……」

受付のあったホールからして煌びやかであったが、宿泊施設になっている区画は、それこそ王城さながらというほどに絢爛な造りだった。

さり気なく置かれた調度品のみならず、壁や床、そして天井に至るまで本物に負けず劣らずの完成度だ。

王様も、この城に相応しいくらいに素晴らしい人物なのだろうか。思わずそう錯覚してしまいそうになるほどだが、その点についての答えは出ている。

ただの変態であると。

(さて、確か昇降機があると言うておったな)

思った以上の高級感に圧倒されるも、ミラは気を引き締めて廊下を進んでいく。

そこらの高級宿よりも上等な、この宿泊施設。本物の王城にも引けを取らないクオリティだが、一つだけ違うところがあった。

それは、人である。王城には、兵士だメイドだといった城仕えが多くいる。廊下であっても何かと賑わっているものだが、ここでは人の姿がほとんど見られないのだ。

とはいえ、それも当然か。場所が場所である。これから事に及ぼうというところで、そこらに係員がいたとしたら共に何とも気まずくなるだろう。

それなりにアルカイト城やニルヴァーナ城を歩き回ってきたミラは、その違いを実感しながら前方を見通す。

見えるのは長い廊下と、数人の女性だ。きっと彼女達は——いや、彼女達も出張でやってきた遊女だろう。そう判断したミラは、更に遊女らしさを知るべく彼女達を観察した。

（これまた……なんというセクシーさじゃろうか。まったく堪らんのぅ！）

隠す事なく色気を振りまいている女性達。その露出の高い服は扇情的でいて美しく、それでいてのギリギリ具合に興奮するミラは、そこでふと思い出す。

（おっと、そういえば着替えぬとな）

サリーから受け取ったミニスカ着物は、まだカバンの中。話によると、城内に着替えのための部屋があるという事だ。

今のミラは、そこらの町娘風。まだ遊女っぽくはなく、どうにも浮いた感じである。

早く着替えなければと周囲を見回すも、それらしい部屋がない。

と、そうしていたミラの目に昇降機が映った。その近くにあった案内板によると、キングルームの手前にも着替え用の部屋があるようだ。

行く道の途中にあるのなら手っ取り早い。そう考えたミラは、そのまま昇降機の前にまでやってきた。

（何やら、いい匂いがするのぅ……）

昇降機が下りてくるのを待つ、数人の遊女。

何かしら香水の類でもつけているのだろう。花のような香りが、ふわりと漂ってくる。主張し過ぎず、ほんのりと鼻腔を擽る上品な匂いだ。

と、そこでミラは再び気付く。

見た目は完璧だが、匂いについては気にした事がなかったと。

そして今日のこれまでを思い返せば、あまり好ましいとは思えない状態が浮かんでくる。

何かと街を歩き回っていたため、ほんのりと汗ばみもしていた。しかもまだ着替え前だ。

（……もしかすると、わし、汗臭いのではないじゃろうか!?）

誰からも指摘されてはいないが、こういうものはあまり他人には言い辛いものである。

そう理解するミラは、やがて昇降機が到着すると、匂いを気にしながらも他の遊女達と共に乗り込んだ。

ミラは昇降機の中、少しだけ遊女達から離れた位置に立ち、自分の匂いを確認する。

（ふむ……特にこれといって……）

匂ってみたが、汗臭さは感じない。とはいえ匂いというのは、どうにも本人にはわかり辛いものだ。

流石のミラとて、臭うなどと言われれば多少傷つく感性は持ち合わせている。

（おっと、忘れておった）

昇降機が動き出したところで気付く。そういえば、まだ行先の階のボタンを押していなかったと。

プレイヤー達が作り出した技術だけあって、昇降機の基本構造はよく知るものだ。

見たところ、三階と四階のボタンが押されている。高級ながらも、この場所ではリーズナブルな部屋が集まる階だ。

ミラは遊女達の間から、ひょっこりと身体を出して、王様のいる最上階であるキングルームのボタンを押した。

すると、その瞬間だ。

いったい、どうしたというのか、そこにいる遊女達の視線が一斉にミラへと向けられたではないか。

(な、なんじゃ!?)

突然注目された事に、たじろぐミラ。そして同時に、脳裏を過った悪い予感。

(やはり……臭うのじゃろうか!?)

先程まで、その事について考えていたためか、近づいた事で汗臭いのがばれたのでは。だからこそ、こんなに見られているのでは。

そう慌てたミラだったが、理由はもっと単純なものであった。

「貴女……王様のところに……」

「見覚えのない顔だけど新人さん……? いえ、ごめんなさい、なんでもないわ」

「また何も知らない子が来ちゃったんだね……でも、ごめん。私達じゃあどうにも——」

驚愕から憐れみ、そして諦めからの謝罪を残して、彼女達は三階で、そして続く四階で降りていった。

注目された理由。それは匂いなどではなく、ミラが最上階のボタンを押したからだった。

王様には十数人とお気に入りの遊女がおり、毎日ローテーションが組まれているというのは遊女界での常識だ。

当然彼女達も、それを知っていたのだろう。そして今回、見覚えのない少女が最上階行きのボタンを押したものだから察したわけだ。

また、新人が王様の犠牲になるのだと。

けれど彼女達には、どうにも出来ない。この街でも特に強い権力を持つ王様に目をつけられれば、生きてはいけないのだ。

とはいえミラにとって、その辺りはどうでもいい事であった。

「ふむ……特に問題はないと思ってもよいのかのぅ」

遊女達の反応からして、きっと指摘するような匂いではなかったのだろう。そのように判断したミラは、念のために自分の身体を嗅ぎ回してから、臭くない大丈夫だと信じつつ最上階で昇降機を降りたのだった。

キャメロットパレスの最上階。キングルームという名のそこは、正しくその名の通りの場所だった。

昇降機を降りると赤い絨毯の敷かれた廊下があり、正面には先程確認した着替え用の部屋があった。

ミラは早速、その部屋に足を踏み入れる。

（……おらぬか）

着替え中の遊女はいないようだ。

その事を残念がりつつ、ミラはミニスカ着物に着替え始める。

それが本格的な着物だったならば、右も左もわからなくなっていたところだ。けれど預かったそれは細かい部分が簡略化されており、サリーに教えてもらった通りにすれば様になる着方が出来た。

ただ、もともとはサリーが着るための衣装だったためか、そのまま着ては完全なミニスカ状態にはならなかった。

とはいえ遊女用のフリーサイズというのは特別製なようだ。簡単に丈を調整出来る仕組みとなっているため、ミラは自らの手で裾を上げ下げする。

「おお、これはなかなか――……いやいや、これは短すぎじゃろう――……うむ、わしの美少女っぷりは止《とど》まるところを知らぬのぅ！」

などとのたまいながら、ミラは自分が最高に可愛く見えるバランスを狙って丈を仕上げた。また、袖は手首を余裕で隠せるくらいにだぼつかせてある。左手首の腕輪を見られたら、ただの遊女ではないと気付かれてしまうからだ。

その仕上がりは、見た目だけならば最高級の花魁《おいらん》と言えるだろう。若干ミニスカの部分が下品に見えるが、変態が相手というのならば、このくらいで丁度いいのかもしれない。

そうして完璧に着替え終えたミラは、いよいよ赤絨毯の廊下を抜ける。

目の前に広がるロビーは、ダンスパーティでも開けるのではと思えるほど広く華やかだった。

そんなロビーにミラが踏み込んだ直後の事。ロビー全体が、張り詰めたような緊張感に包まれた。

見ると、そこには十人ほどの遊女達の姿があった。しかもその全員が目も眩むほどの美女ばかりときたものだ。

流石は毎日のように複数の遊女と同時に楽しんでいるという王様だ。これほどまでの美女を集めるのみならず待機させているとはとんでもないと、僅かばかりに羨ましがるミラ。

とはいえ、そう暢気《のんき》に構えてばかりはいられないようだ。そこにあるほとんどの視線がミラに向けられているだけでなく、どうにも怒りの感情が込められているように感じられたからだ。

(な……何じゃろうか、まだ何もしておらんのじゃが……)

もしかしたらロビーに足を踏み入れる前に挨拶をするだとか、左右の決まった足から入らなくてはいけないだとか、そういったローカルルールみたいなものでもあったのだろうか。

それとも、まさか偽物だとバレてしまったのではないか。

とげとげしい様子の遊女達を前に理由を思い浮かべては、どうしたものかと考えるミラ。

場合によっては、ここまでこれたのだから、あとは強硬突破してしまうという手もあった。

まだ王様がユーグストであると確定したわけではないが、それはそれ。まずは権力を笠に着て変態行為し放題な男を成敗すると考えれば、突入してしまうのも悪くない。

と、そのように色々と策を立てていたところだ。

「貴女、もしかして『ミラクルヘヴン』の新人さん？」

一番ツンケンした美女が歩み寄ってくると共に、そう問うてきたのだ。

「うむ――はい、そうですー、『ミラクルヘヴン』から来ましたー」

まだ名乗っておらず、出張証も見せてはいない。にもかかわらず言い当てられた。

既に連絡が入っているのか、単純に新顔だから察したのか。その点はわからないが、彼女達の怒りの理由がはっきりしない今、ミラはとりあえず無知な新人で乗り切るべく素直に肯定で返した。

「あいつ――……！」

すると、どうしたのか。場の雰囲気が余計に悪化した。

美女はツンケンしながらも、先程までの態度はまだ温和だったのだとはっきりわかるほど、ミラが答えた後の反応は厳しかった。

明らかに、ミラが肯定したのが原因だ。

けれど、彼女は「あいつ」と口にした。

いったいどいつだと様子を窺うと、その怒りの対象はミラではなく別に向いているとわかる。

また変化したのは、その美女だけではない。同時に他の待機している遊女達も、一斉に険呑な気配を醸し出し始めていたのだ。

いったい彼女達は何に対して、誰に対してこのような怒りを露わにしているのだろうか。

しかし、どうにもそれがわからないミラは、だからこそ彼女達の迫力に気圧《けお》されてたじろいだ。

すると――。

「あ、驚かせちゃったかな、ごめんなさいね。貴女に怒っているわけじゃないから。貴女をここに寄越した、ボッツに怒っているの」

再び様子が一変。怒髪天状態だった美女の表情が一瞬で変わった。今はまるで、子供の頃近所にいた優しいお姉さんとでもいったような印象だ。

（わしをここに寄越した、ボッツ……誰の事じゃろうか）

美女の言葉を受けて、ミラは首を傾げる。彼女達の怒りの矛先となっているボッツとは何者かと。

そうミラが考えている間の事だ。遊女達が喧喧囂囂《けんけんごうごう》と声を荒らげ始めた。

「ああもう、あいつ！　新人は大事なんだから守ってあげてって言ったのに！　どうして今日もこさせるのかな！」

「ほんと、店の事しか考えていないのね。最低」

「相手が王様だからといっても、そこは死守しないといけないわ」

「私、何があっても『ミラクルヘヴン』では働きたくない」

彼女達の言葉を聞く限り、それはもう『ミラクルヘヴン』が大ひんしゅくを買っていた。

そしてミラは、その遊女達の会話の流れから現状を把握する事に成功する。

（なるほどのぅ……つまりボッツという人物は、『ミラクルヘヴン』の支配人といったところか）

彼女達の怒りの原因はつまり、昨日新人が酷い目に遭ったにもかかわらず、またボッツとやらが新人をここに寄越したからという事だった。

昨日の新人がされた仕打ちについては、サリーから幾らか聞いている。それはもう酷い扱いだ。

だからこそ、ここにいる遊女達は、またそのような事にならぬよう新人を寄越すなとボッツに忠告したのだろう。

けれど、王様の権力を前にして店の保身に走ったボッツは、要請通りに新人を送り出すに至る。

大切な従業員を守らずに、店を優先した。その点が彼女達の怒りを買ったわけだ。

店側の事情というのも大切ではあるが、彼女達が言う事もまたもっともである。

立場的にはライバルとなるが、それでも他の店の遊女を気遣っている様子からして、彼女達にとっては仲間でもあるようだ。

花街特区とは何とも不思議な場所だ。と、そのようにミラが感心していた時だった。

「何だか騒がしいけど、どうしたの？」

そうこうしている間に、昇降機がもう一往復していた。開いた後ろの扉から出てきた女性が、今の様子を前にそう問うた。

「あ、ラノアさん、聞いて下さい。またボッツが新人を――」

「酷いんですよ、あんなにラノアさんが言ったのに――」

長い黒髪の女性。ラノアと呼ばれた彼女は、ここにいる遊女達にも一目置かれる存在らしい。それはもう告げ口でもするかのように、ボッツを責める声が続いた。

（む……この者は……!?）

振り向いたミラは、その女性の姿を見て直ぐに気付いた。その人物が先程ファミレスのような店で確認した、花街特区一番の遊女であると。

元はと言えば、彼女が「王様」と口にしていた事が、ここにまで辿り着いたきっかけだ。王様の一番のお気に入りである遊女のラノア。思えば、今日も仕事だと言っていた。ここで出会う事になるのも当然の流れだ。

と、そのようにミラがラノアと出会った時の事を思い出している間。

「――それでラノアさん、新人のこの子は来なかった事にして、無理矢理にでも帰してあげた方がいいんじゃないでしょうか」

「そうです、ボッツが拒否したか、受ける新人が一人もいなかったって事に」

遊女達が、そんな事を言い出したではないか。

彼女達にとってミラは、エンドコンテンツに送り込まれたビギナーのようなものだ。ゆえに、それは気遣いであり優しさである。

しかしミラにしてみれば、ようやくここまで潜り込めたという状況だ。ここで帰されてしまうわけには、いかないというもの。

（……この際、ドMの新人という体《てい》で――）

帰らされる事を回避するためには、どうすればいいのか。そう考えて咄嗟《とっさ》に思い付いたアイデアは、自分をドMにしてしまうというものだった。

むしろドMの少女であるため、王様に酷い扱いをされに来た。そういう事にすれば、きっと彼女達も帰そうなどとは言わなくなるだろう。

ただ、その代わりにミラの精神がガリガリと削られていくのは間違いない。

けれど帰されるよりはましである。

そうミラが作戦を練っていたところだ。遊女達の訴えを聞きながら前に出て振り返ったラノアと、ばっちり目が合った。

その瞬間、ミラは思う。彼女はあの店での事を覚えているだろうかと。

ワントソが言うに、すれ違った際、ラノアはミラを気にするような素振りを見せていたという事だ。遊女のライバルとしてならば問題はない。だが、それ以外だったとしたらどうか。

この偶然のようで必然な再会を怪しまれるかもしれない。

そこから細かい部分を訊かれたりしないかと身構えるミラ。多少ならばサリーに聞いてあるが、深く掘り下げられるとボロが出る状態だ。

と、ミラが懸念していたところ、ラノアはそっと微笑んでから再び彼女達を振り返った。顔までは覚えられていなかったのか、まるで初対面であるかのような反応だ。

「そうしたいところだけど、ここにいるって事は受付を通っているわけよね。それならもう記録されているから、ここでいなくなったら、むしろこの子の責任になってしまうわよ」

それが新人を無事に帰そうという遊女達の声に対してラノアが返した答えだった。

「あ……」

「そう、ですね……」

その言葉で、昨日みたいな惨状にならぬようにと声を上げていた遊女達の表情が一気に曇る。

ここに来る前であったのならば、店側が拒否して遊女を出さなかったという形に出来る。

けれどここにいるという事は、下の受付で出張証を提示したからだ。無事に到着しながらもいなくなったとしたら逃げ出したとみなされ、その責任は遊女に向けられる。

それがここでのルールらしい。ゆえに善意の帰還命令を受けずに済みそうだ。

(どうなるかと思うたが、これで王様とやらの面《つら》を拝めそうじゃな)

予定通りに遊女として近づいて、思いっきり殴り飛ばす事が出来そうだ。ミラは、そう心の中でほくそ笑んだ。

〈12〉


帰されずに済んで喜ぶミラであったが、それはミラの都合によるもの。

何も知らない遊女達はというと、やはり新人であるミラの身を案じている様子だ。

互いに自己紹介を済ませた後に、彼女達は話し合いを始めた。ミラを帰す事は諦めたが、やれる事はまだあるはずだと。

ちなみにミラは、自己紹介の際に『ミミ』と名乗った。ユーグストにはイリスを通じてミラの名が伝わっているので、念のための偽名だ。

（なんと心優しい娘達なのじゃろうか……）

本気で心配してくれている遊女達に対し、騙して申し訳ないと思うミラ。

どれだけ話し合い作戦を立てたとて、王様と対面する時は、すなわち決戦だ。容赦なく身柄確保に動くため、その作戦が実行される事はないのである。

けれど王様を捕まえてしまうつもりなので心配無用、などと言う事は出来ない。

優しいのは、遊女仲間という前提があるからだ。変態ではあるものの存分に散財してくれる王様は、彼女達にとってみると貴重な収入源であるはずだ。

王様がユーグストで確定すれば、それを潰す事になる。つまりは彼女達の稼ぎが減るわけだ。

むしろ恨まれても仕方がない状況である。王様側に立つ者もいるかもしれない。だからこそミラは、正体に気付かれないためにも静かに時間が来るのを待っていた。

ただ、そうしている間にも、遊女達が立案する作戦内容が聞こえてくる。

「じゃあさ、こういうのはどうかな――」

「なら、いっその事――」

新人を王様の魔の手から守る方法として挙がった、遊女達の案。

一つは、プレイ中にそっと、特に注意するべき道具類を片付けてしまうというもの。

けれどそれは、遊女達も把握出来ていないくらいに道具があるという事で棄却された。

だが彼女達は諦めない。その二、その三とアイデアを練ってはボツにするを繰り返す。

そして七つ目の策が誰かの口から提案される。

その内容は、むしろ自分達でやってしまおう、といったものだった。

王様がするプレイはハードで変態的、更にはやり過ぎてしまうため新人の心に大きな傷を負わせてしまう。

ならばいっそ先に自分達の手で新人を責める事で、やり過ぎないように調整する。それがこの策のキーポイントであるわけだ。

「ほら、王様は私達同士で絡ませて、それを見ているって時間があるでしょ？　その時にさ、一日に二度も出来ないようなところは全部私達でしちゃえば、昨日みたいに酷くなり過ぎずに済むと思うの」

どうやら王様の遊女遊びには、幾らか流れがあるようだ。

その中には美しい遊女同士が絡み合う時間もあるため、そのタイミングで幾らかハードな内容を先に済ませ新人の負担を減らすという策である。

これならば、全て王様の手で行われるよりずっと楽になるはずだ。そう語る遊女の声には熱がこもっていた。

それだけ昨日は余程の仕打ちだったのだろう。それはいいかもしれないと、遊女達は盛り上がり始めた。

（思えば、とんでもない会話を聞いておる気がするのぅ……）

彼女達が口にする王様お得意の変態プレイ。その内容やら何やらを美女達が語る様というのは、何とも聞いているだけで妄想が広がるものだった。

しかしながらミラは気づく。その全てが新人に、つまりは自分自身に対して行われる事であると。

綺麗なお姉さん達の手で、変態チックに責められる。それは何とも興奮する内容であり、ドギマギするミラ。

（この娘達も、そんなプレイを……）

ここまで真剣に考えさせて悪いと思いつつも、ミラは彼女達の言葉を豊かな想像力でもって広げていった。

だが、きっとそうなる前に、王様とは決着がついているだろう。

たとえ王様が標的でなくとも、いざとなれば裏委員会の設定を押し通し、成敗してしまうつもりだった。これほどまでに遊女達から非難されているのなら罪状は十分であろうと。

なお、その考えには存分に保身が加わっている。むしろそうしなければ、自分がとんでもない経験をさせられてしまうからだ。

話を聞けば聞くほどに、それは絶対に回避しなければと、ミラの決意は強固になっていった。

「うーん、もしかすると難しいかもしれないわね。昨日と同じ流れだとすると、彼女は最後のお楽しみにされるはずよ」

幾らか話し合いが進んだところで、これまで考え込んでいた様子だったラノアが、そんな言葉を口にした。

皆で新人を可愛がろう作戦は悪くないが、その前提で躓《つまず》くかもしれないと彼女は指摘したのだ。

何でも王様は、好きなものを最後のお楽しみとしてとっておくタイプだそうだ。

ラノアが言うに、昨日も新人はプレイの間ずっと傍にいたものの、最後になるまで手を出されていなかったらしい。

だからこそ今回も同じだった場合、こちらで先に手をつけようものなら激怒する恐れがあるというのだ。

「確かに、そういえば……」

「あの時、私達は動けなくなるまでされた後でしたね……」

新人が王様の毒牙にかかったのは、他の遊女達がたっぷりと可愛がられた後、最後のタイミングだった。

そう思い出した彼女達は、新人の負担を減らせる可能性が、ここにきて激減してしまったと頭を抱える。

王様を怒らせるわけにはいかない。そう深刻そうに呟く遊女達。怒らせた事が原因で、もっと酷い目に遭った者が何人もいるそうだ。

結果、話は振り出しに戻ってしまった。

「どうしよう……もう時間がないよ」

遊女の一人が時計を見て、そう言った。王様との約束の時間まで残り十分だと。

焦り始める遊女達。だがそんな中でミラのほかに、もう一人だけ落ち着いている者がいた。

それは、ラノアだ。

「大丈夫、私に任せて。こんな時のためにちゃんと用意してきたの。これをあいつに飲ませればいいわ」

皆を落ち着かせるためか、ラノアは微笑みながら、ポーチよりピンク色の小瓶を取り出してみせた。

するとどうした事か、遊女達の表情が驚きに染まっていく。

「ラノアさん、それってまさか……」

「そんな貴重品、どこで手に入れたんですか……!?」

その驚きようからして、ピンク色の小瓶に入った液体は、とんでもない代物のようだ。

（ふむ、何なのじゃろうか。回復薬の類とかかのぅ）

見た目では、さっぱり判断が出来ない。もしかしたら、変態プレイで負った傷を癒せるくらいの薬だろうか、などと考えるミラ。

しかしその正体は、まったく違うものだった。

遊女達が、これならいちころだとか、あの性欲モンスターも倒せるだとか言い始めたのである。

明らかに回復薬といったものではないとわかる。

「あのぅ、それって何なのでしょうか？」

もしや劇物の類か。いよいよ腹に据えかねて始末してしまおうとでもいうのか。気になったミラは、おずおずとした新人遊女を演じつつ、そっと質問した。

「ふふふ、これはね――」

そんなミラに振り向いたラノアは、少し小悪魔チックな笑みを浮かべながら、その効能を教えてくれた。

ラノア曰く、それは特別な精力増強剤だそうだ。

効果は、全ての精力増強剤の頂点に君臨するほどであり、これを飲んだなら、この花街特区全ての遊女を相手に無双出来るほどの精力を得られるという。

「え、そんなのを飲ませたら……」

ラノアは、その精力増強剤を王様に飲ませると言っていた。

しかし、それほどにとんでもないものを飲ませてしまったら、むしろ余計に酷い事になるのではと懸念するミラ。

だがそんなミラとは対照的に、他の遊女達は何やら覚悟を決めたような顔で随分とやる気を漲らせていた。

「ええ、きっと今日のお仕事は大変な事になるでしょうね。でも、それは二時間だけよ――」

ラノアは微笑を絶やす事なく続けた。この精力増強剤には、制限時間があるのだと。

二時間。それが、無敵の精力を得られるタイムリミットだった。

では、この時間を過ぎたらどうなるのか。その答えも直ぐに語られた。

まずは、ハッスルした分だけの反動が出るそうだ。

つまりは、無限に頑張れるが、効果が切れるとその頑張った分だけ一気に消耗するというわけである。

更に一週間ほどは、まるで悟りでも啓《ひら》いたかのように性欲の一切が凪《なぎ》の状態になるという。

つまりラノアの作戦は、無双状態になった二時間を皆で戦い抜いて、新人の出番が来ないようにしてしまおうと、そういうわけだ。

「でも、皆さんにそんな大変な事を……」

王様がユーグストであると確認が取れ次第、作戦開始となる。無双状態の変態の相手をするなど、そんな無茶を彼女達がする必要はない。むしろ一番手でもいいくらいだ。

けれど遊女達の結束は固かった。

「貴女は気にしないで。これは私達にとってもチャンスなんだから！」

「そう、あの変態から性欲を抜いたらどんな顔になるか拝んでやる！」

多くの遊女達がしのぎを削る花街特区にありながら、いや、むしろこのような場所だからこそ彼女達の繋がりは強いのだろう。

金と権力を持ち、それでいて横暴な変態を相手に一矢報いてやろうと盛り上がっていた。

新人であるミラのため、というのもあるのだろうが、どうにも別方面で燃え始めた遊女達。

この街でトップクラスの美貌と技術を持つ彼女達が全員で本気を出したら、いったい男はどうなってしまうのか。どれだけの天国を味わう事になるのか。

(そのまま精根尽き果ててくれれば楽そうじゃな……)

男なら誰もが夢見るハーレムプレイに心躍らせるミラ。そして、王様が完膚なきまでに搾り取られてしまう事を願う。

と、そうして無双状態になった王様をどうやって責めていくかと、遊女達が詳細に話していたところだ。

重々しい音を立てて、ロビー正面の大きな扉が開いた。いよいよ、王様とのプレイ開始の時間である。

「それじゃあ、今の順番で絶え間なくいきましょう」

作戦も一通り纏まり、遊女達はいざ臨戦態勢となる。そんな中、ミラの前に歩み寄ってきたラノアがピンクの小瓶を差し出してきた。

「まずは私達の身体で王様の視界を塞ぐから、その間にこれをお願いね。いつもテーブルの上にワインが置いてあるから」

「はい、わかりました！」

ピンクの小瓶を受け取ったミラは、それをそっと袂《たもと》に忍ばせる。皆が言うに、王様はいつもプレイ中にワインを飲んでいるそうだ。

ミラの役目は、彼女達が王様とくんずほぐれつしている間に、そっとワインに精力増強剤を数滴垂らすというものだった。

「さあ、いくわよ！」

先陣をきってラノアが扉の奥へと踏み込んで行くと、他の遊女達もまた応と答え、威風堂々とした足取りで歩き出す。それはまるで、魔王に立ち向かう勇者一行のような雄姿であった。

(精根尽き果ててしまえば、捕まえるのも楽そうじゃな)

王様がユーグストで確定した場合、ラノア達の作戦がうまくいけば戦う必要すらなくなるかもしれない。

大陸最大とされる犯罪組織『イラ・ムエルテ』の最高幹部はどの程度の強さなのかは気になるが、場所が場所である。戦闘による破損の修繕費などを請求されたら、堪ったものではない。いざという時は、身柄確保後に即とんずらも考慮するべきだろう。

ミラは無事に終わる事を祈りつつ、頼もしくも扇情的な彼女達の背後に続く。

(これまた、とんでもないところじゃな)

王様がずっと貸し切りにしているという部屋。そこは正しく、王城の一フロアとでもいったような場所だった。

目の前には真っ直ぐ延びる廊下があり、左右には複数の扉が並んでいた。更に赤い絨毯と煌《きらめ》くシャンデリア。それこそ王城などで見た事のある光景だ。

そんな廊下を迷う事なく進んでいくラノア達。

通り過ぎていく部屋は、いったいどういった部屋なのか。幾つかあるうち、僅かに開いたままの扉から垣間見えたそれは、まるで学校の教室に似ていた。

いったいなぜ、このようなところにそんな造りの部屋があるのか。勉強でもしているのだろうか。

一見すると不可解にも思えるが、それを一目見たミラは直感していた。その部屋は、ずばりシチュエーションルームだと。

そう、禁断の学校プレイである。

（もしや他の部屋も……）

これだけの部屋があって、そういう場所がたった一つだけとは思えない。

幾つも並ぶ扉を見つめながら妄想を広げ始めたミラ。だがその終わりは直ぐに訪れた。

王様の待つ部屋の扉前に到着したのだ。

一度振り返り示し合わせるように頷いたラノアは、扉に向かって「本日も、よろしくお願いいたします」と言ってから扉を開いた。

ラノアを筆頭に遊女達も部屋へと入り、最後にミラも続く。

（おお……ソロモンもこのくらいすればよいのにのぅ）

そこは、一国の王の私室よりも断然煌びやかな部屋だった。調度品は、どれもこれもが特上だと一目でわかるほどの代物であり、テーブルに置かれた小物一つとっても見事な細工で彩られたものばかりだ。

その中央に男はいた。まるで玉座のように置かれた立派な革張りのソファーに腰掛ける彼こそが、王様と呼ばれている男のようだ。

「よくきた、お前達。今日も楽しませてくれよ」

「はい、お任せください」

にこやかに答えるなり、王様の正面にまで歩み寄っていくラノア達。

その際、隣に来るようにというラノアの合図を受けて、ミラもまた遊女の一人としてそこに立った。

王様の正面にラノア、その隣にミラ、そして左右に他の遊女達も並んでいく。王様側から見たとしたら、さぞ絶景であろう。

（ふむ……こ奴が王様か）

金と権力を振りかざしては、毎日のように美女達を貪り、新人までも食い物にする性の変態。

ミラは想像していた。きっと王様は、よくいる悪徳貴族のような姿をした男なのだろうと。

しかし正面から捉えた男の姿は、正しく王様であった。

身体は引き締まっており、無駄な脂肪など一切見当たらない。

頭は禿げ散らかしておらず、金髪で短めに揃えられていて脂ぎった様子は皆無だ。

そして何よりも、その顔だ。文句の付け所がないほどに端整な顔立ちをしていたのである。

どこか傲慢で不遜に構える態度は、野心的な覇王とでもいった雰囲気があり、人によっては一目惚れしてしまいそうだと思えるほどに彼はイケメンだった。

そんな王様の視線は、遊女達を軽く見回した後にミラへと注がれる。

「ほう、その娘が今日の新人か。幼く見えるが、それもまた一興。なるほどなるほど、ボッツの奴め、これほどの逸材を抱えていたとはな。合格だ。その身体を味わう時が楽しみになってきたぞ」

王様は不敵な笑みを浮かべながら、すうっと目を細めた。

いったい王様は、どんな変態行為を思い浮かべたのか。ミラは背筋を走る悪寒に、思わずぶるりと身を震わせつつも「ミミと申しますー」と答えた。

（まあ、そのような事にはならぬがのぅ！）

挨拶をしながらも王様を見つめて調べたミラは、その結果に心の中でほくそ笑んだ。

判明した王様の名。それは予想した通り、『イラ・ムエルテ』の最高幹部が一人、ユーグスト・グラーディンであったからだ。

〈13〉

部屋の奥に置かれたキングサイズのベッド。そこに腰掛けるユーグストは、遊女達が一人ずつゆっくりと服を脱いでいく様を見つめていた。

そしてミラはというと、こちらもまたラノア達に言われた通りに待機中だ。今は少し離れた場所で、王様の遊びというものを見学させられている。

（おおぅ……何ともまた絶景な……）

一人ずつ露わになっていく遊女達の裸体。それを見る限り、ユーグストは随分と好みの幅が広いとわかる。

大きかったり小さかったりとバリエーション豊かだ。

ただ何よりもトップクラスの遊女が揃っているだけあって、誰の美しさも筆舌に尽くしがたく、ただただ目が離せないほどの魅惑に満ちていた。

きっとユーグスト側から見たとしたら、それはもう格別であっただろう。

と、そのように羨みながらも、どうにか煩悩《ぼんのう》を振り払ったミラは、いざラノア達がチャンスを作ってくれるのを待つ。

目的は、ユーグストのワインに精力増強剤を入れる事。そしてそれは、ベッドの隣にあるテーブルに置かれていた。瓶が一本と、ワインの注がれたグラスが一つだ。

今の立ち位置からして、約五メートルほどの距離にある。

(さて、いよいよじゃな……)

ラノア達の脱衣ショーが終わったところで、いよいよ大人の遊戯が始まった。

ベッドの上でどんと構える王様に対して、遊女達が一斉に絡み合っていく。

「おっと、なるほど。今日はこういった作戦か。いいだろう、受けて立とうではないか!」

ラノア達とユーグストは、毎日のようにこういった攻防を繰り広げているようだ。波状攻めだったり一騎打ちだったりと、どちらが先に果てるかの勝負である。

今回は、一斉攻めの策だと受け取ったユーグストは、どこからでもかかってこいと彼女達を受け止めて笑う。

ベッドの上でくんずほぐれつ絡み合うユーグストと遊女達。あの中心が自分だったらなどと想像しつつ、ミラはその生々しい様子を注意深く見つめる。

と、その最中だ。

「なかなか、やるな。だが、まだまだだ!」

随分とご機嫌なユーグストの声が響いたところで、そっとラノアがこちらに顔を向けて合図を出した。

(よし、作戦開始じゃな!)

合図の後、ラノア達が更に攻め始めた。そしてユーグストの視界をその身体で覆い尽くしていく。きっと彼の目には、男にとっての理想郷が広がっている事だろう。

一度は拝んでみたいものだ。そんな事を夢想しながらも、ミラは気持ちを切り替えて作戦を開始した。

「お、お、おお、これはいいぞっ」

聞きたくもないユーグストの悦に入った声が響いてくる。さぞかし彼は……などと何度目になるかわからない煩悩を振り払い、ミラはそっとテーブルに近づいていった。

(よし、後はこれを……)

袂から小瓶を取り出したミラは、一度ベッドの様子を窺った。

ユーグストは、完全に女体に埋もれていた。遊女達が上手い事角度を調整しているため、ミラの位置からはユーグストの状態がまったく確認出来ないほどである。

それはつまりユーグスト側からも、このテーブルを確認出来ないという事だ。

今が絶好の機会。そう直感したミラは、素早く小瓶の蓋を開けて瓶とグラスの両方に数滴垂らした。

その時だ。

「ああ！　流石はラノアだ。このままでは勝てそうにないな」

降参だとばかりに、ユーグストがベッドから起き上がったのである。しかも「俺は、一杯入れてからが本番だからな」などと負け惜しみのような言葉を口にしながらテーブルの方に振り向いたではないか。

瞬間、遊女達の顔に焦りが浮かぶ。予定よりも早くユーグストが達してしまったため、ミラが元の位置に戻るまでの時間が足りなかったからだ。

ここでミラが見つかっては、ワインに細工した事に気付かれるかもしれない。そうなれば、いったいどんなお仕置きが待っているのか。

慌てて止めようとする遊女。けれど、懸念した状況にはならなかった。

「おっと、なるほど。この俺を誘惑しようとするとは、随分と有望な新人のようだな」

ユーグストは振り向く途中で視線を止めると、愉悦に満ちた声でそう言った。

その視線の先には、まるで見せつけるかのように両脚を開いて座り込んでいるミラの姿があった。


（あいたたた……）

予定よりも早かったユーグストの動き。普通に歩いて戻っては間に合わないと判断したミラは、《縮地》を使って待機を命じられた場所にまで戻っていた。

だが《縮地》は、その瞬発力ゆえ、急に止まる事は出来ない。よって無理矢理に止まろうとしたミラは、勢いのまま尻もちをついてしまっていたのだ。

その結果、ユーグスト側に向けて、大っぴらにミニ丈の着物の中を見せつけるような格好になってしまった。

ただ、どうやらその体勢が功を奏したようだ。ミラが裏で工作をしていた事についてユーグストは一切気づいた様子はなく、着物の裾から覗くパンツに釘付けだった。

「その小さな身体で、これほど積極的な娘は初めてだ。しかも新人らしい、なんの計算もない見せつけ方。ああ、久しぶりに滾《たぎ》ってきたぞ」

ギラギラとしたユーグストの目が突き刺さる。

対してミラは、不自然にならないように立ち上がり、恥じらったような仕草をしてみせた。

ユーグストが勝手に勘違いしてくれたため、上手く誤魔化せた。たまたまだったが、ミラは工作を疑われぬように新人遊女らしいイメージを演じる。

とはいえ演技など素人であり、遊女についてもさほど知らないミラである。その素振りはわざとらしく、演技だと直ぐにわかるものだった。

「ああ、まったく。今更清楚ぶるとは。だが、そこもまた可愛らしいではないか」

すんなりと見破られはしたものの、その反応が彼の嗜好に見事直撃したようだ。「最後が最高に楽しみだ！」と、それはもう興奮した様子でテーブルの上に置かれたワイングラスを手に取った。

「さあ、今日はいつもより長くなりそうだ」

ミラの全身を舐め回すように見つめたユーグストは、続いてラノア達に視線を向ける。そして、

「まずはお前達を動けなくなるまで可愛がってやるからな」と、それはもうやる気満々な様子で手にしたワインを一気に呷《あお》った。

(よし、飲みおった！)

ユーグストに、どのように思われたのかはよくわからない。

だが、ともかく精力増強剤を飲ませる事に成功したミラは、その結果を前に心の中でガッツポーズを決めた。

とはいえ、もとより性欲の塊で変態なユーグストに極上の精力増強剤を投入するという作戦である。いったい、どれだけハードな性の怪物になってしまうのか予測もつかない。

「おお……なんだかいつもより酒の効きがいいな。力が湧き上がってくるようだ！」

その変化は、正に劇的だった。目に見えずとも、目に見えてユーグストの性力が高まっていくのがはっきりとわかった。

これから精力増強剤の効果が切れるまでの二時間、そんなユーグストを相手に激しい攻防が繰り広げられる事になる。ここからがラノア達の本番であるといっても過言ではないだろう。

(頼んだぞ、遊女達《ゆうしゃ》よ)

二時間が過ぎて精力増強剤の効果が切れると、ハッスルした分だけ反動が来るという話だ。

状況は、ユーグスト一人に対してラノア達は十人。幾ら性の怪物になろうとも、その道のプロ十人を相手に二時間も勝負したとしたら、きっと効果が切れると同時にぶっ倒れるのは必然であろう。

後は、精根尽き果てた彼を捕縛して任務完了だ。騒がず静かに済むのならば、これほど完璧な結果はないだろう。

と、そのような理想を脳内で思い浮かべていたミラは、目の前でどんなプレイが繰り広げられるのかとワクワクする気持ちを心の中に秘めて待機していた。

「ああ……ああ！　なんだ……熱い……抑えきれなくなってきたぞ！」

いざ位置についていたラノア達とユーグストが二戦目を開始しようとした時だ。

それはもう溢れる欲望で上気したユーグストが、勢いよく立ち上がったではないか。

「なんだ……足りない、足りないぞ！」

精力増強剤の効果か、ユーグストは際限なく高まっていく性欲によって、これまでにないほどの興奮状態になっているようだ。

しなだれかかる遊女達を、まるで求めているものとは違うとばかりに払いのけるユーグスト。

(何を言っておるのじゃ、あ奴は。その楽園こそが理想郷じゃろうに。まったく、わしが代わってほしいくらいじゃ)

性欲が最高潮にまで高まった状態で、あれほどの美女に囲まれ何が不満だというのか。

男にとって最高の戦場にありながら、足りないなどという彼の態度に憤り、その贅沢加減に敵意を燃やすミラ。

するとそんなタイミングで、ミラとユーグストの視線が交差した。

思わずイラつきを露わにしていたミラを、欲望を注ぐ対象を求めるユーグストの目が捉えた瞬間だ。

「そうだ、お前だ。ああ、ミミ……その目……イイぞ！　その身体を今すぐ味わわせてくれ！」

なんとユーグストの目が急激に欲望で染まると、その感情に突き動かされるようにして飛び出してきたではないか。

その原因は、つい先程の出来事だった。

遊女達と一戦目を楽しみ、更に本気を出そうとした時である。小悪魔的なポーズで誘う（？）ミラを目にしたユーグストは、その瞬間に、いわば魅了されてしまっていたのだ。

その状態で精力増強剤を飲み、性欲を爆発させたらどうなるか。当然、今一番に恋焦がれるミラに全てが向けられるというわけだ。

結果、ユーグストはミラに迫った。一番の楽しみは最後だとかいう彼の拘《こだわ》りは、まさかの精力増強剤によって消し飛んでしまった。

しかも遊女達とは一戦しか交えていないため、性の怪物と化したユーグストは心身ともに、たっぷり二時間は万全な状態だ。

「だめ、ミミちゃん逃げて！」

そんな男の欲望が一人の少女に注がれたなら、どうなるか。明らかに昨日よりも酷い事になると遊女達が叫ぶ。

しかし、この部屋に逃げ場などない。ユーグストに狙われたら最後、徹底的に弄《もてあそ》ばれる運命が待っているのである。

ユーグストはミラに飛びつくなり、その場で床に押し倒す。そして次の瞬間には、その手でもってミラの胸元を露わにさせた。

「さあ、捕まえたぞ。ああ……なんと美しい」

ミラの肌を前にしたユーグストは、愉悦の笑みを湛え喉を鳴らす。その表情は欲情に染まり切っており、今はミラの蠱惑的な身体しか見えてはいなかった。

ミラはというと、ユーグストに馬乗りにされながらも虎視眈々と好機が訪れる時を待ち、その視線に晒される事に耐える。

「ああ……もう抑えきれない！」

いよいよ興奮が頂点に達したようだ。ユーグストは、そのままミラの身体に覆いかぶさり口を近づけていった。

だが直後に、ユーグストの動きが止まる。

「おっと、なんとも可愛らしい抵抗だ。しかし、だからこそ燃えるというものよ！」

迫るユーグストに対し、ミラは拒むようにして両手を突っ張っていた。それこそ無力な少女がみせる最後の抵抗、とでもいった様子だ。

そして、だからこそ余計にユーグストの欲望が燃え上がる。

「さて、その細腕で、どれだけ耐えられるのか……」

大人の男の身体と、少女の細腕。どちらが勝つかは明らかである。ゆえにユーグストは、徐々に力を強めるようにして、その口を再びミラの胸元へと近づけていく。

ユーグストの顔は獲物を狙う獣ではなく、弄ぶそれに変わっていた。下卑た笑みを湛えながら、ミラの柔肌に情欲まみれの視線を注ぐ。

「ミミちゃん――――！」

「だめ、助けないと――――！」

たとえ王様のお気に入りである彼女達だとしても、逆らえばただでは済まない。けれどこのままでは新人がまたボロボロの玩具にされてしまうと遊女達は立ち上がった。

その覚悟たるや相当なものである。それほどまでに彼女達は優しく、仲間想いなのだろう。しかしそのせいで、彼女達は王様にどのようなお仕置きをされる事になるのか。

だが、その心配は無用というものだ。

「ふむ、完璧な体勢じゃな」

強くのしかかってくるユーグストの身体を両手で支えながら、ミラは薄《うっす》らと目を細め口端を吊り上げ笑った。今、完全に回避が不可能な状態になったと。

「な――!?」

怯えたような表情から一転、不敵に微笑んだミラを前にして僅かに戸惑ったユーグスト。

その直後――。

【仙術・地：絶破砲掌《ぜっぱほうしょう》・双打】

一気にマナが高まると同時に、ミラの両手より無慈悲なまでの衝撃波が迸《ほとばし》った。

その極限にまで集約された破壊の力は容赦なくユーグストを貫き、強烈な衝撃音と共にその身体を天井へと叩きつけた。

瞬間、激しい振動が響いて部屋全体が震える。また、警報のような音が響いた。きっと術に反応するという防犯装置の類が、ここにも仕掛けられていたのだろう。

その僅かの後、天井を砕きめり込んでいたユーグストの身体が、どさりと落ちる。

その一撃には、一切の加減がなかった。即死さえしなければいいというつもりで放った一撃だ。

本来ならば魔獣クラスですら、ただでは済まない術である。しかし、それをまともに受けてなお、ユーグストはゆらりと立ち上がった。

「ほぅ……頑丈じゃな。というより、弱められたような気がしたが、はてさて」

いったい何が原因だったのか。術は本来の威力に遠く及ばなかった。けれどミラは、それでいて微塵も焦る事なく起き上がりユーグストを見据えた。

はだけた着物の襟を整えつつ、微笑を浮かべながら相対するミラ。

ユーグストはというと、先程の一撃で冷静さを取り戻したのか、凍るような冷たい眼光をミラに向けていた。

「なるほどな……これまでの侵入者は新人とは名ばかりの女達だったが、よもや今回は、ここまで見事に化けてくるとは」

その目こそが、『イラ・ムエルテ』である彼の顔なのだろう。ただの変態であった雰囲気は鳴りを潜め、そこには冷酷な声と気配だけがあった。

「何……どうしたの？」

「え？　ミミちゃん……？」

可愛らしい新人から、ユーグストを狙う刺客としての正体を現したミラ。

ほんの数瞬で状況が一変したためか、戸惑うばかりの遊女達。だが状況への理解は早く、新人が王様を狙う刺客である事は察したようだ。

ただ、ユーグストは上客でありながら色々と問題も多かったのだろう、どちらの味方をするべきかという点において迷っている様子であった。

しかし、その間にも状況は動いていく。

「中途半端なところで悪いのじゃが、大人しくしてくれぬかのぅ」

「大人しくするのはお前の方だ。ねじ伏せてから存分に可愛がってやろう！」

「ふん、ねじ伏せられるのはお主の方じゃ。まあ、わしは可愛がらぬがのぅ！」

睨み合っていた二人は、合図や切っ掛けもなく同時に動いた。

共に得物はない。低く構えたユーグストは、まるで巨象の如き力強さで床を蹴り飛び出す。

その動きは、速いというものではなかった。けれど確実にミラへと迫っていく。

(何とも、得体の知れぬ迫力があるのぅ……)

踏み出す一歩一歩から感じられる、ユーグストの揺るがぬ自信。それを感じ取ったミラは、素早く正面にダークナイトを召喚した。すると再び警報が鳴る。

即座に迎撃態勢を取り、黒剣を振り下ろすダークナイト。だがしかし、ユーグストがそのまま駆け抜けただけでダークナイトは破壊されてしまった。

それは、ただの歩みではない。強靭な足腰による一歩の重さと、鍛え抜かれた身体によって成された《技》であったのだ。

今のユーグストは、さながら突き進む列車の如くだ。その突破力はダークナイトだけでなく、ホーリーナイトですら防げる可能性は低い。

しかも、懸念材料は他にもあった。

「ふむ……やはり強度が落ちておるな」

飛びかかってきたユーグストを上手い事《ミラージュステップ》で躱《かわ》したミラは、側面より全力で仙術の《練衝》を叩き込んだ。

その直撃を受けたのならば相応の傷を負うはずだが、相手は僅かに仰け反っただけだ。

「いつまで逃げられるかな」

ユーグストは一度立ち止まったところで、口元を歪めて笑う。冷淡な目に加え、極度にサディスティックな一面が加わったその表情は、もはや悪党ではなく悪魔そのものに見えるほどだった。

「ところで、どうにも術の調子が悪いのじゃが、どういうわけじゃろうな？」

そんなユーグストに向かって、ミラは疑問をそのまま口にした。

どうにも術の効果が薄いとミラは感じていた。今までとは発動した時の手応えが、明らかに違っていたのである。

何かしらの仕掛けがあるのは間違いないと、ミラは予想する。

「さて、どうしてだろうな」

ユーグストは、そう言って薄ら笑った。わざわざ種明かしなどしてやるものかと。

それは当然の返答だ。けれどその答えは別の方向から齎《もたら》された。

「それは、この部屋に仕込まれた結界の術具のせいよ」

その声はラノアのものだった。つい先程までは全裸だった彼女だが、今は服を着てそこにいた。

随分と肝が据わっているのか、他の遊女達とは違い、急に始まったミラとユーグストの戦闘に動じた様子もない。

しかも――――。

「その効果は、術に反応して音を出すと同時に、構築される術のマナ濃度を半減させるの」

そうユーグストが秘密にした事を、これでもかとばらしたではないか。

「ラノア、お前どこでその事を……」

結界の術具。その存在は、誰にも教えていない秘密だったようだ。驚くと同時に疑念の表情を浮かべて振り返るユーグスト。

対してラノアは「どこだったかしら」と、とぼけるように首を傾げ、僅かに微笑を浮かべた。

「どうやらお前も、後で可愛がってやる必要がありそうだな。覚悟しておけ、何もかも吐かせて――」

ラノアに対する不信感。贔屓《ひいき》にしていた分、その感情を怒りに変えていったユーグスト。

だが、その最中の事だ。

「――やるぶぉぅらぁ！」

口にする言葉もそこそこに、何とも滑稽な声を上げて豪快に吹き飛んでいった。

「よそ見はいかんぞ、よそ見は」

不意打ち上等と不敵に笑うのは、ミラであった。ラノアに気を取られていたユーグストの顔面目掛けて、思いっきり跳び蹴りを喰らわせたのだ。

「手加減してやってりゃ、調子に乗りやがって……」

それなりに効いたのか、起き上がったユーグストは口元から僅かに血を垂らしながら、これまでにない殺気を放ち始めた。

今口にした通り、これまでは確かに加減をしていたようだ。けれど今の一撃によって、ユーグストの怒りに火が点いたようである。彼が纏う気配が、これまでとは明らかに変わっていった。

〈14〉

（闘気を纏い始めたようじゃな……）

戦士クラスの者達が扱う闘気という力。それを高め練り上げる事で、多くの《闘術》という技を繰り出す事が出来た。

また、全身に巡らせる事によって基礎能力の強化も可能とする。

ユーグストは、相当な使い手のようだ。本来、術士では視認出来ない闘気が目で見えるほど濃密に折り重なり彼の身体を覆っていく。

闘気の鎧で完全武装した今のユーグストには、もはや先程のような跳び蹴りは通じないであろう。

「可愛がるのは、その両手両足を砕いてからにしてやろう」

ユーグストから滲み出る力は、圧力となって見る者を委縮させた。

遊女達はその場に座り込み震える。ラノアもまた気丈に振る舞っているが、その目には僅かな焦りが浮かんでいた。

彼女達の反応からして、ユーグストが戦うところを見せたのは初めてなのだろう。ただの金持ちの変態というだけではなかったと思い知らされた顔だ。

けれど相対するミラはといえば、どこ吹く風といった顔で薄らとした笑みを湛えていた。

（よいぞよいぞ、術の効果が半減という事は、やり過ぎになってしまう術も今は試せるという事じゃな……！）

ミラにとって先程までのユーグストは、それなりの使い手といったところであった。

だが闘気を纏い、完全な戦闘態勢に入った彼は違う。

先程まででも十分な頑丈さであったが、闘気を纏ったのならばそれ以上は確実だ。ならば今の彼は絶好の実験台になるというわけだ。

思わぬところで見つかった実験チャンスを前に、ミラの調子は絶好調にまで上昇していた。

「お主こそ、砕けぬように気を付けるのじゃぞ。召喚術の未来のためにものぅ！」

そう口にしたミラの表情はマッドに染まっており、ユーグストとはまた違う悪魔的な色を湛え始める。

「貴様には、絶望から教えてやる」

「お主には、希望の糧《かて》となってもらおう」

双方相対し睨み合ったところで、戦いの幕が開いた。

即座に動いたのは、ユーグストだ。闘気によって底上げされた身体能力は超人的であり、速さも力も上級冒険者のそれを上回るほどだった。

そんな身体能力から繰り出される技は、もはや一撃必殺といっても過言ではない。

だがミラは、何度も打ち出されるユーグストの攻撃を、塔盾の部分召喚で防いでいた。

とはいえ術の効果が半減しているため、強度も脆くなっている。よってユーグストの拳で砕かれてしまうが、問題はなかった。

ミラは防御ではなく、目隠し代わりとして使っているからだ。ユーグストの視界から消え、素早く回り込み反撃するのである。

とはいえ相手も、そう容易《たやす》くは決めさせてくれない。よほど勘がいいのか、ミラのすばしっこさに遅れて反応しつつも、全ての攻撃を防ぎ躱していた。

また、それればかりか徐々に対応し始めカウンターまで狙って来るではないか。

しかも、その精度は徐々に上がり、僅かながらミラの服に引っかかった。

(武闘家としては、かなりのものじゃな。もう同じような手は通じぬか──)

ミニスカ着物は、襟の部分から大きく引き裂かれ、もはや肌を隠す事など出来ない状態になってしまった。

けれどミラは、まったく意に介した素振りもなく、そのままの格好で構え直す。

(──じゃが、メイリンほどではないのぅ)

十数回と拳を交わしたミラは、ユーグストをそのように評価した。

ただそれは、同じ格闘戦を得意とするメイリンとの場数が非常に多かったミラだからこその判断基準だ。

真っ向勝負から搦《から》め手まで、あらゆる戦法を得意とするメイリンを知っていると、機動性と剛力だ

けのユーグストは対処し易い相手であった。

ゆえにミラは、機動力を活かして必殺を放つユーグストの一撃を、幾度となく躱し、隙あらば反撃する。

とはいえユーグストも、簡単には終わらない。神出鬼没の黒剣を叩き折るばかりか、その腕で斬撃を受け止めてみせたのだ。

術の効果が半減しているとはいえ、それでも黒剣の切れ味は本物である。それを腕だけで受け止められるほどに、彼が纏う闘気の鎧は凄まじいという事だ。

「まったく、ちょこまかと。だが、そろそろその動きにも慣れてきたところだ」

何枚目になるかわからない塔盾を蹴り砕いたユーグストは、そんな言葉を口にした直後に振り返り右腕を突き出した。

塔盾の裏からユーグストの死角に潜り込んだミラは、瞬間的にその場から飛び退く。すると元いた場所を中心にして、周囲のものが吹き飛んだ。

「おおっと、やるではないか」

戦士クラスの技の中でも上位にあたる《遠当て》の一種だ。その威力と練度は、決して侮れないものがあった。

「避けたか。まあいい、次は確実に決めてやろう」

構え直すユーグストの表情には、冷静さが戻っていた。激しい闘気の流動によって基礎代謝が高まり、精力増強剤の成分が自浄作用で消えてしまったようだ。

そのため戦闘開始前よりも、動きが読み辛くなってきた。

「次か。ならばわしも、次で決めるとしようかのぅ」

売り言葉に買い言葉とでもいうのか。ミラは、挑発するように笑って見せる。

ユーグストは、そのあからさまな挑発を鼻で笑って受け流し、ゆっくりと両足に力を込めていった。

ミラはというと、注意深くユーグストの動きを見据えつつ、六体ものホーリーナイトを召喚して前衛に立たせる。その威圧感と存在感は相当なものだ。

じっと静かに睨み合う、ミラとユーグスト。

と、その均衡は刹那の後に破られた。ユーグストが一切の拍子も置かずに跳んだのだ。

まるで初動の部分がコマ落ちしたかのように見える力強い踏み込み。その爆発的な加速によって、彼の身体はそのものが砲弾と化した。

対するは、ホーリーナイトが六体。それは反射にも近い速度で、ユーグストの前に壁となって立ち塞がった。

今回は部分召喚ではなく、本体込みで六枚の塔盾だ。半減しているとはいえ、六体揃ったその防御力は鉄壁と言っても過言ではない。上級の魔獣であろうと容易く突破出来はしないものだ。

しかし、ここで全力をみせたユーグストの突破力は、予想をずっと上回るほどのものだった。

ユーグストが突っ込んだ途端に、六体のホーリーナイトが弾け飛んでしまったのである。

どしりと構えるホーリーナイトが六体ともあっさりと破られる。それはまるで、暴走特急にでも轢《ひ》かれたかのような光景であり、だからこそユーグストの全力であるとわかる技でもあった。

（なんと足止めにすらならぬか）

思った以上の威力に驚くミラだったが、そのまま衝突される前に一枚の塔盾を彼我《ひが》の間に召喚した。目隠し代わりの一枚だ。

「小賢しい！」

その塔盾を前に右手を振り固めたユーグスト。そしてその拳を塔盾に叩きつけようとした直後であった。

「いや、そこだ！」

塔盾の直前で手を止めたかと思えば、素早くその身を翻し、別の方向に向けてその拳を突き出したのだ。

途端に闘気が膨れ上がり、拳から破壊の奔流が撃ち出されると、これまでにないほどの震動と轟音が響いた。

「手応え、アリだな」

ユーグストは、口元を歪めて笑った。確実に直撃したと。

その判断は、武術家としての感覚と経験――などではなく、音だった。響く音の中に壁が砕ける以外の音も交じっていた事を、ユーグストは聞き分けていたのだ。

しかし、別の音だけしか聞いていなかったからこそ僅かに反応が遅れた。この時、その音の正体が何だったのかが重要だったのだ。

「うむ、よい一撃じゃったのぅ！」

そんな声と共に現れたミラは、ユーグストの背にそっと手を添えながら称賛の言葉を贈る。速さも威力も反応速度も素晴らしかったと。

ミラは、塔盾の裏から動いてはいなかった。これまで見せてきた通り、目隠し代わりとする事で、どこかに移動したと見せかけたのである。

「なん――!?」

彼にとって、それは有り得ない方向から聞こえてきた声だったのだろう。一転して迫った危機から顔を驚きと焦りに染めて、その場から飛び退こうとする。

けれど、その反応は僅かに遅かった。

【武装召喚：プリズンフレーム】

ミラが行使したその召喚術は、これまでとはまた違っていた。それは、自分ではなく他者に武具精霊の鎧を与えるためのものだったのだ。

そう、ミラはユーグストに、とっておきの鎧を与えたのである。

だが今回は、普段の武装召喚とは違う部分が一つあった。

「ぐっ……なんだ、これは……!?　動け、ない、ぞ……！」

それは、関節部の可動域をなくした鎧だった。加えて装甲も最小限であり、召喚術に付属している防護効果も解除したという特別製だ。

「ふむ……予想以上に効果的なようじゃな」

もがくユーグストの声を無視するようにして、ミラは術の出来栄えをじっくりと観察していた。

まるで拘束具のような鎧であるため、見た目は少々不格好である。けれど、拘束するためだけに調整したそれは、ユーグストの爆発的な膂力《りょりょく》をもってしても、即座に破壊される事はないようだ。

「後は、召喚範囲内で可能になれば言う事なしじゃがのぅ」

効果は抜群だと、その完成度を喜んだミラは、だからこそ一つの点が残念だと呟く。

武装召喚は、自分に対してのみ行使出来る術だった。ゆえに他者に着せるとなると、先程のように触れていなくてはいけないのだ。

遠く離れた場所から拘束、といった使い方は出来ないというわけである。

「いったいどうやってそこに……確かに音が聞こえたはずだ……！」

もがけども動けないといった様子のユーグストは、苦し紛れに、その疑問を口にした。

音。ユーグストは、確かに聞こえた音から、ミラの動きを読んでいた。

何度となく打ち合う中で、彼はミラが塔盾の裏側から消える際の音に気付いていたのだ。

消えたように移動する《縮地》という仙術士の技能。高速で移動するだけあって、当然入りと出の部分で足音が発生する。

ユーグストは、その中でも出の部分の音が聞こえてくる方向に注意して、ミラがどこに移動したのかを把握する事に成功していた。それが最初に《遠当て》を放った時だ。

そして見事に予想を的中させた彼は、この最後の場面でも確かに足音を捉えていた。そして《遠当て》の手応えも感じていた。

だがミラは、思わぬ場所から現れた。

だからこそユーグストは、あまりにも不可解だと声を上げる。それは負け惜しみとも取れるが、自信があったからこそ彼は理由が気になるようだ。

「ふむ、わざわざ教える義理もないのじゃが……特別に聞かせてやるとしよう――」

どのような戦術を立てたのか。それを相手に教えてやる必要など無い。

だがミラは、ちらりと遊女達に目をやってから、そう答えた。

彼女達は、トップクラスの遊女だ。きっと名うての冒険者達との繋がりもあるだろう。ともなれば、きっと今回の大一番を話題にしてくれるに違いない。

そう考えたミラは、召喚術にはこんな使い方もあるのだという点を特に強調して語った。

「あの時、お主が音に気付いたという事に、わしも気付いたのじゃよ。というより、あれを見破るのは音が基本じゃからな――」

そうユーグストに……というよりは遊女達に向かって話すミラ。

ミラ達の中で《縮地》を見破るために音を頼りにするのは、当たり前の事だった。

そして、だからこそ様々なフェイントというものも充実していた。

「わしは、ただ、こうして足音を鳴らしただけじゃ。後はタイミングを合わせて――」

塔盾の裏でミラが行ったのは、《縮地》の入りと同じような足音を立てただけだ。そして、次が召喚術の応用が利くところだと口調を強めて説明し、それを再現してみせた。

「今の音は……だがどういう事だ……」

ザッ――という音が部屋の隅の方から小さく響いた。けれどそこには何もなく、ユーグストは困惑の色を強める。

また遊女達も、二人のやり取りにつられるようにして、そちらを向いては、二度三度と何もない場所から響いてくる音に不安げな表情を浮かべていた。

「答えは、これじゃ」

ミラはこれが種明かしだと、その正体を示した。

ダークナイトだ。そう、ミラはステルス状態で待機させていたダークナイトを使い、足音を偽装していたのだ。

入りの足音の後、出の足音としてダークナイトを利用する。結果ユーグストは、出の足音を狙いダークナイトを撃破したというわけだ。

彼が感じた手応えは、ミラではなくダークナイトだった。そして、その違いに気付くより早くミラの手によって拘束された次第である。

「まさか、いつの間に……――いや、そうか、あの時、白い奴を六体召喚した時に仕込んでいた。そうだろう？」

いったい、ステルスのダークナイトは、いつからそこにいたのか。ユーグストはその答えを探り、そして気付く。

術を使えば警報が鳴るこの部屋で、こっそりとそれを仕込むのは難しい。となればそれが可能なのは、一つの術に反応している最中に、もう一つを紛れ込ませるくらいだ。

「うむ、その通り。召喚術は召喚地点をずらす事で、正面に注意を向けさせたまま、側面からの奇襲を狙ったりも出来るのじゃよ！」

やはり、ユーグストというよりは遊女達に向けて解説するミラ。

ホーリーナイト六体を召喚したのは、ユーグストの攻撃を防ぐためではなく、その後の作戦を実行するための布石であった。

それでいて、ホーリーナイト六体の威圧感といったら相当である。だからこそ、誰の注意もそちらに集まる。

と、そのようにミラが召喚術の素晴らしさを語っていたところ、不意にユーグストがくつくつと笑い出した。

「なるほど、そういう使い方があったのか。ああ、わかった。覚えたぞ。これでもう二度目はない」

苦悶した様子から一転、突如として不敵な笑みを浮かべたユーグストは、「ご高説どうも。なら、次は俺の番だな」と続けて口にした。

直後、ユーグストから一気に闘気が溢れ出した。なんとこれまでよりも更に濃厚な闘気が、ユーグストを包み込んでいったのだ。

「この程度で、俺を捕らえたつもりか？　この程度で俺を捕まえられると、そう思っていたのか？　なら、考えが甘いな！」

闘気の扱いにおいて、ユーグストは天才的だった。《プリズンフレーム》は強固な拘束具だが、全ての闘気を筋力へと変換したユーグストは、その圧倒的な力でもって強引に拘束を解こうともがき始める。

「ほぅ……よもやこれほどとは」

その膂力は驚くべきものであり、拘束具には亀裂が入り始めていた。あと十秒ほどもすれば、彼は拘束を破ってしまう事だろう。

それほどまでに、ユーグストが隠していた力は膨大だった。

「ところで、この術はまだ実験段階でのぅ、いまだ名前が決まっておらぬのじゃよ」

だがミラは至って冷静なまま、そんな事を口にした後、「まあ、一つだけぴったりな候補があるのじゃがな」と笑顔で続け、次の瞬間にその目を喜色に染めた。

「アイアンメイデンという名は、どうじゃろう？」

もう少しで拘束を破れるというところまできたユーグストが目にしたのは、まるで処刑道具かのような大鎚《おおづち》だった。それが宙空に、しかも無数に出現したのだ。

「おい……待て――」

その光景を前に自分の運命を悟ったのか、ユーグストが何かを訴える。だがその声は届かない。

鳴り止まない防犯装置の警報音。そこに交じるのは、ひたすらに鈍器を叩きつけるような衝撃音。

それらにかき消されたのは悶絶するユーグストの悲鳴であり、赦《ゆる》しを乞う声であった。

〈15〉

「どうじゃ、アイアンメイデン。ぴったりだとは思わぬか？　……と、もう聞こえてはおらぬな」

たっぷりと二十秒、滅多打ちにしたユーグストを前に、やれやれと頭を振るミラ。

拘束されたまま百発以上の鉄槌を叩き込まれたユーグストは、最早、よくぞこれで生きているなといったような状態であった。

全身が打撲で腫れ上がり、これまでのイケメン風だった彼の面影は微塵もない。

ミラの加減が的確だったのか、それともユーグストのタフさによるものか。これで致命傷になるような怪我が一つもないというのだから驚きだ。

「ミミ……ちゃん？　貴女って、何者なの？」

突如として始まり、そして終わった戦闘に戦々恐々としていた遊女達だったが、その内の一人が意を決したように話しかけてきた。

少女でありながら、ミディトリアの街で一番の大物であった王様――ユーグストを完膚なきまでに叩きのめした。

そのような事が出来るのは、いったい何者なのか。そんな疑問が浮かぶのも当然だろう。

「ふむ、それはじゃな――」

対してミラは、ここに来る前に使った設定を、もう一度口にした。新人遊女とは仮の姿、自分はこの街の治安を陰から守る裏風紀委員会の者であると。

「この男の行為が問題となっておったのでな、粛清に来たというわけじゃ。ただ、お主達の仕事を奪うような事になって心苦しいのじゃが、許してもらえるとありがたい」

それらしい言葉を並べながらも、ミラは最後にそう謝罪した。

ユーグストが遊女相手に数々の問題を起こしていたというのは周知の事実だが、ここにいる彼女達にとってみれば、その収入の多くを担う太客だ。

今回の件はそれを奪う事になるため、恨まれても仕方がないというもの。

だが彼女達の反応はミラが想像していたものとは、随分と違っていた。

「全然だよ、ミミちゃん！」

「うんうん、ほんと、よくぞ来てくれましたってものよね」

「ようやく解放されたわ！」

「こいつ、独占欲の塊だったから助かっちゃった」

ミラに向けられた言葉は、感謝と称賛であった。

彼女達の話を聞いてみるに、どうやらユーグストは、ここにいる遊女達のほとんどに専属の契約を強要していたそうだ。

それは、契約料を払う代わりに他の客は取らず、いつでも呼び出しに応じる事、といった内容だったという。

契約料は破格の高値であり、数年で一生分を稼げてしまうほどだった。

しかしながら、王様の様々な我が儘に付き合わされるのみならず、かなりの頻度で呼び出されるため、プライベートも何もあったものじゃなかったと、それはもううんざりとした様子だ。

「秘密の組織が幾つかあるって噂は聞いていたけど、そんな組織もあったのねぇ」

「お陰で、ようやく休めるわ」

「一ヶ月か二ヶ月くらいは、お休みしよーっと」

遊女達はこれで契約解消だと、それはもう嬉しそうだ。今日は皆でパーティでもしようと盛り上がり始めていた。

先程の会話でちらりと挙がった、秘密の組織の存在。そういえばサリーも、そのような噂がどうこう言っていたなとミラが思い返していた時だ。

「あれ？　ラノア、どこに行ってたの？」

ふと遊女の一人が口にした言葉に釣られて振り返ってみたところ、そこには入口の辺りから戻ってくるラノアの姿があった。

思えば、ユーグストをボッコボコにした後。ミラは遊女達が戦々恐々としていた中、そこにラノアの姿がなかったようなと記憶を振り返る。

また同時に、もう一つ。この部屋に仕込まれた結界の術具については彼女に教えてもらった事だと思い出した。

しかもラノアがそれを告げた時に見せたユーグストの反応からして、それは本来、彼女が知っているはずがないものだったと思われる。

いったい、どこでそれを知ったのか。ミラはラノアに他の遊女達とは少し違う何かを感じ、そして考えた。もしや、ラノアこそが本物の――、と。

「ちょっと表で、警備の人達を追い返してたの。あれだけ何度も防犯装置が鳴っていたから、ね。とりあえず、王様がまた無茶な遊びを始めたって説明したら、納得して帰ってくれたわよ」

ラノアは何事もなかったかのような表情で、そう答えた。

確かに、あれだけ警報を鳴らしてしまったのだ。それはもう、何事かと警備員が殺到するはずだ。

だが今、そうなっていないのは、ラノアがそれを予想し先んじて行動していたからだった。

それに対する遊女達の反応はというと、それはもう大絶賛だ。

「そっか、そうよね、あれだけ鳴ってたものね」

「ありがとう、ラノア！　流石ね！」

「あいつらの半数は王様の私兵と化しているからねぇ……踏み込まれて、こんなところを見られたらどうなっていたか」

そのような言葉を交わし、よかったよかったと安堵する遊女達。その会話の内容によると、どうやらこの街の警備兵の半数は、ユーグストから賄賂《わいろ》を受け取っているようだ。

そんな者共が、この現場を見たとしたらどうなるか。それはもう、間違いなく大騒ぎである。

そうなれば、折角懲らしめた王様が解放されるのみならず、ミラが犯人として捕まっていたかもしれない。

そこで警備員と一戦交えた場合、ゆっくりと目標物を探している場合ではなくなってしまうだろう。

(これほど冷静に動けるとは……やはり只者ではなさそうじゃな)

明らかに、他の者達とは何かが違う。そう感じたミラは、遊女達と共に今日のパーティはどうするかと楽しげに話すラノアを見つめた。

だが、そうして皆と笑い合う彼女に、おかしなところはない。

ただ単に、機転の良さと冷静さ、そして度胸を持ち合わせていただけだったのだろうか。

そう思案しながら、ふと視線を逸らせたミラは、次に視界に入ったユーグストの無残な姿を見やるなり、もう一つの大事な目的のために歩み寄っていく。

ここまで来た目的は、『イラ・ムエルテ』の最高幹部であるユーグストを捕らえるだけではない。

彼が持つ特別製の術具を入手する事が重要だ。

それは、『イラ・ムエルテ』のボスがいる場所を特定するために必要な四つの内の一つ。

これを見つけなければ、任務完了とは到底言えるはずもない。

だがミラは、そこでどうしたものかとユーグストを見つめた。

(ちと、やり過ぎたかのぅ……)

それはもう思いっきり実験台にしてしまったため、別人のようにボロボロになったユーグストは、ちょっとやそっとでは起きない状態にあった。

とりあえずミラは拘束を緩めてから、ユーグストを捕縛布でグルグル巻きにしていく。

そこから手持ちの薬を使って幾らか回復させてみたものの、目覚める様子はなさそうだった。

これでは、本人を尋問して術具のありかを訊き出す事が出来ない。

ちなみにガローバから得た情報によると、ユーグストが持つ術具は地図の形をしているという事だ。念のためにミラは、ユーグストがベッドの上に脱ぎ捨てた服を調べてみる。けれど地図どころか紙の一片も出てこなかった。

ただ、代わりに気付けた事がある。その服には、強力な精霊の力が宿っていたという点だ。

そう、精霊武具だったのだ。ユーグストがこれを着た状態で戦っていたとしたら、戦闘はもう少し長引いていただろう。

場合によっては、この部屋ごと吹き飛ばしていた可能性すらある。

遊女の一人として潜入し、情事の最中に戦闘へと持ち込む。これは見事な作戦勝ちだったなと、ミラはその服からさりげなく精霊の力を解放しつつほくそ笑んだ。

ただ、それはそれとして更にベッド周りを探したが、地図らしきものはどこにもなかった。

「うーむ……困った」

モノがモノであるため、きっと簡単には見つからないだろう。場合によっては、この部屋でなく別の特別な場所に隠している事だって考えられた。

どう探したものか。サソリの気付け薬でも分けてもらっておくべきだったか――などとミラが悩んでいた時だ。

「どうしたの、ミミちゃん？」

そう遊女の一人が声を掛けてきたのだ。

振り向くと、何人かがベッド周りにやってきていた。どうやら服を着るためのようだ。ベッド周りに置きっぱなしだったそれを拾い、それぞれが袖を通していく。

そんな中、難しい顔で唸るミラの様子が気になり、声を掛けてきたわけだ。

また、その彼女の隣にはラノアの姿もあった。

そこでミラは、ふと閃く。ユーグストが隠していた結界の術具について知っていた彼女である。もしかしたら地図がある場所、またはそういったものが置かれているところを知らないだろうかと。

「実は、この男には別件での容疑もあってのぅ。その悪事の証拠品の回収をせねばならぬのじゃが、どこに隠し持っておるのかわからなくて困っておったところじゃ。お主達は、そういったものを隠してありそうな場所を知らぬか？」

一先ず、重要な部分は伏せて答えたミラは、ちらりとラノアの反応を窺う。

「うーん、悪事の証拠かぁ……」

遊女が考え込む隣で、ラノアもまた「どうかしらねぇ」と思案顔だ。

流石の彼女も、そこまでは知らないのだろうか。ラノアの反応からみて、そう判断しようとしたところだった。

「あ、あの部屋じゃない!?　ほら、絶対に入れてくれなかった部屋があったよね？」

ラノアではなく考え込んでいた遊女が、何か思い付いたといった様子で声を上げたのだ。

するとそんな声に釣られるようにして、他の遊女達も何事だと集まってきた。

「なになに、どうしたの？」

「あの部屋って、あの部屋の事？　あ、もしかして入ってみちゃおうかって話!?」

「いいわね、いいわね。ずっと気になっていたのよね！」

どうやら、ユーグストが絶対に誰も入れようとしなかった部屋というのがあるらしい。

彼女達の話から察するに、その部屋は、ここに来る途中で目にした各シチュエーションルームが並んでいたうちの一つのようだ。

(……確かに怪しいが、別の意味でも怪しく思えてならぬな)

話の流れからして、そこに大事なものを隠しているという可能性はある。だが、他ならぬユーグストの事だ。その変態性の粋《すい》を集めた究極の変態ルームであるという結末も十分に予想出来た。

調べてみるべきかどうか……そう悩んでいたミラであったが、それよりも遊女達の行動の方が早かった。

「行ってみましょう！」

ド変態ルームを見せつけられる事よりも、好奇心の方が勝ったのか。そもそも、そのような懸念もないのか。ラノアがそう言うと遊女達は口を揃えて「そうしましょう！」と応え駆け出していった。

(何とも元気な娘達じゃのぅ……)

服を着るのも中途半端に行ってしまった遊女達。ベッドの周りには、何人分かの下着が落ちたままになっていた。

つまり、あの中の何人かは服を着たもののノーパン状態という事だ。

そして時として、それは裸よりも抜群の効果を発揮するものである。

そんな彼女達のスカートの中に想いを馳せるミラは、一先ず破れた着物を脱いでから手持ちの簡単なワンピースを着て、元気よくその後を追っていった。


「うーん……どうしよっかぁ」

様々なシチュエーションルームが並ぶ廊下の途中。一つの扉が開いていたため、そこに入ってみたところ、その部屋にはもう一つの扉があった。そして遊女達は、何やら困った様子でその扉を見つめていた。

「何じゃ？　何か問題じゃろうか？」

妄想に耽《ふけ》っていたため少し遅れてやってきたミラは、何に困っているのかと問うた。

すると返ってきた答えは至極単純なもの。ユーグストが絶対に入れてくれなかった部屋の中にあったもう一つの扉には、鍵が掛かっていたというのだ。

この部屋ではなく、この奥に続く扉に鍵が掛けられていた。それはつまり重要な何かが、この先にあるという事だろう。と、そこまで考えたところで、ミラはようやく彼女達が何に困っているのかを理解した。

そう、鍵が無いのだ。加えて、その鍵をユーグストがどこに隠していたのかについても見当がつかないといった調子である。

これでは、その部屋を確認出来ない。

けれどミラは、それほど焦っていなかった。もとより、鍵がなければ壊せばいいじゃないというつもりでいたからだ。

きっとまた警報が鳴ってしまうだろうが、そこは再びラノアに対応してもらえばどうにかなる。そんな考えだった。

「うーん……あいつどこに鍵を隠してるんだろ」

「聞き出そうにも、あの状態だしねぇ」

「いっその事、壊しちゃうとか？　ミミちゃんなら出来そうじゃない？」

扉の前で考え込む遊女達。その会話の中に、ミラが考えていたものと同じ案が出てきた。

それをきっかけに、ミラは「任せておけ」と答え――ようとした直前で、ラノアが重要な事実を告げた。

「いえ、壊すのは止めた方がよさそうよ。ここには他と違う術具が仕掛けられているみたいだから」

その言葉に皆で振り向いたところ、ラノアはそっと天井を指差してみせた。

全員で見上げてみると、そこには得体の知れない文様が刻まれていた。ラノアの言葉通りならば、それもまた防犯用の何かという事になる。

扉を壊したりなどすれば、何が起きるかわからないわけだ。

ただ、そこまでして秘密にしたい何かが、この扉の先にあるのだろうという見方も出来る。

遊女達もまたそう考えたようで、危ない危ないと言いつつ俄然盛り上がり始めた。

(この文様……見て取れる術式からして、相当に危険な代物じゃな)

ミラはというと、それを目にした途端に緊張感を顔に漲らせた。もしもそれを発動させたならば、間違いなく遊女達は無事で済まないとわかる術式が組み込まれていたからだ。

またそれは、扉を無理矢理開けようとした際に発動する仕組みであるとも術式から読み解けた。

やはり、この先の部屋には大切な何かがあるようだと、ミラもまた期待を高める。

とはいえまずは、そんな扉をどうやって開けるかだ。

(わし一人ならば、どうにかなるかもしれぬが……)

自分だけならば、どんな術式が発動しようとも防ぐ手段がある。

そう考えるミラだが、連動する術式が扉の先にも仕掛けられていた場合は面倒だ。

つまりは、誰かの手にわたるくらいならばいっその事、という証拠の隠滅である。そうなる恐れがある以上、ここは正しい鍵を使っての開錠が唯一の安全な手段だろう。

だが、その鍵の行方はわからない。

どうしたものかと、唸るミラ。遊女達もまた鍵の在りかのヒントがないかどうか、あれこれとユーグストの行動を思い出しながら、あーだこーだと話し合っていた。

「あのクローゼットは？」

「衣装以外に見覚えはなかったわよね」

「やっぱ状況から考えて、普段私達が触らないような場所だと思うの」

そんな会話が幾度となく繰り返されていた時だ。

「あ、そういえば、前に彼がこの部屋から出てくるところを目にした事があるんだけど、その後、お楽しみを始める前に、あの壁際にある小さな机で何かしていたような……」

今思い出したといった様子で、ラノアがそう口にしたのである。

この部屋を出たところだとしたら、きっと扉の鍵を閉めたはずだ。となれば、その時には鍵を所持していたと考えられる。

その鍵を持ったまま彼は、大好物であるラノアに喰らいつかずに、壁際にある小さな机に向かった。

ラノアが告げた言葉は、答えを導き出すための大きなヒントになりそうだ。

「あの机……確か仕事で使っている、とか言ってたわね」

「何か、難しい事がいっぱい書いてある紙があったよねぇ」

「そういえば、何が入っているんだろう」

もしかしたら使った鍵をしまうために、この部屋から出た後で仕事机に向かったのではないか。

ラノアの言葉からそんな推測を立てた遊女達は期待に満ちた顔で、「きっと間違いないわ！」と部屋から飛び出していく。

その後ろ姿を見送ったミラは、そこでふと振り向いた。

「お主は行かなくてもよいのか？」

ラノアだ。彼女は遊女達と共にはいかず、そこに残ったまま天井を見つめていた。

「ええ、もしもの事がないように、この術式を読み解いておこうと思って」

そう答えたラノアは、「こんなものが仕掛けてあるなんて、いったい何を隠しているのかしらね」と続ける。ただ、その顔には期待ではなく確信めいた何かが浮かんでいた。

まるで、この部屋の奥に何があるのか見当がついているかのような、そんな表情だ。

「わしは証拠品さえあれば、もう言う事なしじゃな」

どこか他の遊女達とは違う。そんな何かを改めて感じたミラだったが、かといって彼女の真意までは読み取れなかった。

とはいえ、不思議とそこに悪意めいたものは感じられなかった。そのためミラは、それ以上気にする事を止めて「ああ、それとこの術式はじゃな――」と、見て判断出来た仕組みと効果をラノアに教えた。

「凄いのね、ミミちゃん。術の腕前だけじゃなくて、こういうのも詳しいんだ」

「うむ、この程度の解読など朝飯前じゃよ！」

仕掛けられた強力な破壊の術式と、その発動条件を事細かく説明したミラは、ラノアに褒められてふんぞり返った。

術具などに刻まれる術式というのは、基本的に九種の術に使われているものと基礎は同じである。ゆえに立場上、召喚術だけでなく他の術種の術式も熟知しているミラにとって、それを読み解くのは難しい事でもないのだ。

今回、この天井に刻まれている術式からわかるのは、大きくわけて二つ。

一つ目は、専用の鍵以外で開けようとした場合に限り、術式が起動する。

二つ目は、この部屋の全体に壊滅的な破壊がもたらされるというものだ。

と、そういった解説をし終わり、ともかく鍵さえ見つかれば安全に開けられるだろうと話していたところ――。

「あったわ！」

そんな声が向こうの方から響いてきた。

「おお、見つけたようじゃな！」

ユーグストから訊き出せない以上、見つけるのは相当に大変だと思っていた鍵だったが、どうやら無事に発見したようだ。やいのやいのと盛り上がる遊女達の声が聞こえる。

「ええ、よかったわ」

ラノアはといえば、そっと微笑むだけであり、むしろ見つけられて当然とでもいった様子であった。もしかしたら、本当は鍵の在りかを知っていたのではないだろうか。ラノアが見せる表情、そしてこれまでの状況からして、ふとそう思ったミラは単純な好奇心でそれを聞こうと振り返る。

だが、それよりも早くドタドタと騒がしい足音が近づいてくると、遊女達がキラキラとした笑顔で部屋に飛び込んできた。

「あった！　あったわよ！」

「ほら見て、見つけた！」

「ラノアが覚えていてくれたお陰ね！」

部屋に戻ってきた遊女達は、どうだといった顔でそれを掲げた。

全体的に黒く、何かしらの術式が刻まれた鍵である。彼女達が言うに、その鍵はラノアの言った小さな机の中に隠すようにして置いてあったそうだ。

そんな中、一人の遊女が「聞いてラノア、私が見つけたのよ」と胸を張る。

よほど自慢したかったのか。彼女は、この鍵は机の引き出しの二重になっていた底で見つけたのだと、それはもう得意気に語った。

何でも机の棚を全部引っ張り出して、ひっくり返していたところで、棚の底が剥がれ落ち、そこにこの鍵があったという。

机の中に隠されていた鍵。きっとこれで間違いないと、彼女は自信満々だ。

「どう、ミミちゃん？」

黒い鍵には、小さな術式のようなものが刻まれていた。それを見たのだろう、ラノアは専門家に確認するようにミラへと振り向く。

「ふむ、どれどれ」

遊女達から鍵を受け取ったミラは、そこに刻まれている術式を調べた。そして直ぐに、これで正解だろうと結論を述べる。

鍵に刻まれていた術式は、二つ。

一つは、適量のマナを流す事で形状を変化させるというもの。

つまりは、そのまま使おうとすれば、たちまち大爆発するというわけだ。

そしてもう一つは、形状が変化する事で組み上がる術式。天井に刻まれた爆発のそれを不活性化出来るものだった。

この二点からして、この扉の鍵で間違いないだろう。

そうミラが告げると更に盛り上がった遊女達は、「さあ、開けちゃってどうぞ！」と言いつつ部屋の外に退避する。

鍵に間違いはないものの、やはり罠がすぐ頭の上にあるという状況は恐ろしいようだ。

ともあれ、それが普通の心理というものであろう。ミラは気にせず、手にした鍵に適量のマナを流し込みつつ扉の鍵穴に差し込んだ。

「お主は、部屋の外に出なくてよいのか？」

ふと手を止めたミラは、そう言って横を向く。

すると、そこに立っていたラノアは「ええ、大丈夫よ」と微笑んだ。

間違いないというミラの判断を信じているからか、それとも単に度胸があるのか。彼女の顔には一切の恐れもなかった。

まあいいかと、ミラは鍵を捻った。

ガチャリという音が小さく響くと共に、天井にあった術式が淡く霞んでいく。そしてドアノブを回せば、何事もなく扉が開いた。

「おお、これまた――」

扉前から覗いた奥の部屋の中。その光景に思わず心躍らせたミラだったが、その刹那に殺到した遊女達によってあっという間に視界が塞がれてしまった。

「凄い、凄いわ！」

「流石ね。これは正に王様の財宝よ！」

「なんだか、いっぱいあるわね！」

罠が無効化されたとわかった途端、我先にと押しかけて扉の中へとなだれ込んでいった遊女達は、一様に驚愕と感動の声を上げた。

だが、それも無理もない。その部屋には、一目でお宝だとわかるようなものばかりが並べられていたからだ。

「これは、想像以上ね……」

遊女達に続きその部屋に踏み込んだラノアもまた、そう驚きの表情を浮かべた。そして、片っ端から手にとり「凄い」だの「綺麗」だのと騒ぐ遊女達とは別に、じっくりとそれらを見て回り始める。

「さて、ここにあればよいのじゃが……」

ミラもまた遊女達と同じようにテンションは上がったものの、気を取り直して目的の品を探していく。

大陸最大の犯罪組織『イラ・ムエルテ』の真のボスがいる場所を示す四つの術具。その一つであるユーグストが持つ分については、詳細をガローバから得ている。

何よりもまずは、地図の形をしているそうだ。

その地図は特別製のインクを使っているため、マナを流す事で図が浮かび上がるようになっているという。

そして角に、それぞれの術具を連結させるための小さな金具がついているとの事だった。

（それと確か羊皮紙という事じゃったが……結構あるのぅ）

沢山のお宝が並ぶ棚には、探し物に似ているものも多く置かれていた。

どこぞの宝の在りかを示しているかのような地図。

現実を超越したかのように幻想的な風景画。

何かの薬の調合方法が書かれたレシピなど。

羊皮紙ともなれば、一見するとお宝っぽくは見えないものだ。ゆえにお宝ばかりが集まるこの部屋では探し易そうだが、それは間違いだった。

見回しただけでも、結構な数の羊皮紙が散在しているのだ。

しかも大半が丸められているため、一目見ただけでは何なのかがまったくわからない状態だ。

（ふーむ、とりあえず角についた金属とやらを目印に探した方がよさそうじゃな）

そう目標を定めて、確認を続けていくミラ。

ただ、取捨選択において幾らか効率は上がったものの、固定用やら補強用やらで小さな金具がついているものもちらほらとあった。よって、直ぐには見つからない。

と、そのようにミラがあくせく探している最中の事だ。

「あ、これ好き！　私はこれが欲しいなぁ」

「私はこれー。もう、一目惚れよね」

お宝をあらかた見終えたのか、遊女達がこの中でどれが一番欲しいかという話をし始めたのである。

けれど遊女の一人が放った言葉で、ミラは一気に話題の渦中に巻き込まれる事となった。

「でも、王様を捕まえたのはミミちゃんだから、ここの物も全部ミミちゃんのなんじゃないの？」

捕まえただけでお宝の所有権が移るというのもまた暴論染みているが、その言葉は彼女達の心に刺さったようである。

「確かに……」

「その通りね……」

そう納得する遊女達。だが、その顔には諦めの色は微塵も浮かんではいなかった。探し物をするミラに、そろりそろりと近づいていき「ミーミーちゃん」と、甘えるように声をかけたのだ。

「む、何じゃ？　揃いも揃って」

振り返ると、遊女達がにこやかな笑顔で並んでいる。いったい何事だろうとミラが首を傾げたところで、遊女の一人がそれを口にした。「ところでミミちゃんは、ここにあるものってどうする予定なのかな？」と。

「ふむ……どうと言われてものぅ。どうする予定もないのじゃが……どうなのじゃろうな」

目的は、一つだけ。他のものについては特にこれといって考えてはおらず、むしろその言葉で、そういえばどうなるのだろうかという疑問が浮かんできたくらいだった。

すると、そんな反応のミラに遊女の一人が「この街にはルールがあってね――」と、とある決まりごとについて説明してくれた。

それは、犯罪行為についてだ。

歓楽街を中心に賑わうミディトリアの街の中でも、この花街特区は特に厳しく取り締まられているという。

何でも、悪事を働いた者は容赦なく問答無用で強制退去となるそうだ。

「確かミミちゃんは、さっき悪事の証拠がどうとか言ってたよね。それによって悪事が立証されたら、王様はここから追放になるのよ」

花街特区という場所は、思った以上に厳重に保護されていた。どこの誰だろうと悪党は容赦なく叩き出す決まりらしい。そしてその際には、私物の一切を持ち出す暇もなく強制執行されるというのだ。

では、残された私物はどうなるかというと、執行者、または執行組織預かりという事になっていた。

いわく、賞金稼ぎ達が思う存分仕事をしてくれるように、こんなルールが決められたそうだ。

「王様がどんな悪い事していたかは知らないけど、今回の場合だと捕まえたミミちゃんが執行者になるから、証拠が見つかればルール上、ここのものはミミちゃんの管理になると思うの」

そう嬉しそうに言うと、その遊女は顔一面に期待の色を浮かべ始めた。

だがそこで、ラノアが現実に引き戻す言葉を告げる。

「確かにルール上はそうなっているけど、当然それを有効にするためには相応の証拠と証明が必要よ。今だと、あの男が犯罪者だとミミちゃんが主張しているだけになっちゃうから、その履行《りこう》は難しいわね」

ラノアの言う通りだ。現状としては、ミラが一方的に王様を犯罪者と決めつけているだけに過ぎず、証拠というのもどういった証拠なのかという具体性がない。

つまり今はまだ、でっち上げの域を出ていない状態というわけだ。

「あ……そっか」

ラノアの説明で我に返る遊女達。王様は、この街から叩き出せる悪党であってほしいという気持ちが先走り過ぎていたと。

今の彼女達からしてみたら、王様が悪党でミラが執行人というのが理想であった。ゆえに、その基本的なところが見えなくなっていたのである。

「ミミちゃん……」

一転して、怪しくなるミラの立場。けれど彼女達にしてみれば、ミラの言葉が真実であってほしいはずだ。そして何よりもミラが騙そうとしていたなどと思いたくはなかったのだろう。願うような、期待するような視線がミラに集まっていく。

「確かにそれもそうじゃな……」

ラノアの言い分は、もっともだ。深々と頷いたミラは少し考え込む仕草を見せたところで、「これは、最終手段として預かったものじゃが仕方がない」と口にしつつ、一束の書類を取り出した。

ニルヴァーナを発つ際にアルマから預かったのは、箱と書類。

箱には、ユーグストを捜すために役立った彼の毛髪が入っていた。ではもう一方、書類の方は何だったのかというと、それは想定される問題に対応するための切り札だった。

ミラは、その書類を見せつけるようにして言う。「すまぬが、お主達が証人になってくれるか」と。

その書類は、ミラが先ほど言葉にした通り、最終手段として用意されたものだ。

では、どういう内容かというと、ニルヴァーナの女王アルマが署名し認証した、『ユーグスト・グラーディン』の国際指名手配書であった。

また書類には、指名手配犯の術印鑑定書というものが付属している。これは犯人を見分けるために使われるもので、対象に触れる事で反応する仕様だ。

今回はユーグストの毛髪を感応媒体にしているため、かの王様をこの術印鑑定書で本人だと証明すれば、ニルヴァーナが公式に認定した国際指名手配犯であるという動かぬ証拠となるわけだ。

（まさか、こういう形でこれを出す事になるとはのぅ……）

アルマからこの書類を受け取った時は、別の状況が想定されていた。

それは、ユーグストの権力がミディトリアの街の全体にまで行き届いていた場合だ。

街の権力者全てが結託し、ユーグストを狙うミラと敵対する恐れがあった。状況によっては見事ユーグストを倒しても、次にはミラが傷害罪諸々で逮捕されるかもしれない状況だ。

だからこそ正当性を証明し、そういった権力者を黙らせる必要があった。そのためにアルマが用意したのが、この国際指名手配書だ。

ただ今回は権力者を黙らせるためではなく遊女達の信頼を勝ち取るため、彼女達を安心させるためにそれを使う事となった。

「あ、変わった！　変わったよ！」

「って事は、つまりこいつは国際指名手配犯で確定って事ね！」

幾らかの説明の後、ズタボロ状態で簀巻《すまき》にされている王様に術印鑑定書を触れさせたところ、その反応を前にして遊女達がわっと盛り上がる。

わかり切ってはいた事だが、その結果で王様が国際指名手配犯ユーグスト・グラーディンであると正式に証明された。しかも、ここにいる遊女達全員が証人だ。

それはつまり、ミディトリアの街から王様を追放する事が決定し、同時にミラが執行者として認定された瞬間だった。加えて、ここにある全てのお宝がミラの預かりになったという意味でもある。

だからだろう、遊女達の目の色も一気に変わっていった。

「これでもう、何の問題もないって事よね？」

「それでさ、こんなにいっぱいあるから、ね？」

「一つでもいいから、貰えないかなぁ、とか思ったり？」

問題が解決したのなら、後はもう交渉次第だ。遊女達は、こぞってミラにアプローチする。

（ふーむ、そういえばそういう話じゃったな）

対してミラは、どうしたものかと考える。遊女達の信頼を得るために切った札であったが、思えば始まりは王様のお宝がどうこうという話であった。

それがこの花街特区の決まり事というのなら、お宝を頂いていくのもやぶさかではない。

見た限り、ここにあるのは美術品がほとんどであり、冒険の役には立たないだろう。よって、そこまで興味は惹かれていなかったが、高価な美術品が全て自分のものになると聞かされれば気持ちも動くというものだ。

きっと売り捌けば、かなりの金額になる事だろう。精錬素材購入のほか、最強装備制作計画の資金にだってなる。

そして何よりも、美味しいものは食べ放題、豪華な宿にだって気楽に宿泊し放題だ。

何て素晴らしいルールであろうか。ミラは他にも色々な要素を踏まえて、ここは素晴らしい場所だと花街特区を心の中で称賛する。

お金は、幾らあっても困らない。お宝も、幾らあっても困らない。

ここにあるものを全て換金したとしたら、それこそ夢のような生活がこの先に待っているだろう。

と、そんな妄想を繰り広げていたところ、ミラは遊女達の声で現実に引き戻される。

「どうかな、ミミちゃん」

「お願い！」

「一つだけ、一つだけだから！」

そう懇願する遊女達は、既に好みの一品を選んできたようだ。それを手に潤んだ瞳でミラに迫る。

ミラはというと、そんな彼女達の可愛らしいお願い攻撃に頬を緩めていた。そして調子よく、答えようとした時だ。

「ほら、貴女達。我がまま言わないの。確かに指名手配犯と証明はされたけど、まだミミちゃんの言う証拠の方が見つかっていないんだから」

そうラノアが、ぴしゃりと遊女達を窘《たしな》めたのである。更に彼女はお宝を元の場所に戻してくるようにと告げてから、「その術印鑑定書だけじゃなくて、更に証拠品も必要なのよね？」と続ける。

「いや、まあ……うむ……その通りじゃ」

ラノアの確認と、お宝を棚に戻す遊女達の姿を見て、ミラはどことなく罪悪感に苛《さいな》まれた。

なぜならそもそも証拠というのが、ユーグストの私物を調べるための方便であるからだ。

ただそれを理由に、状況は振り出しに戻される事になった。輝いていた遊女達の笑顔は一転して暗雲に沈んでいる。ラノアに叱られた事に加え、これだけのお宝を前にして見る事しか出来ない状態に戻されたのだ。

ただただ見せつけられるだけ。遊女達は、落ち込む一方だった。

ミラもまたそんな彼女達の様子に、何とも言えない気持ちを抱く。そして改めて、別に一個ずつくらいならば構わない、と言おうとしたところ――。

「うーん、そうだ。ミミちゃん、皆で証拠を探して見つかったら貰ってもいいっていうのはどう？」

遊女達の落ち込みようを見ていられないと思ったのか、ラノアがそんな提案を口にしたのだ。

術印鑑定書と証拠品。これが揃えばミラの完全勝利。それこそ、ここにいる全員にプレゼントしたところで問題ないだけの量があるとラノアは続ける。

「うむ、よいぞ！」

遊女達の雰囲気に心を痛めていたミラは、ここぞとばかりにその案を肯定した。証拠品、もとい目的の術具さえ手に入れれば、遊女達が何を持っていこうと問題はないからだ。

するとどうだ。たちまちのうちに、彼女達の表情が晴れやかに輝いていったではないか。

「探すわ！　全力で探すわ！」

「任せてミミちゃん！　アリ一匹見逃さないから！」

「私は、あっちを調べるわね！」

証拠さえ見つかれば。そんな希望を得た彼女達の行動は迅速であり、見事なまでの連係をみせた。

とはいえ、そこはまだ勢いばかりが先行したからか、少しして遊女の一人が戻ってきて言った。

「ところで、証拠ってどういうものなのかしら？」と。

「それはじゃな――」

ミラは角に金具がついた地図のようなものだと答え、自身も捜索を再開する。

思わぬ形ではあったが、人手を得られたのは頼もしい限りだ。きっとこれならば見つけられるはずだと、ミラもまた期待を高めていった。

〈17〉

遊女達の手も借りて、地図探しを始めてから二十分と少々。十一人という数で片っ端から調べていったため、早くも一通りの調査が完了した。

だがしかし、目的の品は見つからなかった。

「ぬぅ……いったいどこに」

地図の類は幾つか出てきたものの、金具が付いていなかったり、マナに反応しなかったりで探し物とは違う。

ガローバから訊き出した情報はカグラの自白の術によるものであるため、そこに偽りはない。あるとするならば、ユーグストがガローバに偽の情報を与えていたか、そもそもこの部屋には置いていないかのどちらかだろう。

「あら、この絵画、カナンが好きそうね」

どうしたものか。そう、見つかった地図を念入りに確かめ直していたところで、ラノアの声が聞こえる。

ふと振り返ったところ、ラノアは壁に数十と掛けられた絵画の一枚を見つめていた。

「あ、本当ね。このゆるふわ具合は、カナン好みだわ」

「あの子、こういうの好きだったものね」

「カナンちゃん、もう元気になったかしら……」

思うように見つからず集中力も切れてきたようで、ラノアの言葉に引き寄せられるようにして遊女達が集まっていく。

そして、その絵画を一緒に眺めながら、どこか懐かしくも寂しそうな顔で話し始めた。

聞こえてくる話の内容からすると、以前の王様専属の遊女仲間にカナンという女性がいたようだ。

ゆるふわ好きで、性格もどこか緩くてふわふわした感じだったらしい。だが、そんな彼女の無邪気さが王様のサディスティックな趣味にぴったりと嵌ってしまった。

結果、カナンという娘は心に傷を負い、引退していったという事だ。

(あの男……このまま去勢しておいた方がよいのではないじゃろうか)

イリスにトラウマを植え付けたように、ユーグストの暴れぶりは、ずっと前から続いているようだ。

彼女達の口振りからして、カナンという女性も多くいる被害者のうちの一人と思われる。

「この絵を見たら、カナンちゃん喜ぶかなぁ」

思い出話が広がっていく中、遊女の一人がその絵画を手に取りながら少し寂しげに呟いた。特に仲が良かったようで、今でも月に一度、手紙のやりとりをしているそうだ。

手紙と一緒にこの絵画を送ったら、少しは慰めになるだろうかと考えての言葉だったのだろう。

とはいえ証拠が見つかれば、全てがミラのものになる。よって遊女達は、せめてこれだけでもと懇願するような目でミラに振り返った。

対してミラはというと、理由が理由である。「是非、送ってやるとよい」と答えるつもりで口を開き――かけたその時だ。

「カナンちゃんのためにっていう気持ちはわかるけど、ほかにも王様のせいで同じように辛い思いをしている子達が沢山いるわ。ここで一人だけ特別扱いするのは、どうかしらね……」

そうラノアが苦言を呈したのだ。

それは確かに、もっともな意見である。カナンと同じく、王様が原因で沢山の女性が心に傷を負った。そんな中で一人が特別扱いされたと知ったら、どう思うか。

「それともう一つなんだけど、原因になった王様の私物を送るのは、ちょっと止めておいた方がいいかもしれないかな」

細かい事はどうであれ、慰めのためにプレゼントを贈るのは悪くない。だが幾ら持ち主が替わるとはいえ、直前まで王様が秘蔵していたお宝である。それをプレゼントするのは如何なものかとラノアは続けた。

「そっか……そうよね」

「ラノアの言う通りね」

カナンだけ特別にというだけでなく、そもそも心に傷を負った元凶の私物を贈るなど、一歩間違えればただの嫌がらせである。

それを悟ったのか、遊女は残念そうな面持ちで手にしていた絵画を元の場所に戻す。

ただ上手く絵画が掛からずに、何度もカタカタと揺すっていたところ、それがひらりと舞い落ちた。

「あら、何か落ちたわよ」

絵画の裏にでも隠してあったのだろうか。それに気付いた遊女の一人が、落ちた何かを拾い上げる。

「おお、それはもしや!?」

見た目は、大き目の封筒といったところだろうか。どうやら中にも何か入っているようで、ミラは期待を高める。

「もしかしてもしかするんじゃない!?」

「今度こそ、きたんじゃないかしら!?」

わざわざ隠してあった事からして、もしや探していた証拠だろうかと遊女達の注目も集まっていく。

とはいえ、これまでに見つかったそれらしい羊皮紙の中には、本の間や棚の隙間など、如何にも怪しいといったところに隠れていたものもあった。

また、ぬか喜びになるかもしれない。そう誰もが心で思いながらも、遂に見つかったのではないかと全力で盛り上がる。

「じゃあ……開けるわね」

一つ深呼吸してから、遊女は拾った封筒の封を開けていく。それを遊女共々、ミラも固唾《かたず》を呑んで見守る。

封筒から出てきたのは、折り畳まれた羊皮紙であった。第一条件クリアだと沸く遊女達。

続けて広げてみたところ、そこは全くの白紙となっていたではないか。しかも隅には金具がついているときたものだ。

それは明らかに、これまでに見つかったどの羊皮紙よりも特殊なものだとわかる状態であった。

「ミミちゃん……」

託すようにして、その羊皮紙を差し出す遊女。

「うむ……」

ミラは緊張の面持ちでそれを受け取ると、最後の確認のために、ゆっくりとマナを流し込んだ。

するとどうだ。みるみるうちに、地図のような図柄が浮かび上がって来たではないか。

その結果、ガローバから訊き出した全ての条件が一致した。つまり、この羊皮紙こそが『イラ・ムエルテ』のボスがいる場所を突き止めるための術具の一つであると判明したのだ。

「これじゃ、これが探していた証拠品じゃー！」

何度となく肩透かしを食らいつつも、とうとう見つけたと喜ぶミラ。ただ、そんなミラよりも遊女達の喜びようの方が上だったりした。

「それってつまり、あの王様は犯罪者で確定したって事よね？」

「王様、逮捕決定って事でいいのかな？」

「花街特区、強制退去執行ですか？」

それはもう期待に満ち満ちた顔でミラに迫る。

実際のところ証拠というのはただの方便であったが、ミラはその通りだと答え、これでもうあの男に言い逃れする術《すべ》は無くなったと告げた。

すると彼女達は互いに抱き合いながら健闘を称え合う。

王様から解放されたという喜びもあるようだが、やはり何よりも一番は、お宝のようだ。

これで無事に王様の私財は、ミラの預かりとなった。遊女達は喜びを分かち合ったかと思えば、待ってましたと散っていき、全力でお宝選びを始める。

何とも現金な者達だと、一瞬のうちで独りになったミラは、しっかりと再確認してからアイテムボックスに地図を収めた。


「私、これにする！」

地図が見つかってから、十分と少々。遊女の一人――カナンの友人だという彼女がお宝の山から選び出したのは、ここにある中でもとびきり高価そうな宝飾品だった。

「うわぁ、凄い！　そんなのどこにあったの!?」

「あー、やられた！　きっとそれが一番高いやつね」

どれだけ芸術性が高かろうと、また希少品であろうと元は王様の私物である。それをプレゼントにするどうこうについてラノアが言った事は、彼女達の選択にも影響を与えていたようだ。

結果、見るたびに王様の事を思い出してしまいそうな品など要らないという答えに至ったようで、とにかく換金性の高い品を見極め選び出そうと必死な様子である。

そんな中で初めにこれだと選ばれたお宝は、希少な宝石が多く鏤《ちりば》められたブローチだった。

芸術品や骨董品の類というのは、そのほとんどが素人では価値を推しはかるのが難しいものばかりだ。

けれど装飾品の定番である宝石ともなれば、詳しくなくとも幾らかの目星はつけられるというものである。

だからこそ彼女は、それを選んだのだろう。きっと最低でも一億リフは下らないだろうと思われるお宝だ。

あれを超えられるものはないだろうと他の遊女達が残念がる中、カナンの友人である彼女は少し考えた後に衝撃の発言をした。

「ラノアさんが、ああ言ってて私もその通りだと思ったけど……。でもやっぱりカナンちゃんが心配だから、私は、この半分の金額をカナンちゃんに送る！」

王様の被害者は、カナン以外にも沢山いる。だからこそ贔屓するのは、あまり良くない。ラノアはそう言っていたが、彼女はそれでもカナンのために何かがしたいと思い至ったようだ。

「ノーラ……貴女って人は……」

そんな彼女の――ノーラの言葉を受けて、ラノアは呆れたようにため息をもらす。だがそれでいて、その顔には優しげな微笑みが浮かんでいた。

他の被害者の事を思えば、褒められた事ではない。けれど彼女の優しさは、決して無下に出来るようなものでもないのだから。

するとどうした事か、他の遊女達もそんなノーラの言葉に感化されたようである。

「なら私も！　私も半分！　──……えっと四分の一を皆のために使う！」

「私もそうするわ！　あの子達が元気になれるように四分の一を寄付します！」

「うん、それ、私も乗りましょう！」

などと、次から次に遊女達全員が言い出したのだ。そして最後に一人が、「ね、ラノア。これなら公平だと思わない？」と笑顔で告げる。

全員が王様の被害者全員に少しずつわけて支援すれば、カナンだけが特別扱いされているなどとは思われない。何とも単純な発想だ。

「ええ、そうね。それなら問題はないでしょうね。……ほんと、お人好しなんだから」

ノーラに続けといった遊女達の言葉を前に、ラノアは再び呆れたように笑った。

幾ら王様のプレイについていけず心に傷を負ったからとはいえ、それはこの仕事を選んだ本人達の責任である。

そして、ここにいる遊女達とラノアは同じような状況にありながらも折れずに、それを耐え抜いた者達だ。

けれど彼女達は、心に傷を負った者達をあざ笑う事も、見下す事もしなかった。それどころか、その辛さにそっと寄り添う優しさを秘めている。

（実に良い子ばかりじゃのぅ）

カナンのため、そして皆のためにも頑張ろうと気合を入れ直してお宝探しを再開する遊女達。そうと決まったなら、ここにあるお宝の上位十個を見事選び抜いてみせようというような気迫に溢れていた。

少しでも多く支援金にするため、そして何よりも自分自身の取り分のためにと必死である。

仲間想いでもあるが、やっぱりお金も大好きなのだ。

ミラはそんな彼女達を見つめながら、一つ決心した。

「ところで私達が十番目までの宝物を持って行っちゃったらさ、ミミちゃん落ち込まないかな？」

「大丈夫よ。これだけあるんだもん。十番目まで見つけちゃっても、総額でどうにかなるわよ」

「それに、好きなものを持っていっていいって言ったのは、ミミちゃんだからね！」

言質《げんち》はとっているため、高額なお宝だろうと容赦なく持っていったって構わないはずだ。そんな自信を胸に、全員の知識を総動員してお宝を鑑定していく遊女達。

その傍には上位候補として選別された、煌びやかな宝飾品の置かれた台があった。

「ほぅほぅ、これまた高そうなものを選んでおるのぅ」

ミラは、その台をまじまじと見つめながら、やや大袈裟にそう言った。

すると遊女達の間に僅かな緊張が走る。ここにきて限度が決められてしまわないか。選べる範囲が縮小されてしまわないかと。

そんな彼女達に対して、ミラは続けてこう言った。「じゃが、その努力はもう必要ないぞ」と。

「え？」

「どういう事？」

もしや、選べなくなるのか。欲張り過ぎてしまったか。遊女達はそんな考えを脳裏に浮かべる。ただ、それを口にしたミラは、それこそ天使のように優しい表情をしていたために困惑もした。

ミラは、そんな彼女達を前にして少しもったいぶったように微笑んでから、その真意を告げた。

「仲間に対するお主達の想い、実に天晴《あっぱれ》じゃ。よって、ここにある全てをお主達に譲ろうと思うたのじゃよ。いちいち選ばずとも全部持っていけばよいぞ！」

遊女達の話から断片的に得られた、王様の非道による被害者の状況。それを知り、またそのためにと立ち上がったノーラ達にミラは感銘を受けたのだ。

生活面の援助や、心の医者にかかるための費用、そして薬代。それらを補助し、社会に復帰出来るよう、ここにあるお宝の全てを使う。

むしろそれこそが、最も有意義な使い方というものだ。

そう説明したミラは、「無論、仲間達のために使うと約束するならば、じゃがな」と続け、皆の反応を待つ。

「え……――」

ミラの提案を聞いたノーラ達は、その内容を前にして、そんなまさかといった顔で沈黙する。

軽く見積もっても、一生どころか十生くらい遊んで暮らせるだけのお宝である。それを全部譲ろうなどと言い出したのだ。正気かと疑うのも仕方がないだろう。むしろそれが普通の反応というものだ。

彼女達にしてみれば、冗談でしたと続いた方がホッとするくらいに突拍子もない提案である。

「ほんと、に？」

だがミラに冗談を言っている様子はなく、ノーラは窺うように問うた。

その問いに大きく頷いて返したミラは、嘘ではないと証明するかのようにノーラを見据え、「お主の心意気が何よりの決め手じゃ」と告げた。

「ミミちゃん……――！」

そんなミラの態度と言葉によって、いよいよそれが真実であると呑み込めたのか、ノーラ達の顔が困惑から驚愕、そして興奮から喜びへと瞬く間に移り変わっていった。

「うん、皆のために使うって約束する！」

「任せて、ミミちゃん！」

ここにあるお宝は、被害者達のために。そう約束したノーラに続き、他の遊女達もまた力強く答える。きっと必ず、と。

「うむ、ならばお主達に預けよう！」

ユーグストが秘蔵していた大量のお宝。持ち帰ったならば、きっと究極装備作りの資金として十分な金額になっていたはずだ。

けれどミラはノーラ達の優しさを尊重し、未練など無いと言い切った。

「流石、ミミちゃん！」

「よっ、正義の執行者！」

ミラの宣言で更に沸き立つ遊女達。途中からそんな囃し立てるような声に変わり、お祭りのように盛り上がっていく。

なお、この場にミラの知り合いがいたならば、ミラの言葉は優しさ半分で、残りは美人相手に格好つけているだけだと見破った事だろう。

ミラの顔には、僅かながらの未練と愉悦が浮かんでいたからだ。

「貴女もまた、相当なお人好しなのね」

そんなミラの顔を読んでか読まずか、呆れ気味に微笑みながらラノアが言う。

「なに、ただの気まぐれじゃよ」

未練はあるが後悔は微塵もない。そうミラは心の中で笑い飛ばした。

〈18〉

ユーグストが貯め込んでいたお宝の活用法は、最善ともいえる形に収まった。これで後の事は、もう皆に任せておけばいいだろう。

そう思いふとノーラ達に目を向けたミラは、彼女達の逞しさに苦笑した。

もう選ぶ必要などない、全部持っていけ。そう言ったのだが、ノーラ達は選別を再開していたからだ。

最初に約束した一人一つを選んだ後に残りを支援に回すとして、まずは一番イイものをと探しているわけだ。実に正直な者達である。

「さて、と」

お宝探しをするノーラ達はそっとしておき、ミラはメインルームに戻った。そして室内を軽く見回してからベッド脇に目を向ける。

そこには、ユーグストが無残といった状態のまま横たわっていた。幾らか時間は経過したものの、まだまだ起きる気配はなさそうだ。

なお、捕縛布でぐるぐる巻きにしてから武装召喚の拘束具形態で更に身体の自由を奪っているため、目が覚めても口で騒ぐ程度の事しか出来ないだろう。

もしも予想以上に抵抗した場合は、拘束具がより強く締め付けると同時にミラへ合図が発せられるため、もはやこの状態から逃げるのは不可能といえた。

「ふーむ……やはり手っ取り早く空から、かのぅ」

ユーグストの身柄を、どのように運び出したものかと考えるミラ。

ダークナイトなどに担がせて連行しようとした場合、多くの人の目に触れる事となる。当然ながら、警備の者達に呼び止められもするだろう。

その都度、裏風紀委員会による秘密の仕事で、などと言い訳するのも面倒だ。

更には、この街の裏事情に詳しいお偉いさんなどに出くわしたら余計に面倒だ。そのような委員会など無いと言い切られた瞬間に、ただの誘拐犯となってしまう。

また、それらしい組織があるような様子だが、ミラのようなメンバーはいないとバレるパターンも予想出来た。

よってミラは、ユーグストを空から運び出す事に決める。目撃されたところで、謎の飛行物体として押し通せるように。

【召喚術：ヒッポグリフ】

召喚術を発動すると共に警報が響く。とはいえ、もう問題はない。警戒させたくなかったユーグストは既に手中であり、警備の者にもラノアが言い訳済みだ。

そんな中、浮かび上がった魔法陣から頼れる仲間のヒッポグリフが姿を現す。

前半身が鷲、後半身が馬という特徴的な姿のヒッポグリフは、やってくるなり、そっとミラの前に頭を差し出した。ヒッポグリフが見せる忠誠の行動だ。

「何かあった!?」

「どうしたの!?」

ミラがヒッポグリフの額を撫でていたところ、ノーラ達がバタバタとやってきた。警報の音を聞いて何事かと駆け付けたようだ。

ただ来ると同時に、その状況を前にぎょっとして立ち止まる。

「ああ、すまんかったのぅ。ちょいと手伝ってもらおうと思うてな。ヒッポグリフを召喚しただけじゃよ」

「そ、そうなんだ……」

屈強に育っているヒッポグリフの見た目と言えば、それはもう威圧感満点だ。ゆえにノーラ達は腰が引けていた。

だが遊女の一人が、その額を撫でつけるミラと、それがとても嬉しそうなヒッポグリフの姿に少し興味を持ったようだ。おずおずと前に出ながら、「私も、撫でさせてもらえたりしないかな?」と口にする。

「ふむ。どうじゃ、ヒッポグリフや」

ミラが問えば、ヒッポグリフはそっと翼を広げた後、そんな彼女の前にゆっくりと歩み寄って行く。

そして、さあ触れるがよいとばかりに、その場で座り込んだ。

「ふわっふわー！」

ヒッポグリフを撫でた遊女は、その撫で心地に頬を緩めた。すると、それを見ていた者達もまた私も私もと殺到する。

ヒッポグリフはというと、皆存分に堪能するがよいといった態度で、そんな彼女達を全て受け入れていた。それこそ、王様かと見紛うばかりの堂々たる姿だ。

そしてミラはというと、美女に囲まれて撫で回されるヒッポグリフを羨ましそうに見つめていた。


「さて、後は任せてもよいか？　わしは早く、あの男を連行したいのでな」

ノーラ達が存分にヒッポグリフの撫で心地を堪能したところで、ミラはそう声を掛けた。

するとノーラ達は、もう行ってしまうのかといった顔で振り向く。それはミラに対してか、それともヒッポグリフに対してかは不明だが、名残惜しいという表情がありありと見て取れる。

とはいえ、それが一番大切な事だとわかっているためか、彼女達はそれ以上何も言わなかった。

「うん、大丈夫。任せて！」

「きっと、また来てね。その時には、皆でお礼するから」

「ありがとう、ミミちゃん。元気でね！」

彼女達は、笑顔で別れの言葉を口にした。出会ってまだ三、四時間程度だというのに、もはや数年来の友人との別れのようだ。

ノーラ達が少し下がると共にヒッポグリフは立ち上がる。そしてミラのもとに戻ってくると、その鉤爪《かぎづめ》のある前足でもって、むんずとユーグストを掴んだ。

「頑張ってね、裏風紀委員さん」

振り返ると、そこにはラノアの姿があった。彼女は既に持ち帰るお宝を決めたようだ。綺麗な細工が施されたブローチを手にしていた。

そのブローチは芸術性の高い代物である反面、目に見えて高価だとわかる宝石の類はついていないようだ。

もしかしたらラノアは、美術品の価値を見抜ける鑑定眼があるのかもしれない。

「うむ、こっちは任せるがよい」

流石は花街特区一番と言われているだけあって、トップクラスが揃うこの場においてもラノアは別格のようだ。

彼女がいれば、うまい事やってくれるだろう。そう感じたミラは、もう問題はなさそうだと歩き出し、部屋の奥にある窓を大きく開いた。

「では、達者でのぅ！」

そのままヒッポグリフの背に乗ったミラは、今一度振り返り別れの挨拶を告げる。そして皆の声を背に受けながら、空へと飛び出していったのだった。

「あ……そうじゃった」

ラノア、そしてノーラ達と綺麗にお別れをしたミラであったが、花街特区の空域から出た直後に忘れていた事を思い出した。

サリーである。彼女に借りた出張証だなんだといったものを返さなければいけないのだ。加えてワントソも、そこに預けっぱなしである。

「ヒッポグリフや。すまぬが先にいって、待っていてくれるじゃろうか。ちょいと用事が残っておった」

ミラが言うと、ヒッポグリフは問題ないとでも言うように鳴いて答えた。

「よし、では頼んだぞ」

実に頼りになる仲間だ。そう感謝しつつ、ミラはそのままひらりと飛び降りる。そして《空闊歩》でもって、空の上から花街特区の入口近くに舞い降りた。

「……今、空から来なかったか？」

そんな驚きの声がちらほらと上がる中、ミラはとっとと花街特区に入り、そのままサリーとワントソを待たせている宿へ向かった。

「――というわけでのぅ、王様はこちらで確保したのでな。もう、お主達のような新人が無理を言われるような事はないはずじゃよ」

サリーの待つ部屋に到着するなり、ミラは事の顛末を話して聞かせた。新人ばかりを狙い、心に深い傷を負わせていた王様は成敗した。よって、もう二度と、そのような悲劇は起きないだろうと。

加えて出張証を返すついでに被害者達への支援金についても伝え、被害に遭った同期の子も、きっといずれ元気になるはずだと励ます。

「そんな事が……！　ありがとう、裏風紀委員さん！　しかも、そんな支援までしてくれるなんて……本当にありがとう！」

サリーは、ミラの報告に心の底から安堵したようだ。

遊女達の間で悪名高い王様。その虎穴に飛び込んでいったミラ。事が事だけにサリーはずっと心配していたようだ。

けれどミラは無事に帰ってきた上、完全攻略してきたと笑顔で報告した。サリーが感じた安堵感といったら相当であっただろう。

「よいよい、それもこれも、お主が協力してくれたお陰じゃからな。で……これなのじゃが……」

そう続けたミラは少しばかり視線を逸らしながら、ボロボロになった衣装も返却した。ユーグストとの戦闘中に破れてしまったミニスカ着物だ。

「これって……」

サリーは見るも無残なその状態に、初めは何かと首を傾げた。だが、まじまじと見つめたところで気付いたようだ。

「うん、大丈夫大丈夫。王様に破かれたって言えば済むはずだから」

状況を把握したサリーは、そう言って笑った。何かと変態プレイに興じる王様相手の場合、こういう事もよくあると聞いていたそうだ。

「そうか。それならよかった。っと、では協力の礼じゃが――」

ミラは少し考えてから、アイテムボックスよりお礼の品として上級の回復薬数本を取り出した。大きな怪我も治せるだけでなく、どんなに疲れていても、たちまちのうちに元気になれる薬である。きっと遊女ならば、持っていて損はない品であろう。

ゆえにミラは、それを元気になる薬だと言って手渡した。

「そうなんだ、ありがとう!」

滋養強壮に活力増強。そこそこ高価ながらも、こういった場所では定番の薬であり、サリーもまたそれを喜んで受け取った。

なお、サリーがこの薬の価値を知り仰天する事になるのは、もう暫く先の話だ。

サリーから借りていたものを返し、ワントソも労い送還したミラは、そのままヒッポグリフが待つ場所に向かう。

その途中での事だ。とある治療院の前を通りかかったところで、ミラはその男の姿を目にした。

治療院から、ふらりと出てきた男。いったい何があったというのか、彼の顔には絶望の色が広がっていた。それこそ放っておけば明日にでも……などと予感してしまうほどの様相である。

そんな男が、覚束《おぼつか》ない足取りで脇のベンチに歩み寄る。直後、何もないところで蹴躓《けつまず》き、びたんと倒れた。

それから数秒。大丈夫かと見守るも動く気配がない。

「のぅ、お主。随分な転び方をしておったが大丈夫か？」

落ち込んでいる人など幾らでもいるため、普段は通り過ぎるだけだ。けれど今回は、あまりにも悲壮感が強過ぎた事に加え、打ちどころでも悪かったのかと心配し声を掛けたミラ。

「ん……？　ああ、いや。大丈夫……」

どうやら大事はないようだ。けれど起き上がるという意思が湧かないくらいに滅入っているのか、男は僅かに反応するだけで心ここに非《あら》ずといった状態だった。

「何やら浮かぬ顔をしておるようじゃが、どうした？」

相手にその気がなくとも、そのままにはしておけない。ミラは一先ず男をよいしょと持ち上げベンチに座らせて様子を確認する。

「別に……何でもないさ……」

ただただ虚空を見つめる男。重度の怪我か、それとも大病か。治療院の前という事もあってか、そう予想したものの見た限りは健康そうである。

むしろ、表情から読み取れる精神状態以外は、すこぶる元気そうだ。

では、彼はどうしたというのか。

「ほれ、何でもないはずなかろう。言うてみよ。誰かに話せば楽になる事もあるものじゃよ」

気付けばミラは心配半分、興味半分でそう続けていた。肌艶もよく、身体からは気力が漲っているにもかかわらず、こうしているのは何故なのか余計に気になったのだ。

「何でもないって――」

男はというと、放っておいてくれといった態度で眉根を寄せる。だが、そうしてミラを睨んだ瞬間に彼はその両目を見開いた。

「……マイエンジェル」

誰にも聞こえない程微かな声で呟いた男は、そこから急に態度を変えた。この世の全てに対して不貞腐れていた様子だったが、ミラにだけは心を許した、といった顔で向き直ったのだ。

「えっと、それで、何かな？」

緊張しているのか、男は少し戸惑ったように言う。そんな彼に対してミラは今一度、「浮かぬ顔をしておったが、どうかしたのか？」と問うた。

途端に男は、バツの悪そうな顔をして視線を逸らした。

だが、そうされると余計に聞きたくなるものだ。ミラは、「ほれ、何かあったのじゃろう？」と追及していく。

そこから更に何度か言葉を交わしたところで観念した男は、こんな場所で呆然自失していた理由を白状した。

治療院から出てくるなり、絶望していた真相。

それは、数ヶ月も貯金してようやく花街特区で一目惚れした宵女《よいめ》を指名し、更に最高級の精力剤まで使って挑んだ生涯最大の大一番が始まる前に終わってしまったから。というものであった。

原因は最高級の精力剤だと、男は涙ながらに語る。治療院の先生には、薬を使い慣れていない身体で、いきなり強力な薬を使うと効き過ぎてしまい意識が飛ぶ事になると言われたそうだ。

「今日のために頑張って働いて沢山金も掛けて……けど結果も出さずに全てが消えていったんだ……」

万全を期したつもりが裏目に出てしまったと、男は頭を抱える。そして、その時の事を思い出したからか再び悲壮感を漂わせ始めた。

（精力剤で倒れた……何やら、どこかで聞き覚えが――）

親身になって男の話を聞いたミラは、そこでとあるエピソードを思い出した。

それはファミレスのような店でラノアと最初に出会った際に、彼女の相手の金髪美女が話していた事だ。

客が強い薬を飲んで倒れたため、仕事が早く終わり時間が空いた。そう金髪美女は言っていた。

つまりは、この目の前の男こそが、その張本人というわけだ。

（なるほどのぅ……この男は、あの別嬪さんを前にして触れる事すら出来なかったわけか。なんという悲劇なのじゃろう……）

男が嘆く理由を把握したミラは、同時に同情した。そして彼のために何か出来る事はないかと考える。

とはいえ金銭面での支援は難しい。そこまで持っていない事はもちろんだが、そもそも通りすがりの者に大金を渡されても困るだろう。

では、他に何があるのか。

とある日に、イリスの部屋のバーからこっそりと持ち出したアルマ秘蔵の果実酒でも渡そうか。それとも、マーテル製の果物で更なる極上を体験してもらおうか。

または……——と色々考えていたところで、ミラはポケットに入れてあったそれを思い出した。

「それは辛かったじゃろう。ゆえにお主には、これを進呈しよう」

そう言ってミラが差し出したのは、たまたま出会った花街マスターに貰った割引券だった。しかも二枚だ。

「これはなんと値段が五割引きになるというとんでもない割引券でのぅ。二回使えば、実質一回分無料というわけじゃ。これならば、今日の分をしっかりと取り戻せるじゃろう？」

五割引きで二回遊べば、つまりは一回分が無料同然。既に終わってしまった分は勘定に入れず、そんな笊《ざる》計算で男を励ますミラ。

すると男はというと、そこで思っていた以上の反応を示していた。両目を見開いたまま割引券を見つめ、「な……な……」と言葉にならないような声でわなわなと震えていたのだ。

(うむうむ、まあ無理もないかもしれん。これを使えば一晩で百万リフかかる最上級の遊びが五十万になってしまうからのぅ)

花街マスターの言葉によると、この割引券はどの店でも使えるとの事だ。つまり高級店ほど、そのお得感は増すわけである。

男が驚くのも当然だろう。そしてだからこそ、この選択は正解だったとミラは確信した。

「ほ、本当にこれを貰ってもいいのか？　しかも、二枚も……！」

「構わぬ構わぬ。じゃから、ほれ。元気を出すがよい」

信じられないといった顔で確認する男に即答したミラは、男の手を取って割引券を握らせた。

「ではな。今度は薬で倒れぬようにするのじゃぞー」

割引券一つで、男の表情は随分と変わった。あの様子ならば、きっとこれからも頑張っていけるはずだ。

見知らぬ男ながら彼を救えたと満足したミラは、そのまま意気揚々と花街特区を後にするのだった。

なお余談だが、ミラが手渡した割引券は、ただの割引券ではなかったりする。

それは、花街特区への貢献度が高い極少数の客にのみ与えられるゴールドチケットであった。

そしてゴールドチケットが持つ特典は、割引だけではない。極楽へと誘《いざな》ってくれる様々な限定サービスが受けられるという、正に特権階級クラスのチケットなのだ。

その取引相場は、百万リフを軽く超える代物である。

つまり男は、生涯最大の大一番に大敗した事で、それ以上に価値のあるものを手に入れたわけだ。

「マイ、ゴッデス……」

花街特区で女神と出逢った。その奇跡に感謝した男は、この日を境により精力的に働き始めた。そしていずれ、彼は大きなホテルグループの代表にまで上り詰めるのだが、それはミラの与《あずか》り知らぬ話である。


「ふむ、明日の朝頃には到着出来そうかのぅ」

上空二千メートル。ミラはガルーダが運ぶワゴンの中で、のんびりと夕食を堪能していた。窓の外はすっかりと夜の帳《とばり》に覆われている。

無事に目的の地図を手に入れ、ユーグストの捕縛にも成功した。更にはユーグストの変態性に苦しめられていた女性達のために、貯えられていたお宝も解放した。完璧な戦果といえるだろう。

「こやつは……まあ、このままでもいいじゃろう」

ワゴンの隅に目をやったミラは、そこに転がしているユーグストを確認して、問題はなさそうだと判断する。

現在のユーグストは、捕縛布でぐるぐる巻きの状態だ。加えてその上から《プリズンフレーム》で完全に身体の自由を封じている。しかも《アイアンメイデン》の時とは違い、装甲をこれでもかと分厚くしたタイプだ。もはや拘束具というよりは、鉄の像に近い外観である。

ユーグストが闘気を全力で高めても、これを破るのは不可能であろう。

とはいえ、超弩級の変態だ。外に吊るすなりしておいた方が、とも考えたものの、どこかでうっかり落としては色々と面倒である。

ゆえに確実なワゴンの中に転がしてあるのだが、朝まで一眠りしようと考えるミラは、少しばかりの躊躇いを浮かべた。これだけしっかりと拘束しているが、この変態の前で無防備に眠るのは、色んな意味で危なそうだと。

そうして幾らか考えた末に、ミラは押し入れの中で眠る事にした。当然、押し入れ前には灰騎士の不寝番を立てての就寝だ。

一方その頃、花街特区では思った以上の忙しさにノーラ達が右往左往していた。

「えっと、絵画は……ウィリアムさん？」

「いいえ、彼は描く専門。鑑定は画商のロバートさん。でもこれは年代的にカテノフ時代のものだから、ルービル美術館が一番ね」

遊女の問いに対して的確に答えているのは、ラノアだ。

ユーグストがしこたま貯め込んでいたお宝の数々。ミラとの約束通りにその中から一つ貰った後、彼女達は残りをどうやって換金するかという問題に直面していた。

そこに集められていたのは、煌びやかな宝石だけではない。ブランド品にアンティーク、コレクターグッズのほか、美術品なども多く蒐集《しゅうしゅう》されていた。

どれもこれもが希少性の高い品であり、当然それ相応の値段がつくものばかりだ。

けれど当然ながら、これらを売るとしたら、その価値がわかる相手でなければいけない。アンティークの家具をそこらのリサイクル店に持ち込んでも、ただの古道具扱いになるだけだからだ。

加えて、ここにあるものに規則性というものはなく、ジャンルや年代といったものもバラバラだった。

取引相手は慎重に選ぶ必要がある。大変なのは、むしろここからだった。

「ラノアがいてくれてよかったよー。私達だけだったら、どうなっていた事か」

「たいした事じゃないわ。それに貴女達なら、お得意様の中にわかる人くらいいたでしょう」

「これだけの種類があると、もうどれが誰だか……」

ラノアは美術品だけでなく、他のジャンルにも詳しかった。ノーラ達は、その知識を大いに借りて全てのお宝を仕分けていく。

どれをどこに、どれを誰のところに持ち込むかを決めるのだ。

（ほんと、お人好しなんだから……）

あーだこーだと騒がしく駆け回りながら作業を続ける遊女一同。ラノアは、そんな彼女達を見つめながら、ふっと微笑んだ。

ノーラ達がこうして頑張っているのも、ひとえに王様の犠牲になった仲間達のため。

だがミラと約束したとはいえ、その場での口約束だ。人によっては、これだけのお宝を前に気が変わってもおかしくはない。

けれど彼女達は作業をしながらも、どういう形で仲間達を支援していこうかなどと前向きに話し合っているではないか。

ただ、そうした中でも、やはり気になる事はあるようで——。

「それにしても凄かったね、ミミちゃん」

「うん、強かったし。それになんかあの指名手配書って、普通のじゃなかったよね？」

「ニルヴァーナのアルマ女王様だっけ。しかもあれ、実印だったような」

「裏風紀委員……。この街には秘密があるって聞いてはいたけど、ニルヴァーナとも繋がっていたり……？」

王様を成敗して連行していった正義の使徒。裏風紀委員のミミとニルヴァーナに、どのような関係がと気になったようだ。

「ほら、余計な話してないで手を動かす。秘密に近づき過ぎて酷い目に遭っても私は知らないわよ」

この街には、他にどんな秘密がと盛り上がり始める遊女達を、ぴしりと窘めるラノア。

「はい、もう忘れました！」

「わーい、何か知らないけどお宝がいっぱいだー」

大国には逆らわない、無闇に追及しないのが一番だ。そう理解する遊女達は、細かい事は全て記憶から消えましたと答え作業を再開していく。

(この街の関係者じゃなかったのは確かだけど……まあ、気にしない方がいいわよね)

どことなく適当な遊女達だが、時としてそれが正解でもあったりする。ゆえにラノアもまた、これ以上は気にしないと決めたようだ。

「ラノアー、これなんだけど――」

「はいはい、次は何かな――」

(目的のものは手に入ったから、もうここに用は無いんだけどなぁ……。まあ、この子達放っておいたら騙されそうだし仕方がないか)

もう用は無い。わざわざ王様の傍にまで潜り込んだ目的は達した。ゆえにラノアにとっては、ここに留まっている理由はなくなったわけだ。

だが彼女は、ノーラ達の作業に付き合っていた。呼ばれれば直ぐに駆けつけ、的確な交渉先を提示する。

彼女もまた、人の事は言えぬお人好しのようであった。

〈19〉

ミラを乗せたガルーダワゴンがニルヴァーナの首都ラトナトラヤに到着したのは、丁度朝食の時間の事だった。

寝る前に頼んでいた通りガルーダの鳴き声で目を覚ましたミラは、寝ぼけまなこで押し入れからのそりと這い出る。そして、寝巻きからいつもの服に着替え始めたところで、得も言われぬ悪寒を感じて振り返った。

「あぁ――いぃ――」

見るとユーグストが目を覚ましていた。そして無防備な下着姿のミラを、その両目で食い入るように凝視していたではないか。

「……この変態が！」

基本、誰に見られたところで何とも感じないが、この男だけは虫唾が走るとミラは反射的にその頭を蹴り飛ばす。

「あぁ――！」

苦悶……か愉悦かわからない声を上げて昏倒するユーグスト。ミラはその姿を前にして思う。彼は飛び抜けたサディストでありながら、マゾヒストの特性も持ち合わせているのではないかと。

ド変態ここに極まれりだ。寒気を感じながら素早く着替えを終えたミラは、ユーグストに目隠しを追加して、急ぎニルヴァーナ城に向かった。

ユーグストの身柄を引き渡したところで、直ぐに尋問が始まる。

とはいえ、やる事は簡単だ。エスメラルダの術によって、まともに話せる程度まで回復させた後、カグラの術でさくっと必要な情報の全てを引き出すだけである。

ただユーグストから新たに得られた情報は、そう多くなかった。既に大半をイリスが暴いているからだ。

けれど、そんなイリスの能力を前にしながらも隠し通していた秘密が幾つか明らかとなった。

その中でも特に重要なのは、彼が切り札としていた最後の裏通商路と、もう一つのお宝の在りか——秘密の武器庫の場所だろう。

あの部屋にあれだけあったお宝だが、それでもまだ一部に過ぎなかったのだ。武具関係は別の場所にあった。なお、そこに仕掛けられている罠も全て聴取済みだ。

と、そうして尋問が終わりユーグストを監獄深くに繋いだところで、ミラ達は会議室に集まった。

席には、ミラとカグラ、アルマにエスメラルダ、そしてノインが着いている。

「今回訊き出せた分については後で調査班を編成するとして、まずは改めてお疲れ様。ほんとにありがとう、じぃじ。これでイリスを外に出してあげられるわ」

ユーグストを連行してきてから三時間と少し。ようやく落ち着いたところで、アルマは嬉しそうに言った。

「折角、これだけ大きな祭りをしておるからのぅ。残りの期間は、存分に楽しませてやりたいところじゃな」

ミラもまた、アルマと同じ気持ちだった。礼を言われるまでもないとふん反り返りつつ、イリスの事を憂うように微笑んだ。

と、そんなやりとりから始まった会議は、そのまま現状の確認と次の動きについての話し合いの場となった。

まずは、現状だ。

ミラがミディトリアの街で行動している間にも、カグラは難なくミッションを達成していた。

朱雀のピー助がガローバの隠れ家に到着したところで入れ替わり、無事に術具を発見。再び入れ替わる事によって最速で回収完了という次第である。

「この程度、朝飯前よね」

確実な尋問に加え、長距離での目標物回収。それを容易くこなしたカグラは、実に得意げであった。

次は、トルリ公爵についてだ。

ラストラーダ扮するファジーダイスによって、見事に悪事を暴かれ監獄送りとなったトルリ公爵。

そんな彼が所有していた術具は今、証拠品などと一緒にグリムダートの管理下に置かれている。

この件については、アルマがグリムダートに交渉した。『イラ・ムエルテ』を完全に壊滅させるため、これを借りたいと。

「でね、一応は貸し出してくれるって事になったんだけどさ。ちょっと面倒な事にもなってね――」

大陸全土を脅かす一大犯罪組織『イラ・ムエルテ』。その脅威を排除するための作戦である事に加え、自国の公爵の不祥事でもある。ゆえに喜び、謹んで手を貸そうというのがグリムダートの返答だったという。

だが、そこに一つだけ条件を加えられたそうだ。

その条件とは、選出したグリムダート側の軍人を二人、その作戦に参加させる事だった。

見張り役というのもあるが、作戦が成功した暁には、その名誉の一端に与《あずか》ろうという魂胆だ。

とはいえ、大陸中に影響力を持つ三神国の一つだ。時には、そうやって体面を整えるのも必要である事は理解出来る。

また何といっても、自国の公爵が犯罪に加担していたのだ。このまま他国に任せきりになど出来るはずもないというものだ。

「ふむ、まあ足手まといになるようでなければ、問題はないじゃろう」

「うん、そうよね。流石にこんな場面で役に立たない人材を送ってくるはずもないし、大丈夫でしょ」

ミラとカグラは、何とも気楽な反応だ。だがアルマ達ニルヴァーナ勢はというと、何とも難しそうな表情を浮かべていた。

グリムダートからやってくるのは、『イラ・ムエルテ』との最終決戦のために送り込まれてくる特別な人材だ。ともなれば、軍属の中でも相当なお偉いさんである可能性が高い。

そんなお偉いさんを迎えるともなれば、国として、かなり気を付けねばならぬわけだ。

「作法や礼儀にうるさい人だったら面倒だなぁ……」

女王暮らしが長くとも、根本にある庶民根性がそのままなアルマは、未だにマナー全般が苦手らしい。

「うちの女王様のハリボテ具合がバレなければいいのだけれど……」

そんな女王の代わりに様々な応対を請け負う事の多いエスメラルダは、何とも心配そうな目でアルマを見据える。

「まあ、最初の顔合わせだけして、後は大臣達に任せるのが無難か……」

付き合いが長い分、アルマをよく知るノインは、最低限必要な事以外は接触させなければいいという考えのようだ。

「さて、それじゃあ次ね！　次は、えっと……予定よりも早く終わる可能性が出てきました！」

若干憂鬱そうだったテンションから一転して、アルマは明るく告げた。

ガローバ、トルリ公爵、ユーグストと続く『イラ・ムエルテ』最後の一人、イグナーツについてだ。

アーク大陸の中央部を牛耳る、ヒルヴェランズ盗賊団。イグナーツは周辺の国軍では手が出せないほどに強大な力を持っている、この盗賊団の頭領でもあった。

そんな盗賊団を相手にするためには、周辺諸国の理解に加え、相当な戦力の投入が必要不可欠だ。

その戦力として期待していたのが、アトランティス王国の『名も無き四十八将軍』である。

その内の五名を派遣してもらえるという約束だったが、何とエスメラルダが交渉した結果、その数が十人に増えたというのだ。

「これまた、大盤振る舞いじゃな」

それはもはや、国盗りすら可能なだけの戦力である。

話によると、ヒルヴェランズ盗賊団の殲滅は『イラ・ムエルテ』の掃討に必要な事だとエスメラルダが大いに利点を説いた結果だそうだ。

アトランティスは派遣を決めただけでなく、更に追加で五人を送ると約束してくれたという。

九賢者にも匹敵する将軍が十人も参加する事に決まった。しかもこの決定はヒルヴェランズ盗賊団に苦しめられていた周辺諸国を動かすにも、かなり効いたらしい。

あの『名も無き四十八将軍』が十人も協力してくれるならばと、現在多くの国が出兵を確約しているそうだ。

「というわけで、順調よ。きっと来週には本拠地に乗り込んで、目的のものを回収出来そうかな」

予定では盗賊狩りに一、二週間ほどかかるという計算だったが、この分ならばずっと早く終わりそうであるとして、アルマは話を締め括った。

「ふむ……それだけおるとなれば、このまま待っていてもよさそうじゃな！」

相手は、国軍ですらおいそれと手が出せない盗賊団だ。場合によっては参戦する事も視野に入れていたミラであったが、その話を聞くなり、あっさりと待機を決めた。

面倒というのもあるが、何よりもアトランティスの将軍が十人も揃っているとなれば、どれだけ巨大な盗賊団であろうとも壊滅は確実というもの。もはや行くまでもない状況だ。

このまま待っていれば、全ての術具が集まる。そして残すは、『イラ・ムエルテ』の真のボスを攻略するのみだ。

と、そうミラが思っていたところで、アルマが少しばかり懸念するべき点があるなどと言い出した。

「それで大丈夫――だったんだけどね。さっきグリムダートの方から追加として受け取った報告が、どうにも不穏な感じなのよね」

そんな言葉から始まったアルマの話は、グリムダート側でトルリ公爵を尋問した際に得られた情報についてだった。

トルリ公爵が『イラ・ムエルテ』として担っていた仕事。それは人身売買をはじめとした、生命の取引。その生命の中には、人の他にも数多くの種類があった。

密猟された動物に聖獣や霊獣。イリスのように特異な力を持つ者や精霊など、多岐にわたる。

そして、その中には魔物や魔獣といった類も含まれていたそうだが、トルリ曰く、そのうちの何割かはボスから直接の依頼によって用立てていたそうなのだ。

なお、それらの魔物や魔獣は、ボスが用意した船に乗せると、無人のまま海の彼方へ消えていったとの事だった。

「――って事でね。もしかするとボスがいる場所には、この魔物や魔獣がわんさか待ち受けているかもしれないわけなのよ」

いったいボスがどのような理由で、魔物や魔獣を用意させていたのかは、まったくの不明である。もしかしたら、ただのコレクターなのかもしれない。それとも、あまり考えられないがペット扱いをしているのかもしれない。

剥製にしている可能性だってある。そして何より番犬とでもいった用途で、それらを配置している事も十分に有り得た。

ボスがいる拠点が多くの魔物と魔獣によって守られていた場合、その攻略はかなりの難度になると言わざるを得ない。

ミラ達の個の戦力が飛び抜けているとはいえ、やはり限界というものはあるのだ。

中でも要注意なのが魔獣である。アルマが言うには、『牙王グランギッシュ』を用立てていたという履歴まであったそうなのだ。

いったい、どうやって捕まえたというのか。その魔獣は、ミラやノインのような実力者をもってしても骨を折るような難敵である。

しかもそういった魔獣が、他にも多く運ばれているとの事だ。

「ふむ……それは厄介じゃな」

「更に地の利は向こう側か。大変ね……」

もしも防衛戦力として配置されていたとしたら、ここにいる人員だけでは、かなり手こずる事になるだろう。

ミラとカグラは、それは面倒だと眉を顰《ひそ》める。

「グリムダートからくる軍人とやらが将軍ならば解決じゃがな。流石に国からは出てこぬじゃろうしのぅ」

三神国が誇る護りの要《かなめ》。人類最強の三神将。その一人でも来てくれたのなら、どんな魔獣が待ち構えていようとも恐れる必要はない。

だが、護りの要である三神将が国から出る事はまず期待出来ない。

よって、『イラ・ムエルテ』のボスを打倒し組織を完全に壊滅させるには、たとえレイド級の魔獣が立ちはだかろうと、これを突破出来るだけの戦力をこちら側で揃えなければいけないわけだ。

「一先ずノイン君は確定として、じぃじとカグラちゃんもお願いしていいかな」

「うむ、構わぬぞ」

「当然、放っておけないもの」

改めて協力を求めるアルマに対して、もちろんそのつもりだと答えるミラとカグラ。

そしてイリスの護衛を解任されてからフリーなノインもまた、「ですよね」と苦笑しつつ頷く。

現時点での戦力は、ミラとカグラ、そしてノインの三名。女王のアルマは当然ながら、エスメラルダもまた多忙なため国からは離れられそうにないという。

「ところで、お主達の中から他にも参加出来そうな者はおらぬのか？」

残る十二使徒のうちの十人の中に都合がつく者はいないのか。ミラがそう問うたところ、アルマはじっと腕を組んで考え始める。

それから十数秒ほどしたところで、難しいかもしれないと答えた。

「じぃじのお陰で敵さんの幹部が二人も片付いたから、幾らか警備体制を変更出来るかと思ったけど――」

そう言ってアルマは、現時点での状況を語った。

まずは十二使徒の配置。

現在『イラ・ムエルテ』壊滅のために、その命を張っている各国の重役が四人いる。その四人に、十二使徒が二人ずつ護衛として任に当たっている形だ。

その仕事ぶりは確かであり、既に襲撃してきた者を何人も捕縛していた。

ただ捕まえはしたものの襲撃者達は雇われの更に雇われといった者ばかりで、さほど有益な情報は得られていないとの事だ。

とはいえ、その功績によって悪事に手を染める中小組織が幾つか判明し、それを取り潰せたらしい。

予定とは違うものの意味のある結果といえよう。

「――でね、じぃじが変態を捕まえたから、イリスを狙う手が緩まると思うの。だってイリスの能力を封じても、あの変態がこっちにいる以上、意味はないからね」

どこか安堵した顔でそう口にしたアルマは、そこから更に配置状況に触れていった。

まず重役達の護衛である八人は動かせない。これは危険な役目を引き受けてもらうための条件としての配置であるからだ。

最高幹部の四人を確保したからといって、完全に安全と決まったわけではない。ゆえに八人は、そのままだ。

ただ、護衛任務が終わってからであれば、その全員を戦力として投入出来る。しかし終わるのは闘技大会の終了と同時期。そうなると本拠地攻めの迅速性は皆無となり、相手側に対処する時間を与えてしまう事にもなるため、待てばいいとは言い切れないのが現状だ。

動かせる可能性があったのはイリスの部屋までの通路及び、王城内部の警備を担う二人だ。けれどこちらも、安全面から難しそうとの事だった。

加えて今は、新たに絶対防衛対象が増えた。

それは最高幹部の二人、ガローバとユーグストを幽閉している監獄だ。

よってうち一人には、その番を担当してもらう事になるという。

きっと『イラ・ムエルテ』側からしたら、何が何でも解放したいはずだ。

しかも監獄には、一度潜入された事もある。だからこそ十二使徒の一人を配備する必要があるとの事だ。

「ふむ、確かにそれでは難しいのぅ」

「確実性を求めるなら、そうよね」

状況的に考えると、十二使徒の参戦はノイン以外難しいと言わざるを得なかった。

しかしそれで仕方がないと、ミラとカグラも納得する。

とはいえ、このままでは戦力不足は否めない。そうミラとカグラは経験に基づき発言した。

まだゲーム時代の事ではあるが、二人は魔物と魔獣が入り乱れる大乱戦を経験した事があった。

もしも『イラ・ムエルテ』の本拠地が、その時と同じような状態になっていたとしたらミラ達と同格が最低でもあと五人は必要。それが二人の判断だ。

それほどまでに、上位魔獣の存在は厄介なのである。

「うちの対魔獣戦隊も加えれば安定させられると思うけど……機動力がねぇ……」

少しばかり考え込んだアルマは、そう口にしながら難しい顔で唸った。

ニルヴァーナ軍が誇る対魔獣戦用の特殊部隊。その戦力を投入すれば、十分にミラ達のサポートが出来るはずだというアルマ。

しかしながら、その部隊は数百人規模からなる中隊相当であり、『イラ・ムエルテ』のボスの居場所が定まっていない今では、投入出来るかどうか判断出来ないとの事だ。

ガローバから訊き出した話によると、ボスのいる拠点は大海原のどこかである。ともなれば、部隊の移送に船か飛空船は必須となり、当然それだけ準備も必要で作戦進行が遅れるわけだ。

しかも、それだけの部隊を動かせば目立つのも必至。そこで気付かれて逃げられでもしたら作戦が水の泡となる。

よって『イラ・ムエルテ』との最終決戦は、目立たず迅速に行える少数精鋭が望ましかった。

「あとは、盗賊狩りに参加しているうちの何人かをそのまま寄越してくれないかってアトランティス側と交渉するくらいかなぁ」

ほかに戦力として当てに出来る者となれば、やはり『名も無き四十八将軍』だ。アルマはどうにかうまい事、本拠地攻略作戦にも巻き込めないかと考えているようだ。

また当然ともいうべきか、もう一つの可能性も窺っており「じぃじの方は、どう？　誰かいない？」と続けた。

「ふむ……誰かのぅ……」

アルマが狙うのは、更なる九賢者の参戦だ。

現在、公ではルミナリア以外は所在不明となっているが、既にその半数をミラが発見している。だからこそ、どうにかして来れる者はいないかという期待がアルマの顔には浮かんでいた。

「とりあえず、メイリンは説得出来そうじゃな。強い魔獣が沢山いると言えば、ほいほい付いてくるじゃろう」

決戦に参加出来る戦力はいないか。アルマにそう問われてミラの頭に真っ先に浮かんだのは、既にこの街にいるメイリンだった。

居場所も把握している事に加え、あの性格である。状況を話せば簡単について来るだろう。

「あ、そっか。こんな大会なんだから来ているよね」

そんなミラの言葉を受けて一番に反応したのは、カグラだった。

ニルヴァーナに来てから直ぐにドタバタしていたため、まだ彼女はメイリンがこの街にいる事を知らなかったのだ。だからこそとも言うべきか、「もっと早く教えてくれればよかったのに」とミラを睨む。

ミラは「ほれ、忙しかったからのぅ」と答えつつ、そっと視線を逸らした。

「でも、メイちゃんなら確実ね。これでグッと勝率が上がったわ」

ともあれ、きっと間違いなく参戦してくれるだろうとカグラは頷く。

ただ、ミラには一つだけ懸念があった。

「うむ、そのはずじゃが……闘技大会の試合日程が、ちと心配じゃのぅ」

現時点からみて時期的に『イラ・ムエルテ』の本拠地攻略が、闘技大会の予選中になるのは間違いない。

つまり、予選の組み合わせによっては、本拠地攻略中のメイリンが不戦敗になってしまう事だって有り得るのだ。

そして、強い相手と戦う事を好むメイリンは、なかでも特に対人戦を好む傾向にあった。場合によっては、その最高の舞台ともいえる闘技大会を優先してしまう可能性があるわけだ。

「一つ、相談なのじゃが――」

状況次第で、メイリンを説得出来なくなるかもしれない。だがここには、その原因となる予選の組み合わせに干渉出来てしまう人物がいる。

闘技大会を取り仕切る、女王アルマが。

ミラは懸念材料について説明した後、予選の調整は出来ないかと問うた。

「あー……確かにそうね。メイリンちゃんなら、ありえそう。でも、そういう事なら任せて。ばっちり調整するから！」

メイリンを説得するために必要な事。それを聞いたアルマは、納得すると同時に胸を張って答えた。

しかもそれだけではない。「じゃあ協力してくれたら本戦で強い人と優先的に当たるように調整するとも伝えてあげて」などと言い出した。

予選の結果を見て特に優秀だった者を、優先的に配置するというのだ。

「ほぅ、それならば間違いなく喰いつくじゃろうな。これはもう落ちたも同然じゃろう」

それを話せば、メイリンは間違いなくイエスと言う。それはそれは瞳を輝かせて言うだろう。しかもここまで好条件が重なれば、メイリンの調子は最高潮にまで引き上がるはずだ。きっと獅子奮迅の活躍をしてくれるに違いない。

これで六人が揃った。一先ず作戦遂行は可能だと思える人数だが、その内の二人はグリムダートから派遣されてくる者達だ。実際に見てみない事には、その実力がどの程度のものか判断出来ない。はたしてミラ達についてこれるかどうかという問題があるわけだ。

加えて敵側の戦力も不明であるため、まだまだ戦闘要員は必要だろう。そう思ったミラは、「さて、他に引き込めそうな者はおったかのぅ……」と考えた。

「……ところでアルテシアさんは、もう呼んでおるか？」

アルテシアに会うため孤児院の子供達を闘技大会に呼ぶと言っていたアルマ。ふと思い出しその進捗はどうかとミラが問うたところ、もうアルカイト王国に迎えの飛空船が到着している頃だとアルマは答えた。

既に、そこまで話は進んでいたようだ。あと数日の内にはニルヴァーナに到着する予定だという。

「あ、そっか。アルテシアさんも来てくれれば百人力ね！」

「おお、アルテシアさんか。そうなれば、もう負けはないな」

ミラが見つけ出した九賢者の一人がもうじきニルヴァーナに来訪する。そのまま戦力として加わってくれたのなら、支援は完璧というものだ。

そう喜ぶアルマとノインに続くのは、「アルテシアさん来れるの!?」と驚きの声を上げるカグラだった。

驚くのも無理はない。子供達に囲まれた彼女をその場から動かすのは至難の業であると彼女も知っているからだ。

「うむ。子供達ごと招待する形でのぅ」

「流石ね、ニルヴァーナ……」

アルテシアだけでなく子供達も招待し、更には滞在中の生活も保障するニルヴァーナ女王。

五十鈴連盟も相当であるが、これぞ大国の為せる業と、カグラはその太っ腹ぶりにただただ笑った。

「しかしアルテシアさんの事じゃが、二つ返事での参戦は難しいと予想出来る」

ミラは改めて確認するように、そう続けた。きっとアルテシアは、本拠地攻略には来てくれないだろうと。

「アルテシアさんは知っての通り子煩悩じゃからのぅ。今回はカラナックの孤児院の子供達も一緒という事で、まず間違いなく子供達の傍を離れたがらぬじゃろう」

元からアルテシアが世話していた孤児達百何人に加えて、一緒に招待した別の孤児院も含めると子供だけで二百人は超える。

ただ世話については、そこまで問題ではない。世話する者達も一緒に来る事に加え、アルマ名義でニルヴァーナ城に招待したのだ。相応のメイド達が対応するに決まっている。

問題は、アルテシア自身だ。世話以上に子供達と遊びたがる性格であるため、二百人もの子供に囲まれた彼女を、その楽園から引っ張り出すのは難しいと言わざるを得ないのだ。

「あー……」

真っ先に納得したのはカグラだった。子供が絡んだあれやこれを何度も目の当たりにしてきた事もあって、仕方がないと苦笑している。

「確かに……」

「無理そうね……」

アルテシアの子煩悩ぶりは、かなり有名だった。アルマとエスメラルダもまた思い当たる節があるようだ。その表情には諦念に近い何かが浮かんでいた。

「ん？　それなのに何でじぃじはアルテシアさんの事を口にしたの？」

完璧な支援は諦めるしかない。と、そんな空気になる中で、ふと気付いたようにアルマが言った。

そもそも、それが初めからわかっていながら、なぜアルテシアの話をしたのかと。

「ああ、それはもう一人おるからじゃよ――」

孤児院にかかわる九賢者は、アルテシアだけではない。そう、ラストラーダもまたその一人だ。話によると、彼は既に怪盗ファジーダイスとしての仕事を終わらせている。ともなれば、もうアルカイトに帰っているかもしれない。

彼も彼で怪盗として活動する傍ら、長い間、孤児院にて子供達の面倒をみてきたのだ。そして、大いに子供達から好かれている。

アルマが孤児院ごと招待したとなれば、ラストラーダも付いてくるだろう。一緒がいい、という子供達の声を振り払えるような余程の理由でもない限りは。

「――で、あの孤児院にはラストラーダも関わっておってな。同船しておるかもしれぬというわけじゃよ」

ラストラーダがファジーダイスという部分は、正体を明かすという彼の楽しみのために省いたミラ。二人が協力して孤児院を運営していたとだけ話し、だからこそ一緒に来る可能性が高いと告げた。

「なんで孤児院なのかはわからないけど、それは期待出来そう！」

やはり関係が気になるようだが、それはそれ。アルマは、その可能性に期待する。

ボスがいるのは、多くの魔物、そして魔獣がいると思われる場所だ。

それら魔物や魔獣の力を己のものとする降魔術士のラストラーダは、それらとの戦いのスペシャリストといっても過言ではない。

相手がどのような能力を持っているのか、どのように戦えばいいのかを的確にアドバイスしてくれるだろう。

「さて、残るはルミナリアとソウルハウルじゃが、こっちは確認してみなければわからぬな。ルミナリアの奴は、一応国の柱じゃしのぅ。ソウルハウルも、そろそろ戻ってきている頃なのじゃが、どうにも予想がつかぬ。まあその点も含めてソロモンに聞いてみるとしよう」

一通りの可能性を提示し終えたミラは、最後にそう言って話を締め括った。

現状の確認と今後の指針。それらを一通り話し終えて一時解散となった後、ミラはそのまま女王の執務室の隣にある通信室に来ていた。

「——という事なのじゃが、どうじゃろうか？」

『なるほどねぇ……そんな状態になっていたんだ』

ミラが話す相手はソロモン。早速ラストラーダとルミナリア、ソウルハウルの件について事情を説明したのだ。

『とりあえず、昴君《ラストラーダ》なら大丈夫、もう帰ってきているよ。それで、昨日そっちの飛空船が到着したから色々手伝っているみたい。で、そのまま子供達についていくって……と、あ……そういえば驚かせたいから秘密にって言われていたんだった。でもまあいいよね、そっちでは予想していたみたいだし』

予想通りラストラーダは既に帰還しており、そのままアルテシア達とニルヴァーナに来るようだ。

あとは驚きと笑顔で迎えるだけで、二人目の戦力確保である。

「ふむ、やはり来るか。して、ルミナリアの方はどうじゃろうか？　あんなでも、まあいるに越した事はないからのぅ」

現在、アルカイト王国にて公に健在とされている九賢者は、ルミナリアのみだ。だからこそというべきか、その立場は非常に重く、また国防の要としての役割もあるため、そう簡単には動けない。

ただ、彼女が持つ圧倒的な攻撃力と範囲殲滅力は、九賢者の中でも群を抜いている。大量の魔物と魔獣が待ち構えると想定される今、出来れば加えたい戦力であった。

『なんだなんだツンデレちゃんだな。俺に来てほしいんだろ？　な？　正直になっちまえよ』

不意に、ソロモンとは違う声が返ってきた。だがミラは驚く事もなく、ため息混じりに答える。

「何じゃ、おったのか」と。

そう、その声の主はルミナリア本人であった。『おうよ』と自信ありげに笑う彼女が言うに、どうやら建国祭についての打ち合わせ中に、ミラからの通信が入ったという事だった。そしていない風を装って話を聞いていたそうだ。

「まったく……。して、どうじゃ？　ソロモンよ」

とりあえず、絡んでくるルミナリアの声を聞き流しながら今一度問うたミラ。

『うん、わかった。そういう事情なら構わないよ。「イラ・ムエルテ」との戦いに決着がつくのなら、出し惜しみなんてしていられないからね』

ソロモンからの答えは快諾だった。事は、大陸全土を蝕む悪の犯罪組織の打倒。その壊滅のためというのなら九賢者を動かすに十分だと。

『ただ、流石にそのままの理由ってわけにはいかないから――……んーそうだねぇ。闘技大会のゲストとして招待された、とかいう形にしておいてってアルマさんに伝えて』

「おお、そうかそうか。お安い御用じゃ」

戦力として九賢者を動かすとなれば、まず周辺諸国が黙っていない。

だが、かの大国ニルヴァーナに招待されたという理由があれば、出国を認めるしかないというものだ。

なお丁度いいからと、ルミナリアもまたアルテシア達と同じ飛空船に乗り込むという事だ。

ルミナリアは無駄に妖艶であるため、無垢な子供達の風紀が若干気になるところではあるが、そこはアルテシアがきっとどうにかしてくれるだろう。

ともあれ、ルミナリアの参戦も無事に決定した。

「ところで、ソウルハウルの奴はどうじゃ？　そろそろ帰ると約束していた頃合いのはずじゃが、戻ってはおらぬか？」

ラストラーダ、ルミナリアときて、残るソウルハウルも捕まえられれば、かなり盤石な戦力となるはずだ。

必ず帰ると約束したのだから、時期的に考えて可能性は十分にある。とはいえソウルハウルが挑む聖杯作りは、とてつもない難度を誇る。予定通りにはいかない事だってあり得た。

『ああ、俺の力が必要か？』

するとまさか、ソロモンでもルミナリアでもない声が、またもや通信装置から聞こえてきたではないか。

その途端にミラは驚きをその顔に浮かべた。

「おお！　その声はソウルハウルじゃな！　なんとお主もそこにおったのか！」

そう、その声はソウルハウルのものであった。帰っているかいないか――どちらかというといない方だろうと考えていたミラは、彼が既にそこにいたという事に喜んだ。

現状からして、少しでも戦力は多い方がいい。ただ、今はそれよりも気になる事があった。

「という事は、もう聖杯作りは終わったのか？　して、どうじゃった、上手くいったか？」

数年に亘りソウルハウルが打ち込んでいたのは、神命光輝の聖杯作り。その理由は、死の運命にある女性を救うためだった。

彼がアルカイト王国に帰ってきているという事は、つまり聖杯が完成したからであろう。

かつて精霊王が言っていた。ソウルハウルが救おうとしている女性が死の淵に立たされた原因は、聖痕であると。そして神命光輝の聖杯は、その聖痕の原因である神の力を整えられるという。

はたして、その試みは成功したのか。何よりもソウルハウルの苦労は報われたのかと、ミラは返事を待つ。

『ああ、そうだな。残念だが――』

僅かの後、ソウルハウルは重いため息と共にそう言った。

その声、そして伝わってくる雰囲気から、ミラは瞬間的に最悪の結末を想像する。

幾らか聖杯作りにかかわったからこそ気になったが、触れずにそっとしておくべきだったかもしれない。

と、そう思いかけたところ――。

『思った以上にピンピンしてやがった。埋葬しろ供養しろとキーキー騒いでいたはずが、最近は真実の愛がどうこうと更に煩《うるさ》くなって困っているところだ』

ソウルハウルは重苦しい声で、そう続けた。

曰く、停滞の術を解除してから、神命光輝の聖杯の力を精霊王に教わった通りに使った結果、彼女の体内で暴走していた神の力は安定し、無事に事なきを得たという。

そして目を覚まして暫くたった今、あの頃とはまた違った理由で絡んでくるのだと、それはもううんざりしたような口調で告げた。

ただ、その声には彼が必死に隠そうとしている優しさが、そして安堵が僅かに滲んでいた。

なお現在は、聖杯の力によって無理矢理に神の力を定着させたため、器である彼女の身体が、まだその状態に適応出来ていないそうだ。

よってそれが落ち着き日常生活が送れるようになるまで、その女性は毎日リハビリに励んでいるらしい。しかし何がどうしてそうなったのか、愛がどうこうと言い始めるようになり余計に面倒な存在になったとソウルハウルは愚痴を零す。

『まあ、貴重な被検体だからな。じっくりとデータを取らせてもらうさ』

女性はデータ採取のため、ルナティックレイクにある創薬研究所附属の病院にぶち込んでやったと語るソウルハウル。

元いた古代地下神殿の最寄りにあるカラナックにも十分なリハビリ施設はあるのだが、わざわざアルカイト王国一の病院にまで運んできたのは、はたしてデータのためなのか、それとも彼の思いやりか。

後者だとしても、それをソウルハウルが認める事はまずないだろう。

「ふむ、ともあれ上手くいったのじゃな。それは何よりじゃ」

彼が成し遂げた事。その難易度を知るミラは感慨深げに称賛する。更にもう二人ほど、彼の頑張りを讃える者がいた。

『そうかそうか、無事に成し遂げたのだな』

『愛よね、愛』

精霊王とマーテルだ。二人はソウルハウルが迎えた旅の結末に、そっと涙を流して喜んでいた。

「さてさて、次じゃな」

そうこうしてソウルハウルの参戦も確約出来た。彼もまた、先の二人と同じくニルヴァーナの飛空船に同船するとの事である。

また、ソロモンも快諾であった。それどころか、これだけ九賢者をニルヴァーナの作戦に参加させたとなれば相当な貸しが作れそうだと、実に黒い笑いを浮かべていたりした。

ともあれ思った以上の成果を得られたと満足げなミラは、それでいてもう一手を用意するために通信室内を見回す。

「……しかしまあ、広いのぅ」

この場所はニルヴァーナで公に使われている通信室と違う。いわば女王が私信などで使うための部屋なのだが、流石と言うべきか相当に広い造りとなっていた。

「このあたりが良さそうじゃな」

これだけのスペースがあれば十分だと判断したミラは、早速そこにアイテムボックスから取り出したワゴンを展開した。

幾つもの通信装置があるものの、それらは相互に番号を登録していないと繋がらない仕組みとなっている。ゆえに今回連絡する相手――ヴァレンティンの拠点への番号はミラのワゴンに設置してある通信装置からでなければ繋げられないのだ。

そう、ミラが狙うもう一手とはヴァレンティンであった。

先日の一件もあり、また何かしら用事が出来た時のためにと、遂にヴァレンティン達の組織の拠点に繋がる番号を交換出来たのだ。つまりはヴァレンティンのみならず、彼の仲間達からも認められたわけだ。

「えー、確か番号は……と」

ワゴンに乗り込んだミラは、そのままいつものように押し入れに上半身を突っ込む形で通信を開始した。

「よし、これで後はあ奴がくるのを待つだけじゃな」

もうすっかり仲間として認知されているようで、通信でのやりとりはスムーズに進んだ。すぐに連絡して伝言を伝えてくれるとの事だ。

託した伝言は、『手を貸してほしい用件があるため、直接話したい』というもの。これを受け取ったヴァレンティンは、直ぐに駆け付けてくれる事だろう。

そうして転移の目印となる棒状の術具を手にして待つ事暫く。ミラの傍に見覚えのある魔法陣が浮かび上がった。ヴァレンティンが使う転移の術の出口となる門だ。

「おっと、これは何とも凄い部屋ですね。それで、どのような用件でしょうか」

もはや転移など慣れたものだといった顔で現れたヴァレンティンは、どこぞの指令室かというような通信室を見回しながら、そう言って振り返った。

「うむ、わしにも転移を……と言いたいところじゃが、ちょいとでっかい戦いが起こりそうでな——」

ワゴンの御者台からひょいと降りたミラは、転移を当然のように使うヴァレンティンに嫉妬心を抱きつつも本来の用件を詳細に伝えた。ニルヴァーナにやってきてから関わった、『イラ・ムエルテ』についての全てをだ。

「――なるほど、その決戦のために戦力を集めているわけですか……」

最高幹部を捕まえて術具が揃えば、真のボスの居場所がわかる。だがそこには大量の魔物や魔獣が待ち受けていると予想出来た。

そこで、ヴァレンティンだ。退魔術士の彼の力は、魔の力を宿すものである魔物や魔獣に対しての特効を持つ。しかも彼は九賢者、大陸最強の退魔術士だ。彼一人でも、戦況に与える影響は多大である。

だからこそ是非とも次の作戦には加えたい戦力だと、期待するようにヴァレンティンを見やるミラ。

「わかりました。忙しい時期ですが、作戦開始の時までには都合をつけておきましょう」

彼も相当に大変そうであるが、その作戦の重要性もまた理解したのだろう。少しだけ考え込んだところで、どうにかすると承諾してくれた。

それから正確な日時の決定や作戦内容を決める会議の日程などについて、決まったら改めて連絡するというような言葉を交わしていたところ――。

「ねぇ、なんか未登録の反応が急に出てきたんだけど、誰か――」

不意に通信室の扉が開き、そこからアルマが入ってきた。彼女はブローチのようなものを手に、何かを確認するようにしながら通信室内に視線を巡らせる。

と、そうしたら当然、ここにいるとわかっているミラ以外の人物が彼女の目に入る事になるわけだ。

「え？　誰……？　っていうか……あ、その顔！　その感じ！　え!?　もしかして、ヴァレンティン君!?」

遠目から半信半疑に。だが歩み寄っていく中で、徐々に相手をはっきりと確認出来るようになり、その顔が知っている人物のものだと気づいたアルマ。途中から、それはもう嬉しそうに駆け出してヴァレンティンの正面に迫ると、そのままぐいっと顔を覗き込む。そして再び「やっぱりヴァレンティン君だ！」と嬉しそうに笑った。

「あ、えっと、お久しぶりです、アルマさん」

急に迫られて戸惑ったのだろう、慌てたように後ずさるヴァレンティン。女性に対して何かと初心《うぶ》な反応の多かった彼のそれは、今でもまだ健在のようだ。

「ちょっと、何でいつも逃げるのー!?」

ただ、その行動がアルマにとっては避けられているように感じるらしい。それはもう不満顔で詰め寄っていく。

「いえ、何でと言われましても、ちょっと近過ぎるからとしか……」

初心過ぎるヴァレンティンは、その接近に対しても反射的に一歩下がった。すると今度は「このくらい普通の距離でしょ？」と、アルマが一歩前に出る。

実際のところ、最初の方は男なら誰でもドキリとするような距離だったが、二度目の接近はアルマの言う通り普通のものだ。

「いえ、その……」

しかしヴァレンティンにとっては、それでも近かった。ゆえに再び下がろうとするも、より不満を浮かべたアルマを前にして思い止まったようだ。代わりに視線を外す事で対応していた。

「まあ、ほれ。見つかってしまったのなら仕方がない。本当は次の戦略会議の際に登場させて驚かせようと思ったのじゃがな。こうなったら、アルマよ。お主も共犯じゃぞ」

ヴァレンティンの初心さは筋金入りだ。ゆえにミラは、彼が逃げ帰ってしまう前にと助け船を出す。アルマの肩にポンと手を置いて、そう悪戯心たっぷりに囁いたのだ。

「……何それ、面白そう」

効果は抜群であった。見事ヴァレンティンからミラのドッキリ作戦に興味を移したアルマは、「それで、どんな感じで？」と乗ってくる。

「うむ、それはじゃな――」

アルマの興味を引くための言葉ではあったものの、実際に半分くらいはそのつもりであったミラは、当日に決行するつもりだと伝えた。

九賢者勢については、既にヴァレンティンが裏で色々動いている事を把握しているため、そこまで驚きはしないだろう。

よってメインとなるターゲットは、ノインとエスメラルダだ。なお本来は、アルマも驚かせる予定であった。

「──という感じで、突如ばーんと登場してもらうわけじゃ」

作戦会議のために皆が集まったところで、突如ヴァレンティンが転移の術で登場する。大量の魔物や魔獣をどのように処理していこうかという極めて難しい話し合いが始まろうというところで、最強の退魔術士の登場だ。

その戦力たるや、特に盾役となるノインにしてみれば、もはや救世主にすら見える存在であろう。驚きと喜びの二重でドッキリしてくれるはずだと豪語するミラ。

「凄い！　絶対に驚きそう！」

そのように太鼓判を押すアルマ。ただ、そう楽しげに笑った矢先、「ん？」と口を閉じて何かを思案する事、数瞬。

「転移の術？　そういえば、急に未確認の反応が現れたから見に来たわけだけど、それがヴァレンティン君って事だよね？　つまりヴァレンティン君は、誰もが求めて止《や》まないそれが出来るって、事かな？」

ドッキリ作戦に喜んでいたところから一転。為政者としての顔に変わったアルマは、その詳細を求めてヴァレンティンに迫った。

「え!?　いや……」

先ほどまでとはまた違った迫力を滲ませるアルマの姿に、一歩二歩と下がるヴァレンティン。逃がすまいと詰め寄るアルマ。

結果あれよあれよと先ほどまでの再現となってしまった。けれど一つだけ違う部分もある。再びの助け舟を求めるヴァレンティンの視線に対して、ミラがそっと目を伏せたからだ。

以前、転移の術の危険性なども教わったが、それはそれ。やはりチャンスがあれば是非とも知りたいと思うのがミラの本音だ。

ニルヴァーナという大国の女王のお願いともなれば、もしかしたら。そんな期待を抱かずにはいられないのである。

ヴァレンティンの口の堅さは相当なものだ。しかし、いよいよ壁際にまで追い詰められた時。アルマに壁ドンされた状態に耐えかねたのだろう、ヴァレンティンは「詳しい日時は通信でお願いします！」という言葉を残し、転移の術で逃げ帰ってしまった。

「……もしかして、じぃじも知っていたりする？」

ヴァレンティンには逃げられたものの、まだ諦めてはいないようだ。アルマは期待に満ちた目で振り向くなり、今度はミラに迫る。

とはいえこの件については、ミラもまたアルマと同じような立場だ。「わしも、何度か聞いたのじゃがな――」と前置きしてから、ヴァレンティンに教わった転移の危険性についてアルマに伝えた。

「なるほどねぇ。なら慎重になるのも仕方がないかぁ……。にしても、そもそもヴァレンティン君が誰に教わったのか……気になるところね」

どれほど危険か理解したようで、アルマはヴァレンティンから聞き出す事は諦めたようだ。けれど、代わりの可能性もまた見出していた。ヴァレンティンが教えてくれなくとも、彼にそれを教えた者に教えてもらうというチャンスはあると。

「うむ、わしもそう思う」

そしてその考えは、ミラもまた同じであった。

ヴァレンティンにも話を通し終えたミラは、残るもう一人、メイリンを説得するべくアルマと別れ通信室を後にする。

なおアルマに聞いたところ、今日メイリン――愛の戦士プリピュアが参加する予選試合は、長引いていない限り既に終わっているとの事だ。そして、しっかりミラとの約束を守っているようで、夜になるまでにはアダムス家に帰っているという。

(今は大人しく、子供達の相手をしている頃かのぅ)

なお、直ぐに帰るのではなく夜までにと約束したのは、楽しみを抑え過ぎないように考慮したためだ。

現在、お祭り騒ぎのニルヴァーナでは、あちらこちらで楽しい催し物が開催されている。中には、腕自慢のようなものまである。

目立ち過ぎないようにさせるのも大切だが、我慢が限界突破してしまえば余計に面倒だ。

だからこその譲歩であったが、今回の話を伝えれば、もっと大人しくしていてもらえるかもしれない。

（今度の戦いは、相当なガス抜きになるはずじゃからのぅ）

聞けば正義のヒロインとして、伝説の戦士プリピュアの噂が既に出回り始めているとの事だ。

予選試合での活躍に加え、何やら、そこらのごろつきや痴漢、強引なナンパ師、ぼったくり店の用心棒などを容赦なく叩き伏せていく者がプリピュアなどと名乗っているらしい。

きっとメイリンからしたら強そうな相手に勝負を吹っ掛けているだけなのだろうが、結果としてはそのような印象になっているわけだ。

とはいえ、きっとそこらの手合いに、メイリンを満足させられるだけの実力者などいないだろう。

と、そんな事を考えながら通信室より廊下に出たところで、見覚えのある朱い鳥——朱雀のピー助が小雀モードで待機している事に気付く。

「カグラめ。何のつもりじゃ？」

会議室で解散した後に、カグラは一時的に五十鈴連盟本拠地へ帰還していた。

ボスのところに集められていそうな魔物や魔獣について、五十鈴連盟の情報網を使って調べるためだ。

特に魔獣というのは、森の中で発生する事が多い存在である。そして森といえば、保全活動も行っている五十鈴連盟にとっては、その大部分が活動範囲となっている。また一部では監視対象にもしていた。

つまり、その五十鈴連盟に蓄積された魔獣の発生と移動、討伐などの情報を精査していけば、ボスのところにいそうな魔獣の種類や数などを幾らか予想出来る可能性があるのだ。

予め敵を知る事が出来れば、対策も立てやすくなる。

そんな理由で帰っていったカグラだが、わざわざこんな中途半端な場所にピー助を置いていったのはなぜだろうか。

再びこちらに戻ってくるための入れ替わり要員というのなら、カグラにあてがわれている客室に置いておいた方がいい。

またはアルマの肩にでも乗せておいてもらえば、戻ってきて直ぐに報告出来るというものだ。

そう疑問を抱いていた時だ。ミラに気付いたピー助が、その小さな翼で一生懸命に飛び、そのままミラの頭の上にぽんと乗っかった。

『あ、おじいちゃん。出てきたって事は、ソロモンさんとの話は終わった？　どうだった？』

それを聞くために置いていったのだろうか。ピー助からカグラの声が聞こえてきた。

ともあれミラは「うむ、ばっちりじゃ！」と答え、簡単に内容を話し、全員ニルヴァーナの飛空船に乗ってくる予定であると伝える。

『そっか、ソウルハウルさん上手くいったんだ。良かった』

カグラもまた、ソウルハウルの苦労が報われた事に安堵した様子であった。そう嬉しそうに呟くと、そのまま『で、次はメイリンちゃんのところに向かうのよね？』と問うてきた。

「うむ、そのつもりじゃよ」

そうミラが返したところ『じゃあ、そのままピー助も連れていって。私もメイちゃんに会いたい』とカグラが言ってきた。

どうやら、こんな場所にピー助がいたのは、それが理由だったようだ。単純に昔馴染みの仲間に会いたかったらしい。

「わかった。ならば連れていくとしよう」

思えば、カグラとメイリンも仲が良かった。というより、どこか猫っぽいメイリンをカグラがよく構っていたような間柄だったが、ともあれ関係が良好だったのは確かだ。

会いたいというのも当然か。そう納得したミラは、ピー助を頭に乗せたままアダムス家に向かうのだった。

〈21〉


「この手は悪を滅するため、この手は平和を抱くため！　正義執行ピュアクリムゾン！」

「心は希望で満ちている、世界は愛で満ちている！　悪滅千刃ピュアグラーディオ！」

「優しさは皆の胸に輝き、情熱は私の胸で燃え上がる！　天地抱擁ピュアミーティア！」

アダムス家の道場を訪れると、そこには愛の戦士プリピュアがいた。しかも、三人いた。

「いったい、何がどうしてこんな事になっておる……」

その光景を前にして、もはや唖然とするしかなかったミラ。

見たところ道場の隅の方に、アダムス家次男ライアンと、三男ファビアンの姿を確認出来た。二人は木剣を手に模擬戦をしているようだ。

そして長女シンシアと次女ローズマリーはというと――どこにもいなかった。稽古はいつも一緒という話だったが、一見した限りではそれらしい姿が見当たらない。

いや、実際は目に入っていた。そして出来れば、そうでないという可能性を見つけたかっただけだった。

道場のど真ん中で、よくわからない練習をしている三人組。その真ん中のメイリンを抜かした残りの二人こそがシンシアとローズマリーであったのだ。

果たして何があったのか。二人は、メイリンのプリピュア衣装の色違いを身に纏い、華麗にポーズを決めていた。

「ミラお姉ちゃん、こんばんは」

人様の娘を何という道に引きずり込んでしまったのだ。衣装を持ってきた自分の事は棚に上げて、子供達を先導するメイリンを睨むミラ。

そのようにミラが責任を押し付けていたところ、その来訪にいち早く気付いたファビアンが駆けてきた。

すると共に「こ、こんばんは」と、ライアンもまたキラキラと嬉しそうな目でやってくる。

「うむ、こんばんは。して……なにゆえに、ああなった？」

再会の挨拶もそこそこに、ミラは三人のプリピュアに視線を送る。

多感で元気いっぱいだったシンシアはともかく、内気で大人しそうだったローズマリーまでもが、プリピュアゴッコに興じている現状。

このような事態になるまでに、いったい何があったというのか。

「えっと、それはね──」

プリピュアが三人に増えた理由。それは至極単純な事だった。

ファビアン曰く、子供達でメイリンが出場する予選試合を見に行ったという。

話を聞いた限り、メイリンは律儀にもミラが提案した通り、かなりプリピュアになりきっていたようだ。戦い方までには及ばないが、登場時と終了時において、かなり格好良く決めていたらしい。

どうやらそれが観客を盛り上げるだけでなく、姉妹をも魅了したそうだ。

プリピュアとは、正体を隠して日夜悪と戦う可愛くて強い秘密のヒロイン戦士。そんなごちゃごちゃした設定ながら、今二人がとても嵌っている漫画との共通点が多かったのも要因との事。

加えて、世間に流れるプリピュアの噂だ。颯爽と現れては、ごろつきだなんだといった者達を華麗に成敗しているなどという話は、正に正義のヒロインそのもの。

結果、メイリン扮するプリピュアへの憧れが頂点を突破し、彼女達のプリピュア魂に火を点けてしまった。

今では毎日の訓練メニューを完了した後に、ああしてプリピュアとしての特訓をしているようだ。

「なるほど、のぅ……」

よもやメイリンの正体を隠すための作戦が、このような被害をもたらすとは。ミラは思わぬ事態に、どうしたものかと考える。

個人の能力の底上げを行うための大切な自主練のはずが、それとはまったく関係無い決めポーズの練習をして何になるのか。

とはいえ今は、決められた訓練後に行っている自主練である。そこで何をするのかは個人の自由というものだ。

だが、プリピュアゴッコにかまけた結果、彼女達の才能が埋もれてしまっては大変だ。

と、そのようにミラが悩んでいたところで、プリピュアチームの訓練が次に進んだ。

「さあ、始めるネ！」

「はい！」

「よろしくお願いします」

三人揃って綺麗にポーズが決まったところで、今度は互いに向かい合って構えたプリピュア達。いったい次は何が始まってしまうのか。そうミラがハラハラしているとファビアンが、「ミラお姉ちゃん、こっち」とミラの手を引いた。

それに従い道場の隅まで移動すると、その直後にそれらの理由が判明する。

なんと決めポーズの特訓などという緩い雰囲気から一転し、プリピュア達による本格的な模擬戦が始まったのだ。

「これまた、何やら以前よりも激しくはないじゃろうか？」

前回、メイリンとアダムス家の子供達の模擬戦というのを見ていたミラは、その時と今とで大きく違う状況に目を見張る。

あの日見たそれは、それこそ稽古する子供達と師範のメイリンとでもいったものだった。

しかし今は、まるで実戦さながら。そこには可愛いだとかヒロイン戦士だとかいう装飾は一切なく、油断すれば奈落に突き落とされるかのような、獅子の如き戦闘が繰り広げられていた。

プリピュアのせいで成長が……などと抱いた懸念はどこへやら。それどころか、むしろ成長著しくすら見える。

ただ、そんなプリピュアの特訓を眺めながら、ミラはふとした違和感のようなものを覚えた。

「なんかさ、シンシアとローズマリーもさ、前に見たミラ姉ちゃんに憧れてたんだって。それでさ、メイメイ姉ちゃんがミラ姉ちゃんの師匠だったたって聞いて。そしたら弟子入りしたいって言いだして、なんか、ああなったんだ」

前回と今回の違い。その激しさ以外に何があるだろうか。そうミラが模索していたところで、ライアンがこうなった要因の一つとして、そのような事を挙げた。

何でもあの日あの時にシンシアとローズマリーは、アダムス家の誰も勝てなかったメイメイと互角に戦ったミラの姿に憧れたそうだ。

加えて今回のプリピュアである。二人の戦闘スタイルを変えるには、ぴったりな転機だったわけだ。

「なんと、そういう事じゃったか……」

そう、違和感の正体は得物の有無だった。初めて会った時は一様に剣を手にしていたが、今は二人共が徒手空拳である。

よもや人様の娘をプリピュアの道に引きずり込んでしまうばかりか、騎士の家系の娘を拳法家の道に目覚めさせてしまったという事態。

「そこまで少女達を魅了するとは侮れぬな、愛の戦士プリピュアよ！」

ミラは、その一端を担ってしまった事については棚に上げ、全ての責任を愛の戦士プリピュアに押し付けるのだった。

そんなプリピュアの秘密特訓は、もう暫く続くそうだ。

用事があるとはいえ、頑張って訓練に打ち込む少女達の邪魔をするわけにはいかない。そう考えたミラは、メイリンの手が空くのを待つ事にした。

だが、ただ待つばかりではない。

「お主達は、将来どうなりたい？」

「僕は、ヘンリー兄様みたいな立派な騎士になって、お城で働きたいです」

ファビアンは、しっかりとした展望を持っているようだ。ミラが問うと、そんな答えが直ぐに返ってきた。

「俺は……自分の力で大事な人を守れるような、そんな騎士になりたい、です」

ライアンはというと、静かに真っ直ぐとミラを見つめ返しながら言った。溢れる情熱をその目に宿しながら。

「ふむ、素晴らしい意気込みじゃ」

こちらはちゃんと騎士を目指していてよかった。そう一安心したミラは、プリピュア組の特訓が終わるまで二人の自主練に付き合った。

とはいえミラがした事といえば、ただ師範役としてのホーリーナイトを召喚しただけだ。

ホーリーナイトが習得しているのは、全ての騎士流派の祖となるグランツロード家の技だ。それは、基礎中の基礎でありながら、騎士の最終到達点ともされるもの。人様の家の子供とはいえ、騎士の家ならばこそ決して余計な事にはならないだろう。

そうして技の指導に加え、ホーリーナイト同士による模擬戦も行ってみせたところだ。

気付けば人数が増えていた。城から帰ってきたヘンリーと、更には彼らの父のロイドまでもが見学していたのだ。

特にロイドは、ここまで見事なグランツロードの技の使い手を久しぶりに見たと、かなり興奮気味だった。

そのためか、ロイドにせっつかれたヘンリーとホーリーナイトの試合が行われる流れとなる。

「――いや、もう、降参です……!」

善戦したヘンリーだが、守りには定評のあるホーリーナイトの防御を抜けられず、そのまま体力勝負になり降参と相成った。無尽蔵のスタミナを誇る武具精霊相手に長期戦となったら、こうなってしまうというお手本のような負けっぷりだ。

だが父ロイドが、そんな息子の雪辱を果たした。開始から一分ほど、怒涛の攻めによってホーリーナイトの防御を突き崩したのである。

流石はアルマが騎士の称号を贈った男だ。現役を退いたという話であるが、その剣の冴えは、まだまだ衰えてはいなかった。

だがミラは気付いていた。ロイドがヘンリーを使って、ホーリーナイトの動きを詳しく観察していた事に。

剣の腕も確かだが、なかなかのずる賢さも持ち合わせている。それがロイドという人物のようだ。

そのようにロイドとホーリーナイトの試合で大いに盛り上がったところ、それに触発されたのかメイリンが交ぜてほしいと目を輝かせながらやってきた。

だがそこで食事の準備が整ったと、ヴァネッサが自主練の時間の終わりを告げた。気付けば、アダムス家に来てから既に四時間以上が経過していたのだ。

今日は折角だからと、ミラもまた久しぶりにアダムス家にて夕食を共にする事となった。

「さて、今日ここに来たのは他でもない。お主に話があったからでのぅ」

食後、ヴァネッサが子供達をお風呂に連れて行ったところで、ようやくメイリンに用件を伝える時間が出来た。

メイリンに宛てがわれている部屋にて、そう切り出したミラは、そのまま頭の上のピー助を床に置く。

すると何やら、また闘技大会出場の件で来たのだと勘違いしたようで、「わ、わたし、誰にも気づかれていないヨ!?」などと弁明を始めるメイリン。

「いやいや、今回はそちらの話ではない。じゃが、まずはこちらからいこうか」

話の内容は『イラ・ムエルテ』のボスを攻略する件についてだが、その前に一つと、ミラはピー助に呼びかけた。「待たせたのぅ。もう来てよいぞー」と。

その数秒後にピー助が輝き、そのままカグラと入れ替わった。

「メイちゃん！　久し……ぶ……り？」

さあ、感動の再会だ。といった勢いで第一声を上げたカグラだったが、直後にその勢いは、みるみる失われていった。

原因はメイリンの格好だ。今の姿は、当時と似ても似つかないプリピュアスタイルである。メイリンという人物をよく知るカグラであっても、いや、カグラだからこそ受けた印象の差は大きい。

ただその逆は、まったく問題なかった。

「あ、カグラお姉ちゃんヨ！　凄く久しぶりネ！　会えて嬉しいヨー！」

困惑するカグラをよそに、それはもう笑顔を咲かせたメイリンは、そのままカグラに飛びついた。

何かとカグラが構っていた事もあってか、メイリンはカグラを姉のように慕っていた。そしてカグラもまた、その反応と行動で、このプリピュアが間違いなくメイリンであると理解したようだ。

「久しぶり、メイちゃん！」

ひしと抱き合い、再会を喜ぶ二人。そしてミラもまた二人を見て、よかったよかったと微笑む。

ただ、そんな仲良しシーンも束の間。

「ところでメイちゃん。何でそんな恰好をしているの？」

そのカグラの質問によって、状況が一変した。

「爺様に言われたヨ。プリピュアにならないと闘技大会に出られないネ」

メイリンが口にした理由は、確かにその通りである。けれど、諸事情云々といった細かいところが完全に抜け落ちている。よってその言葉だけでは足りないどころか、あらぬ誤解を与えてしまうのも当然の流れであろう。

「おじいちゃん、どういう事？」

案の定と言うべきか。カグラには、まったく別の意味として伝わったようだ。振り返ったカグラの目は、それこそ路傍に転がる排泄物でも見るかのようである。

「うむ、そうじゃろうな！　今の言い方では、そうなるじゃろうな！　よいか、まずはその式符を下ろして、しかとわしの話を聞くのじゃぞ！　今のは明らかに、よくある誤解が生まれるパターンじゃ！」

こういった展開は、お約束としてよく知っているはずだ。そう今にも手が出そうな雰囲気のカグラを説得するミラは、身の潔白を示すように両手を上げながら、メイリンがプリピュアになった経緯を必死に説明した。

「――というわけで、むしろわしは被害者といっても過言ではない。真犯人は、ソロモンとラストラーダの両名じゃ！」

闘技大会にてメイリンを変装させる理由。そして何よりも、その衣装デザインを考案したラストラーダと、そのデザインでゴーサインを出したソロモンこそがこうなった元凶だと語ったミラは、自分は知らずに運ばされたのだと被害者面で告げた。

「……ふーん、それで、これ、ねぇ……」

誤解は一応解けたのだろう、カグラから溢れ出していた殺気は収まった。けれどその視線は、まだ冷たいままだ。理由はどうあれ、可愛いメイリンがバカな大人の趣味に付き合わされているようなものというのが、カグラの印象であるからだ。

変装ならば他にも色々あっただろう。カグラは、そんなごもっともな意見を口にする。

「まあ、そう、じゃな……」

確かにプリピュアでなくともいい。そう同意しつつ、ミラは視線を逸らす。それこそファジーダイスのように仮面でもつけてしまえば十分だ。

だがプリピュアになってしまったのは、明らかに愉快な大人の思惑が混じったからだろう。

「相変わらず、何考えているんだか……」

男が考える事は、どうしてこうも極端なのかと呆れ顔のカグラ。

ただ、当の本人はというと一切気にした様子がなかった。

「あ、そうネ。見てほしいヨ、カグラお姉ちゃん――」

何やらそんな事を言ったかと思えば、メイリンは道場で練習していたプリピュアのポーズを決め始めたではないか。

「――どうだったネ？　おかしくなかったカ？　わたし、プリピュアみたいだったカ？」

一通りやり終えたところで、きらきらとした無垢な笑顔でカグラに問うメイリン。

そう、カグラがどう思おうと、メイリンはプリピュアに変身した今を大いに楽しんでいた。

きっと前にミラが助言した、よりプリピュアっぽくなれば正体もバレにくくなる、という言葉を実践しているのもあるのだろう。

ただ、子供の頃に憧れたプリピュアを今度は自分自身でといった気持ちも、そこにはありそうだ。

「……もう、メイちゃんったら」

下衆な大人の趣味に付き合わされていながらも、無邪気な笑顔をみせるメイリン。

カグラは、そんな彼女の姿にほだされたようだ。しかも、それどころか「ピュアクリムゾンの場合は、こう、してからの……こうよ！」などと、完璧な決めポーズをしてみせたではないか。

何だかんだ言ってカグラにも、プリピュアに憧れた子供時代があった。しかも、随分とのめり込んでいたらしい。続けてメイリンが問えば、決めポーズばかりかセリフまでも完璧に再現してみせた。

「……カグラでも、そんな可愛らしい時期があったのじゃな」

きっと今、目の前で繰り広げられている光景が全て小さな子供のものであったなら、それはもう微笑ましいものになっていたであろう。そう夢想するミラは、既にプリピュア世代は抜けたであろう二人が、それでも本気で挑むプリピュアゴッコを、祖父のような眼差しで温かく見守ったのだった。

〈22〉


カグラによるプリピュア指導が始まって十分少々が経過した。

その最中、これではいつ終わるかわからないと感じたミラは、そのまま聞いてくれと『イラ・ムエルテ』との最終決戦への参加要請について告げた。

とはいえメイリンの答えは、ほぼ確約されているようなものだ。

決戦の地には、強力な魔物や魔獣が大量に揃っていると予想される。そんな場所があると知れば、メイリンの事だ。むしろダメと言っても無理矢理ついてくるだろう。

しかも闘技大会出場の件も、アルマが調整するという約束だ。

「行くネ！　絶対に行くネ！　いつどこに集まればいいヨ!?　そこに泊まり込むネ！」

結果、当然ながらメイリンの答えは全力のイエスだった。

そんなメイリンを、どうどうと宥《なだ》めながら一通りの説明を終えたところ、ふと扉をノックする音が響く。

「メイメイ様、ミラ様、湯殿の準備が整いました」

扉を開けるとヴァネッサがいた。そして彼女は、そう入浴の時間を告げると共に、ぎらりとした目でメイリンをロックオンする。

風呂嫌いのメイリンを毎日風呂に入れるのも彼女の役目なのだ。

ただ今日は、そんなヴァネッサの目に、もう一人の姿が映る。それはミラでなくメイリンの隣にいたカグラだ。

「あら、貴女様は……どちら様でしょうか」

そう、カグラはピー助との入れ替わりでやって来たため、家の者との面通しがまだであった。

「おお、そうじゃや、勝手にすまんかった。この者は、わしとメイメイの友人でな、ウズメという。二人もまた随分と長い間離れ離れとなっておってのぅ」

ミラがそのように紹介したところでカグラは、「夜分に突然の訪問、失礼致しました。ウズメと申します」と実に慣れた仕草で一礼した。

「そうでございましたか。お二方の御友人でしたら、いつでも大歓迎でございます」

そう笑顔で答えたヴァネッサは、その直後に「……ウズメ……様？」と今一度名前を繰り返した後「もしかして、五十鈴連盟総帥のウズメ様、だったり……しませんか？」と、興奮気味に続けた。

「はい、よくご存じですね。そのウズメです」

ヴァネッサの気迫に驚きつつも、カグラはそれを肯定した。するとヴァネッサの表情が更なる喜びに満ち溢れていく。

「ああ、なんて事でしょう！」

ヴァネッサは、五十鈴連盟ラトナトラヤ支部が運営する『エバーフォレストガーデン』の大常連だった。

庭園の世話をする際に必要な道具、そして植える種だとかいった全てを支部で揃えていたのだ。そのため店員とは全員と知り合いであり、副店長とも友人同士らしい。

五十鈴連盟総帥のウズメについては、そんな副店長から最近聞いたのだそうだ。

「会えて嬉しいです、感激です！」

ともあれ五十鈴連盟には、このようなファンもいるようだ。カグラは喜ぶヴァネッサに「こちらこそ」と笑顔で答える。

元を辿れば、森で知り合った友人の仇を討つために始めた事だ。けれど今は、それが他の誰かのためにもなっている。その事を実感したからか、カグラの表情もまた喜びに満ちていた。

「久方ぶりの再会という事でしたら、積もる話もございましょう。どうぞ本日はお泊まりになっていってください。お部屋を用意させていただきます。あ、それと湯殿の準備が整っておりますので、是非ご一緒に。誠心誠意、ご奉仕させていただきます！」

カグラが五十鈴連盟の総帥と知ったヴァネッサの勢いときたら、有無を言わさぬような迫力があった。それでいて、逃げようとするメイリンをしっかりと捕まえているのだから、実に優秀である。

ただここに、ヴァネッサが敷いていく流れに対して戦々恐々としている者がいた。

(こ……これはまずい状況になってきたのぅ……)

そう、ミラだ。では何がまずいのかというと、もちろん入浴についてだ。

当然ながら、ミラの正体？については何も知らないヴァネッサ。

そして、男女がどうこうという点については、さほど関心のないメイリン。むしろ、ここでミラが風呂に入らないなどと言えば、「ずるい」とすら言い出すだろう。

とはいえ、この二人だけならば、まだどうにかなった。苦しいながらも言い訳は立ったはずだ。

けれど今は、カグラがいる。そしてミラの正体を知る彼女は、『一緒にお風呂とか、どうするつもりなのよ？』というような目で、ミラを睨んでいた。

対してミラ自身も、どうしたものかと悩んでいた。見知らぬ女性達だけの浴室という事ならば、喜び勇んで突入しただろう。

だが今回は違う。交友関係があり、よく知る相手だからこそ自制心というのは強めに働くのだ。

「……おっと、それではわしは、そろそろ城に帰るとしようかのぅ。まだ、あちらでの仕事が残っているのでな。後は二人でゆっくり語り合うとよいぞ」

考えた末、ミラはその逃げ道を見出した。

現時点において、『イラ・ムエルテ』の最高幹部四人のうち、三人は既に確保済み。残る一人も、時間の問題と言っていい。

巫女のイリスが狙われる確率は、ぐんと下がっている状況だ。加えてシャルウィナを筆頭に、内部の警備もばっちりである。

だがしかし、まだ何かあるとも限らない。ゆえに任務は継続中であるとして、ミラは急ぎ護衛としてイリスの部屋に戻るという選択肢を取ったのだ。

「あ、ずるいヨ。お風呂から逃げる気ネ！」

ミラの発言から直ぐ、まるで自身から意識を逸らせるかのようにメイリンが声を上げる。

しかしながらメイリンでもあるまいし、ミラの言葉をそう受け取る者などいなかった。

とはいえ、受け取り方はそれぞれである。

カグラは、ミラの選択を妥当と判断したようだ。『それでいい、私の裸を見ようとするならば容赦はなかった』といった顔で頷いていた。

「そうでございましたか。是非ともミラ様にもご宿泊していただきたかったのですが、そういう事でしたら仕方がありません」

ヴァネッサには、言葉通りの意で伝わった。ミラが女王の指名を受けて何かの任務に就いている事は把握していたようだ。ならばこそ、そちらを優先するのは当然であるとしながら、その目は、ちらりと庭園の方に向けられていた。

どうやら植物マスターのミラ（マーテル）に、色々と相談したい事があったらしい。けれど彼女は、それを呑み込んで「では、馬車をご用意致しましょうか」と続けた。

「いや、大丈夫じゃ。ペガサスに乗って戻るのでな」

「まあ、ペガサス！　素敵でございますね！」

ペガサスに乗れば、城までひとっ飛びだ。召喚術士ならではの答えに、ヴァネッサは目を輝かせる。

何でもペガサスが登場する有名な物語があるため、ほとんどの乙女はペガサスに憧れを持っているそうだ。

となれば、イリスもだろうか。そう考えたミラは、いつか自由に外に出られるようになったら一緒にペガサスで空を飛ぼうか、などと考えたのだった。


アダムス家からニルヴァーナ城に戻ったミラは、メイリンは余裕で参戦だとアルマに報告を済ませ、そのままイリスの部屋に向かっていた。

それなりに滞在期間も長くなっている事に加え、護衛でありながら、ちょくちょく外に出ているものだから城の者の顔見知りも随分増えてきたものだ。

「あ、ミラ様。余りものですが、バナナプリン如何ですか？」

「おお、いただこう！」

そのようなやり取りを交わしながら廊下を進む事、数分。こちらもまた随分と暮らし慣れたイリスの部屋に到着する。

「ミラさん、おかえりなさいですー！」

庭園区画を抜け居住区画まで来たところで、イリスがそこから飛び出してきた。

「うむ、ただいま。お主達も、ご苦労じゃったな」

嬉しそうに抱き着いてくるイリスを受け止めつつ、ミラはしっかりとイリスの傍に付くシャルウィナと団員一号に労いの言葉をかけた。

両名はミラの留守中でも、大切な護衛任務をきっちり遂行しきったと誇らしげだ。

だが団員一号の手にはカードの束があった。レジェンドオブアステリアのカードだ。色々なデッキ構成を試していたと思われる。

そしてシャルウィナはというと、こちらもまた分厚い本を手にしていた。ここの四階にある図書館から借りたのだろう、ヴァルハラで会った時以上に充実した顔である。彼女にとってイリスの部屋は、それこそ実現された理想郷そのもののようだ。

両者は、護衛と対象者の枠を越えてイリスの部屋での生活をエンジョイしている様子であった。

「さて、土産話の前に、まずはひとつ風呂浴びるとしようか」

アダムス家では故あって回避したものの、風呂好きであるミラは何とも言えない日常感を覚えつつ浴室に向かって歩き出す。

するとイリスが「私も一緒に入りますー！」と言って付いてきた。

「ふむ……仕方がないのぅ」

こう言い出したイリスは、もう止められない。共に生活していく上でそれを痛感していたミラは、ゆえに余計な抵抗をせず承諾した。

イリスの方から一緒がいいと言って来た上で拒否すると、こちらが辛くなるほどに落ち込むのだ。

それをどうして断れようか。

カグラはともかく、この護衛の仕事を依頼してきたアルマとエスメラルダならば、きっとわかってくれるはずだ。そう信じて、ミラはイリスと共に入浴する。

なお、いざという時の言い訳のために団員一号も一緒に連れ込んだのだが、「それならば、私も」とシャルウィナまで付いてきてしまったため、男目線で見れば何とも羨むような場面となっていた。

つまり、ミラの正体を知る者が見たとしたら、どう言われるかわからない状況だ。

そんな中、色々な言い訳を考えていたミラだったが、次の瞬間にそれらが全てぶっ飛ぶ事態となる。

「あ……ここにいた」

浴室の扉が開いたかと思えば、そこにアルマとエスメラルダの姿があったのだ。

途端に凍り付くミラ。イリスと一緒に風呂に入っているという事は、まだ二人に伝えていなかった。どうやって正当化しようか、思いついていなかったからだ。

だがその前に、見つかってしまった。二人が、とても大切にしているイリスと、こうして一緒に風呂に入っているところを。

「あ！　アルマお姉ちゃんとエスメラルダお姉ちゃんですー！」

わしゃわしゃと頭を洗い、ざばーっと流してから、ぱっと顔を上げたイリスは、そこにいる二人の姿を目にしたところで、きらきらと笑顔を咲かせた。

「どこにいるかと思えば、今日のお風呂はいつもより早い時間なのね」

エスメラルダがそう言ったところ、イリスは「ミラさんが入るって言うので一緒に入りましたー！」と答える。

「ふーん、そっかー」

イリスの言葉を受けたアルマの視線が、じっとミラに向けられる。

ミラはその視線を団員一号の盾で防ぎつつ、そっと二人の様子を窺う。怒られやしないかと。

すると、どうだ。アルマとエスメラルダの表情は、不思議と穏やかであった。しかもそれは憤怒を隠した笑顔などではなく、それこそ喜びの色が覗く笑顔であった。

（もしや、わしの功績が認められて、多少の事ならば黙認されるようになったのじゃろうか!?）

と、ミラが二人の反応に、そんな淡い期待を抱いていた時だ。

「お姉ちゃん達も一緒に入りましょー！」

イリスが、そんな事を言い出したではないか。

ミラは知っている。これを断ったところで、イリスはただしょうがないと笑うだけである事を。

ミラは知っている。けれど、その笑顔の裏には悲しみが秘められている事を。

ミラは知っている。アルマとエスメラルダにとってイリスは、とても大切な存在である事を。

ミラは知っている。そんなイリスの願いを無下にするなど、この二人には出来ない事を。

そしてミラは、気付いている。本来ならば快諾出来るだろうそれに、自分の存在が邪魔になっている事実に。

今の見た目は美少女だが、かつてをよく知る二人にとっては、やはり男の前で肌を晒すような感覚になるのも仕方がないというものだ。

かといって、もう上がるなどとは言えない。きっとイリスは、皆で楽しくお風呂に入るのを望んでいるだろうから。ここでミラがいなくなっては、意味がないのである。

こういう場合は、どうしたらいいのか。そう悩んでいたところ、状況はまさかの方向に進んだ。

「そうね、それじゃあそうしようかな」

「あらあら、こんなに賑やかなのは、どのくらいぶりかしらね」

なんとアルマとエスメラルダが、そう快諾したのだ。

これに驚いたミラは、まさかとばかりに二人を見やる。

するとアルマは、どこか悪戯っぽく笑ってみせた。そしてエスメラルダはというと、優しげな微笑を返してきたではないか。

ミラがダンブルフであるという事実を知る者の反応というと、むしろカグラが正常と言えるだろう。そこには、見た目だけでは量れない何かがあるものだ。

しかし、服を脱ぐために脱衣所に戻っていった二人の様子に、そういった何かは一切見られなかった。

（……！　もしや、あれか！　心を許した相手ならば問題ないという事か！）

これまでの功績が認められ、いつの間にかそのような立場になっていたのかもしれない。そんな可能性に思い至ったミラは、モテる男は辛いなといった笑みを浮かべて、団員一号の頭を撫でる。

だがその直後、ミラの背筋を悪寒が襲う。

脳裏に、ふと過ったのだ。このような状況をマリアナに知られたら、どうなってしまうのかと。

国交の関係もあってか、アルマとエスメラルダはソロモンとも仲が良い。政務だけでなく、世間話なども交わすような間柄だ。

そこでぽろりと、皆で風呂に入ったなどと言ってしまわないかどうか。

そして、それを聞いたソロモンが面白半分に、誰かへ——たとえばルミナリアなどに話してしまわないかどうか。

と、ルミナリアといえば、こちらに来る予定だ。しかも、見つけた九賢者も一緒にだ。

そうなれば、思い出話に花が咲くような時もあるはずだ。そこで、何かの拍子に誰かの耳に入ってしまう可能性が生まれる。つまりその分、マリアナに伝わりやすくなるというわけだ。

(それだけは、何としても避けねば……!)

数秒の内にそんな最悪の展開を予想したミラは、急ぎそれを回避するための手段が必要だと考える。

まさかの急場に思わず力が入った右手がギリギリと団員一号の頭を締め付けるが、それにも気付かず最善策を模索した。

(——よし、こうしておけば……)

色々と考えた結果、ミラは体勢を整え直してから、誰もいないベランダ側へと身体を向けた。

イリスの願いを叶えるため、ここから出るわけにはいかない。ゆえにミラは、何も見ていませんよ、庭の緑を見ていただけでしたよという意思を、その行動で示したのだ。

いわば、いざという時のための言い訳作りである。

「お待たせー！」

「こら、ちゃんと掛け湯をしてからでしょ」

そうしたところで、いよいよ浴室の戸が開き、背後からアルマとエスメラルダの声が響いてきた。

今の二人は、お風呂スタイル。つまりは全裸であると容易に想像出来る状態であり、このまま振り向けば、ありのままの姿が目に映る事だろう。

「やはり植物の緑は、目に優しいのぅ」

わざとらしくもそのような事を呟きながら、ミラはベランダから見える木々の彩りに集中した。そして、［ギブアップ］と書かれたプラカードを手にぐったりする団員一号を手に「そうか、お主もそう思うか」と、気にしていない演技を続ける。

そうして上手い事背景の一部に紛れ込もうとミラが努力している中、洗い場方面では何やらシャルウィナに注目が集まっていた。

「シャルウィナさんの髪、凄く艶やかで綺麗ですわね」

「お肌も凄くつやつやですー」

どうやらエスメラルダとイリスが、シャルウィナの綺麗な髪や肌に興味を惹かれたようだ。

美容というのは女性達にとっての共通言語だが、ミラの場合は、ちんぷんかんぷんな分野であった。

しかし、生粋の女性であって更に勤勉なシャルウィナは、それこそプロの如き知識を持っていた。

「えっと、複数の文献を参考に、色々試しておりまして……」

どこか鬼気迫る様子のエスメラルダに、若干身を引きつつ答えるシャルウィナ。

七姉妹の中では一番の文系である彼女は、本から得た美容の知識などを駆使して、訓練後のケアを欠かしていなかった。きっと姉妹一の美肌といっても過言ではないだろう。

対するエスメラルダは、最近ずっと忙しかった事もあり、髪も肌も少々荒れ気味のようだ。

だからこそか、エスメラルダはシャルウィナの美容方法に興味津々である。「それは、どのような――」と迫る声には、相当な必死さが込められていた。

「えっと……一つは、グリューエン博士の薬草学最終稿で――」

「最終稿が、あるのですかー!?」

今度はイリスが、シャルウィナが参考にした文献の方に興味を惹かれたようだ。

アルマが用意した四階の図書館だが、全ての書物を網羅しているわけではない。著者が一冊のみしか書いていないような本までは、流石に揃いきってはいないのだ。

それでいて、そういった本も蔵書としてある程度が収められているのだが、その点はシャルウィナの蔵書もまた中々のものである。

結果、エスメラルダに続いてイリスもシャルウィナに釘付けとなった。

これならば当分は目立たずにいられる。ミラは、シャルウィナの素晴らしい仕事ぶりに感謝した。

〈23〉

シャルウィナ達が美容だなんだと後ろの方で盛り上がり始めたところ。ふとした湯面《ゆおもて》の揺れを感じたミラは、すぐ背後に近づくもう一人の気配に気付いた。

イリスとエスメラルダは、シャルウィナの美容話に夢中だ。となれば、背後にいるのはもう一人。

「ねぇ、じぃじ。ずっと外を向いちゃって、どうしたのかなぁ？」

ミラの直ぐ後ろまでやってきたアルマは、からかうようにそう言って湯船に身を沈めた。丁度、ミラと背中合わせになるような状態である。

「聞かずともわかっておるじゃろう。わしの事をよく知る輩に下手な噂でも流されては面倒じゃからな。それよりも向こうの話を聞かなくてよいのか？　忙しいお主なら、肌トラブルの一つや二つありそうじゃが」

「あー、ひどーい。ただ、これでも女王だからね。その点は、ぬかりないわ。まあ、そもそも私達の場合、最低限は維持されるから、そんなに気にする事もないんだけどね」

日によって寝る時間も変わるアルマの日常。その不規則な生活は肌に良くないだろう。けれどアルマの肌は、そのような事など関係ないとばかりに艶やかだ。

「まあ、そうじゃな。そうなのじゃが……エメ子は、なぜあそこまで必死なのかのぅ」

そもそも元プレイヤー達は歳月によって見た目が変わる事がない、少々特殊な状態にある。生活状況によって多少の変化は表れるが、大きく変わりはしないのだ。

それでいてエスメラルダが美容に向ける情熱は、人一倍あるように見えた。いったい何が彼女を、そこまで駆り立てているのだろうか。やはり最低限などに甘んじず、最高を目指すのが真の淑女というものなのだろうか。

そのような事を考えたミラだったが、アルマが言うに、あれは処世術に近いものなのだそうだ。

十二使徒という立場にあるエスメラルダは、社交の場に出る機会も多い。そして、そういった場で必ず話題になるのは美容関係だという。

加えて元プレイヤーであるエスメラルダは、ずっとその美しさを保ったままでいる。これは何かと羨望の的になり、時として憎まれる事すらあるそうだ。

そのため何もしていないわけではなく、凄く努力しているからこそだという体面を整えるための方便として、情報収集をしているらしい。

それもこれも貴族の奥様方の心を掴むため。ひいては国の安定のためだと、アルマは我が事のように語った。

「――それでシャルウィナさん、その薬草はどこで採れるのかしら!?　――栽培!?　栽培が出来るのですか!?　――ええ、なるほど……日の光を当てないようにして、代わりに月の光を……」

聞こえてくるのは、エスメラルダの声。それはもうシャルウィナに対して怒涛の質問攻めだった。

「何やら、それ以上の理由もありそうな気がするのじゃが……」

「そういえば、最近ニキビが出来たって騒いでいたわね……」

エスメラルダが必死になっているのは社交界での話題作りのためか、それとも他に理由があるのか。それを知る者はなく、また知ってはいけない事かもしれないとミラは考えるのを放棄した。

「ところで、じぃじ。なんか、普通にイリスとお風呂に入ってたよね」

どうにかしてその話題に触れられないように誘導していたミラ。だが美容の話が一段落ついてしまった事により出来た僅かな間に、一番避けたかったそれが投下されてしまった。

「……それは、アレじゃよ。わしも、しかと弁えておるのじゃよ？　しかしじゃな、断ると、こう、とても悲しそうな顔をされるのでな。致し方なくと言うべきか、やむにやまれずと言うべきか――」

これは、まずい流れになってきた。この事を報告でもされてマリアナにまでも伝わってしまったら、一巻の終わりだ。そう瞬時に判断したミラは、あくまでもイリスのためであり、そこにやましい感情は一切ないと主張する。

と、そうしたところ――

「あはは。ごめん、じぃじ。ちょっと言い方が悪かったかもね。そういう事じゃなくてね、ありがとうって言おうと思ったの」

必死なミラの反応が可笑しかったのか吹き出すように笑ったアルマは、どうにか笑いを抑えつつ、そんな言葉を口にした。

「む……そう、なのか？」

わかっていながらイリスと一緒に風呂に入っていた事を責められるのではなく、礼を言われた。そのパターンは予想外だったと困惑するミラは、それでいてその顔に希望を覗かせる。保護者のようなものであるアルマの認可を得られれば、もう責められる事を気にしなくて済むようになり、またイリスに悲しい顔をさせる事もなくなると。

「まあ、あの子が一緒に入りたいって言うのは、予想がついたからね。それに、じぃじが一緒に入ってくれているってイリスから聞いてたし」

背中合わせの後ろから聞こえてくるアルマの声。僅かにからかうような色が交じるそこには、同時に安堵にも似た感情が浮かんでいた。

どうやらミラが意識し過ぎていただけであり、アルマは、そこまで気にしてはいなかったようだ。

「でね、さっきここに来た時にイリスの笑顔を見てさ、思ったの。あんなに嬉しそうに笑うイリスを見るのって、どのくらいぶりなんだろうって」

そう言葉を続けたアルマは、ミラの背に、そのままそっと背を預けるようにして触れる。まるでこれまでの、そしてこれからの信頼を表すかのように。

「あの子ってさ、いつもニコニコしているでしょ。私達に心配かけないようにって。でもね――」

国のため、世界的な悪の組織を壊滅させるために頑張ってきたアルマ。

そして、その最大の一手となったイリスの能力だが、それは同時にイリスが自由を奪われる事にも繋がった。相手への影響と重要性は多大であり、だからこそ、おいそれと外出が出来なくなってしまった。

今のイリスの世界は、この部屋の中だけなのだ。

アルマがあれこれと用意したお陰で、部屋としては破格の広さと充実ぶりを誇っているが、それでもやはり仕切られた空間だ。外に比べれば気休め程度といっても過言ではない。

しかも、執務の合間を縫ってアルマが顔を出しているようだが、基本は一人での生活となる。イリスが感じている寂しさは、きっと想像も出来ないほどだ。

けれど、アルマがどれだけ頑張っているのかわかっているのだろう。イリスは、そんな寂しさを心の内に隠して、いつも笑顔だった。

ただ長く女王などをやっていると、そういった感情の機微に敏感になるそうだ。アルマは、イリスが隠している寂しさに気付いていた。

「――さっき見た笑顔は全然違った。じぃじと一緒だって、本当に心の底から嬉しそうに笑っていたの」

そこまで口にしたアルマは一呼吸おいてから、「ありがとうね、じぃじ」と微かに震えた声で続けた。

まだ一週間にも満たない程度ではあるが、ミラと暮らした日々。そして団員一号とシャルウィナも加わった今という時間が、イリスの寂しさを吹き飛ばしてしまったようだ。

「そうか、役に立てたのなら何よりじゃな」

そっと震えるアルマをその背で感じながら、ミラはそんな事は何でもないと答える。そしてまた心の中で、あともう少しの辛抱だと決戦への意気込みを新たにした。

「そのクリーム商品にしたら、凄い売れそうね！」

どこか湿っぽくなったが、それはそれ。言いたい事を言い終えたのか、アルマは勢いよく立ち上がると、そのままシャルウィナ達の会話に交ざっていった。

シャルウィナが独自に開発した美容クリーム。それは、世の女性達から大いに求められるヒット商品になるかもしれないとアルマは考えたようだ。

（まったく、忙しい娘じゃのぅ）

先程の話から一転して、始まった商売の話。その切り替えの早さに呆れたミラは同時に、その逞しさに苦笑した。


風呂から上がった後、ミラはそのままベッドにダイブしていた。

ハーレム的な入浴タイムではあったが、如何せん、そういう目で見てはいけない者ばかりである。

何だかんだで余計な気疲れをする事となったミラは、細かい話はまた明日として眠りについた。

そして次の日の朝、起こされる前に自然と目を覚ましたミラは、眠気覚まし代わりの朝風呂を一人で楽しんでいた。

（やはり、誰に気を遣わずともよいというのは気楽じゃのぅ）

風呂の楽しみ方というのは沢山ある。可愛い娘がいる女湯も素晴らしいが、大きな風呂に一人で入るのもまた実に心地のよいものだ。

静かな朝のひと時。ミラはしみじみと下らない事を考えながら、今後の予定を思い浮かべた。

（トルリ公爵とガローバ、そしてユーグスト。これで四人いる幹部連中のうちの三人が、こちらの手中に収まったわけじゃ。残るは、イグナーツ唯一人。奴が率いるヒルヴェランズ盗賊団は相当にでっかいという話じゃが、アトランティスの将軍共が十人も出張ってくるそうじゃからのぅ。まあ、わしの出る幕はないじゃろうな）

アーク大陸中央の覇者ともされる、ヒルヴェランズ盗賊団。その戦力は、そこらの国軍すら凌駕するほどだそうだ。

だが、その悪行もここまでだろう。これから盗賊団が相対するのは、容易に国盗りを可能とする十人の将軍なのだから。

アトランティスが誇る『名も無き四十八将軍』。ソロモンから聞いた話によると彼らのほとんどが、既にこの世界に来ているとの事だ。そして、しっかりと国防のために尽力していると、それはもう羨ましそうに言っていた。

九賢者にも並ぶその実力は確かであり、更には十人も派遣されたとなれば、それは九賢者を超える戦力となる。

（……今更ながらに思うが、よくぞそれだけの戦力を動かせたものじゃな）

大規模とはいえ、たかだか盗賊退治のために国家最強クラスを十人も投入するなどともすれば過剰であろう。とはいえ、それだけの必勝ともいえる戦力が投入されたからこそ、保身派だった周辺国も動いた、というより動かざるを得ず、兵を出したわけだ。

いったいエスメラルダは、どのような説得をしたのか。何とも言えぬ恐ろしさを覚えたミラは、詳細を考えない事にした。

「あれ？　じぃじがもう起きてる!?」

朝風呂ですっきりと目覚めたミラは、イリスを起こしにやって来たアルマと廊下でばったり遭遇する。同時にアルマが心底驚いたように目を見開いた。

ミラはイリスの護衛についてから、毎日イリスのついでに起こされていた。だが今日は違う。既に起きているだけでなく朝風呂まで浴びて、しゃっきりとしているではないか。

その姿に驚きを隠せないアルマは、「もしかして、そう見える新しい召喚術？」などと、ミラの早起きを俄《にわ》かには認めない様子だ。

「正真正銘、本物じゃ。わしもその気になれば、この程度は朝飯前なのじゃよ」

いったいアルマにどう思われているのかと苦笑しつつも、ミラはどんなもんだと胸を張る。

対してアルマは「そっかー」と感心したように呟いてから、にこやかな笑顔で告げた。「じゃあ次からも、その気でお願い出来る？」と。

「……」

ミラは即座に頷く事が出来ず、そっと視線を逸らせた。

たまたま早く起きれただけ。今日の朝をそのように判断されたミラは、かといって違うと断じるほどの自信もなく、先にキッチンにやってきていた。そして朝食の支度を始める。

イリスの護衛を始めてから一週間程度だが、ここでの生活にも慣れたものだ。

それから少しして、アルマに起こされたイリスがやってくる。

「ミラさん、おはようございます！」

イリスは朝早くから元気いっぱいだ。その様子といったら、自然と笑みがこぼれてしまいそうになるようなハツラツさである。

「おはようございます、主様」

「今日も、素敵な朝ですにゃ！」

イリスに続き、シャルウィナと団員一号もやってきた。団員一号はイリスに抱き枕代わりにされているため、朝は毎日毛並みが爆発したような状態だ。

そしてシャルウィナはというと、また夜更かしでもしたのだろう、目の下には隈が出来ていた。一応、護衛としての任はあれど不寝番までは命じていない。そういった任は全て、各所に配置した武具精霊が二十四時間態勢で遂行しているからだ。

だがシャルウィナは、むしろここぞとばかりに、その役目を請け負ったようだ。堂々と夜更かしして本が読めると。

彼女は数冊の本を小脇に抱えて、実にご満悦な顔をしていた。

「うむ、おはよう」

イリスの部屋の四階にある図書館。読み放題のそれを喜ぶと思いシャルウィナを召喚したが、むしろ健康面を考えると逆効果だっただろうか。

ミラは、そんな心配をしつつ皿を並べていった。

「――って事で、あのスイーツ専門店の支店がうちにもやってくる事になったの。今度持ってきて……ううん、今度一緒に行きましょうね！」

「はい、行きたいです！」

朝食は、いつも賑やかだ。だいたいはアルマが聞いて聞いてと騒ぎ立てているだけだが、イリスにとってはそんな話を聞いているのも楽しいようだ。いつもコロコロと嬉しそうに笑っている。

なお、今日の朝一の話題は、大陸全土に名を轟かせる有名なスイーツショップが、ここラトナトラヤに支店を出すというものだった。

相当に楽しみなのだろう、アルマは女王権限でメニューリストを先行入手出来るので、どれから制覇していくか今度決めようと既に浮かれ気味だ。

どうやらメニューの全制覇を狙っているらしい。そしてイリスもまた、これにやる気満々だった。

今から調整を始めるべきかと、真剣な表情である。

騒がしい朝食が終わると、まるで頃合いを見計らったかのようにエスメラルダがやってきた。彼女の目的は一つ。このままイリスの部屋で寛ごうとするアルマを、政務が山盛りで待つ戦場に連行するため。

「もうほとんど危険はないと思うけど、とりあえずイグナーツを捕まえるまでは、そのままでよろしくねー！」

抵抗虚しく捕まったアルマは、そんな言葉を残しながら引きずられていった。

「何というか、ご苦労な事じゃな……」

手を振って応えたミラは、アルマに少しだけ同情する。現在開催中の闘技大会に加え、裏で進行している『イラ・ムエルテ』関係のあれこれで、彼女の仕事量はとんでもない事になっているからだ。

本来なら、イリスの部屋で朝食など摂っている場合ではないのだ。それでも彼女は、やってくる。そうしないと調子が出ないのだと。

それは彼女なりにイリスを思って始めた事だった。だが今は、アルマもまたイリスに元気を貰っているようだ。

だからこそ任務はきっちりこなすと振り返るミラ。

そこには、今日の大会イベントが楽しみだと盛り上がるイリスと、これに心から賛同する団員一号とシャルウィナの姿があった。

ユーグストを捕らえた今、その行動を大きく制限されていたイリスが狙われる恐れは大きく下がったと言っていいだろう。何といってもカグラが行使する自白の術によって、彼が持つ『イラ・ムエルテ』についての情報は全てが明らかになったからだ。

しかもそれは、彼が切り札として隠し続けていたものも含めてだ。もはや、イリスをどうにかしたところで遅いわけである。

とはいえ、それはそれとして、単純に報復という襲撃の危険性は残っている。よってこの件が決着するその日まで、ミラの護衛は続くのだ。

(あと、もうひと踏ん張りじゃな。そして近いうちに、イリスが大手を振って大空の下で遊び回れる日が……)

命を狙われているとは思えないほど明るく天真爛漫なイリス。そんな彼女を見やりながら、絶対に守り抜いてみせると誓うミラ。

当のイリスはというと、ミラの視線を受けて、にへらと嬉しそうに顔を綻ばせていた。ミラは護衛だが、彼女にしてみれば同時に友達でもあるからだ。

一般人から見れば、何気ない日常に映るだろう。だがイリスにとっては、友達と共に過ごせる楽しい時間である。

そんな一日が、今日もまた始まる。はしゃぐイリスの姿に、ミラもまた嬉しそうであった。

EX 運命の導き　前編

「さて、これでもうこっちは大丈夫そうね」

ある日の早朝。街と街を繋ぐ長い街道の途中にぽつんとある大きなお屋敷。そこからうんと伸びをしながら出てきたのは、九賢者の一人であるカグラだった。

「何事もなく終わってよかったです」

そんなカグラの隣にいるのは、金髪でおかっぱ頭の少女。天使のティリエルだ。

その顔に安堵を浮かべた二人は、それでいて少し疲れたような色を滲ませていた。なぜなら、ちょうど大仕事を終えたところだからだ。

以前、アルカイト王国の近くにある封鬼の棺が公爵級悪魔によって解放された事があった。

その時はソロモンとルミナリア、ミラ、ヴァレンティンらと協力して打倒し、無事に事態は収拾されたのだが、そこで問題が発生する。

封鬼の棺を開ける事が出来る神器が、その時点で持ち出された後だった事と、公爵級悪魔がそれを預けた相手が悪魔崇拝組織だったからだ。

その事もあってか、カグラはヴァレンティン達に協力して、これらの追跡調査と奪還の任に当たっていた。

そして今回、遂に一連の事件に終止符を打ったところだ。なお悪魔崇拝組織は、改宗が極めて困難な集団であった。もはや言葉が通じないのかというほどに、支離滅裂な言い分なのだ。

しかし、その者達を黙らせる事が出来る者がいた。ヴァレンティンの仲間であるバルバトスだ。

そもそも彼らに神器を預けたのが、他ならぬ黒悪魔時のバルバトスである。性質や容姿は大きく変わっているものの、当時のやりとりなどを再現する事で彼らの信頼を得る事に成功。

結果、悪魔である事に間違いはないバルバトスが、その者達を導く立場に収まる事となった。

そこから先は、ヴァレンティンらの領分だ。よって一件落着を見届けたカグラは、これから変わっていくであろう悪魔崇拝組織の拠点、朝から騒がしい大きなお屋敷を顧《かえり》みて「にしても、疲れたわ……」とため息を零した。


「ここからだと東から西に向かう形かな」

「そうですね。順番に回れそうです」

最寄りの町にて、少し遅めの朝食をとりながら地図を確認するカグラとティリエル。

二人が確かめているのは、大陸に存在する封鬼の棺の位置だ。ヴァレンティン達への協力も完了したところで、今度は封鬼の棺の点検作業が始まったのである。

状況が状況だ。他にも黒悪魔が関わっているかどうかわからないため、まずは全てを調べると同時に対策を施しておく必要があった。

封鬼の棺は、全部で七つ。そのうちの一つは、ローズライン公国の地下にあったもの。キメラクローゼンが利用していた場所であり、これは既にミラが浄化済みだ。

そしてアルカイト王国近くの分も浄化が完了しているため、点検が必要な場所は残りの五つ。

そのうち大きく離れた二つは、ヴァレンティン達が受け持ってくれるとの事。よってカグラ達は、残る三つ――大陸の北側にあるそれらを確認するために動き出した。

位置はグリムダートよりずっと東の森にある国の更に東。一面が森に覆われた、深くて広い森林地帯の中。巨大な岸壁と小高い丘に囲まれた森の奥地。カグラ達は、その地面にぽかりと開く亀裂から降りた地の底にいた。

そんな場所で行う封鬼の棺の点検作業。それ自体は、さほど難しいものではない。

まず周辺状況の確認。何かしら封鬼の棺に悪さをした形跡、または様子見をした痕跡などが残っていないかを確認する。

その辺りは、カグラの式神が活躍した。様々な能力を有した式神が調査するのだ。凄腕の探偵――とまではいかないが、何かしらの異変を見つけるだけならば十分な力を持っている。

「うん、特に問題はなさそうね。そっちはどう？」

何者かがこの場を訪れた形跡は、見当たらない。一見すると問題はないが油断は出来ないと、カグラはティリエルに確認する。

外側は取り繕われているが、既に中が滅茶苦茶になっているという場合も考えられるからだ。

これについては、ティリエルの出番だ。封鬼の棺の内部には彼女の分け身が存在するため、それを介して状況を詳細に調べる事が出来るのだ。

「はい、大丈夫そうです。安定しています。何かが干渉した様子もありません」

そのように答えたティリエルは、ふうと一息ついてから、封鬼の棺の傍に特殊な魔法を施した。

隠密性を高めたそれは、封鬼の棺に近づく者がいたらティリエルに知らせるという魔法だ。今は無事でも今後についてはわからない。だからこその監視用というわけだ。

そうして一つ目の封鬼の棺を調査し終えたカグラ達は、続き二つ目にも向かう。

多くの人々が暮らす街。そして小さな村。そんな場所を幾つも抜けていく、カグラとティリエルの調査旅。そこには、今の時代に興味津々なティリエルに楽しんでもらうという目的も含まれていた。

のんびり気味に時間をかけて移動した先。二つ目の封鬼の棺を調査した結果、こちらもまた問題なしだった。よって、しっかりと監視用の魔法を施せば任務は完了だ。

ここまで、とても順調に進んでいる。その事もあってか、この日は近場にあった温泉街にて一泊すると決めたカグラ。ティリエルもまた、これに喜んで同意した。

そうして二人がやってきたのは、まるで『草津』かのような立派な温泉街だった。

「それじゃあ、少し見て回ろっか」

「そうしましょう！」

明らかに、日本人の元プレイヤーが関与している場所であり、だからこそ期待も出来るというもの。

温泉の楽しみ方を教えてあげると、カグラは得意げにティリエルを案内した。


温泉を存分に堪能した次の日の朝より、カグラ達は最後になる封鬼の棺に向けて出発する。

「おまんじゅう美味しいです」

「甘いものは別腹よね」

式神クマ左衛門の背に乗って街道を行くカグラとティリエル。二人は温泉街で購入した温泉饅頭を頬張りながら、にっこりと笑顔を咲かせていた。

そのように今という時を楽しみながら移動を続ける事数日。太古の遺跡の最下層より更に下。自然に出来た亀裂より奥に入り込んだカグラ達は、そこで更に古い遺跡に踏み込んでいく。

石ともいえず金属ともいえない不思議な材質の壁に覆われた場所。ティリエルの力によって入り口が開いたそこは、遥か昔に神々が休憩するために使っていた別荘のようなものだったという。

だがそんな隠れ家は今、一番大きな封鬼の棺を隠す場所として使われていた。

「さて、それじゃあ始めましょうか」

「はい！」

早く用事を済ませてしまおうと意気込むカグラとティリエル。今回、特に気合が入っているのは、この森を抜けた先にある港街にて大漁祭というイベントが開催されているからだ。

絶品な海の幸が思う存分に楽しめると、途中に立ち寄った村で耳にしてからというもの、二人の想いはその一点に集中していた。

広大な神々の別荘を方々に飛び回り調査していくカグラの式神。場所が場所であるため、それこそここまで入り込める者などそうはいない。少なくとも探検家や冒険者といった類の、いわゆる普通の人間ではまず不可能だ。

入れるとするなら、ティリエルのような天使か、はたまた悪魔か始祖精霊クラスであろう。

「なに……これ？」

そんな場所でありながら、カグラはそれを見つけた。

別荘の中央近く。一見すると、ただの壁にしか見えないが、そこは封鬼の棺の正面にあたる場所。その奥に何かあると知っているのか、そこには何者かによる魔法の痕跡が微かに残っていた。

「――この感じ……術じゃない。でも、精霊魔法とも違う……。ただ、相当な使い手なのは確かかね。綺麗に痕跡が散らされているから、他に読み取れるところはなさそう」

人間が扱う術のみならず、大陸中に溢れる幾つもの魔法についても銀の連塔では研究対象であった。ゆえにカグラの知識は陰陽術以外にも深く広いのだが、それらを以てしても、その痕跡から読み解ける情報は微々たるものだった。

「なんとなくですが、悪意めいたものは感じられません。でも気になるのは、私や悪魔さん達が使う魔法に似た気配がある事です。けど天使の誰かか、悪魔さんの誰かだったとしたら、これだけ散っていてもどちらかははっきりわかるのですが……」

続きティリエルにもその痕跡を見てもらったカグラ。そして得られた結果が、それだった。

天使や悪魔が使う魔法に似ている。しかし、そのどちらでもない。つまり、謎が更に増えたというわけだ。

「とりあえず、何かおかしな事が起きていないか詳しく調べましょ」

「そうしましょう！」

いったい誰が魔法を使ったのか。その魔法は、どういった意図によって使われたものなのか。何もわからないという事もあって、カグラ達はいつも以上に注意深く封鬼の棺の点検を進めていった。


「何も、ありませんでしたね」

「ううー、余計に気になるんだけどー！」

封鬼の棺の周辺から内部に至るまで、じっくり時間をかけて調査した結果、ほんの僅かな異常すら見つからなかった。それこそ、魔法の痕跡があった以外には何もなかったのだ。

今回カグラは、これまで以上に力を入れて痕跡を中心に調査した。

狼の式神である『シバトノ彦』を招来し、匂いという要素も含めて調べ回った。しかし、カグラの式神とはいえクー・シーのワントソほどの専門性はないため、そこから追跡する事は叶わなかった。

もう幾らか日数が経過しているようで、ここには追跡出来るだけの匂いは残っていなかったのだ。

「これは誰の痕跡なの？　何をしてたの？　どんな魔法を使ったらこうなるの？」

次から次に浮かんでくる疑問を繰り返しながら痕跡を睨み続けるカグラ。

この魔法の使い手は、ほぼ間違いなく、ここに封鬼の棺があるとわかっている。そんな存在が、こんな場所で使った謎の魔法。けれど詳細に調べたところ封鬼の棺には、とりたてて問題はない。何かしらの悪戯をしたとしたら、ティリエルが少なからず変化に気付けるそうだが、これといった変化は皆無だそうだ。

「気になるなぁ……気になる気になる。せめて構築だけでも……んー」

解明出来ない魔法を使う、謎の存在。何とも言えぬ怪しさがあるものの、状況からして封鬼の棺をどうこうしようとする意思は、現時点において感じられない。

だからこそとでも言うべきか。次第にカグラの興味は謎の人物の目的から、使われた魔法の方に移り始めていた。

「そうですね、気になります」

そして最近、そんなカグラに感化されてきたのか、ティリエルもまた好奇心を秘めた目で魔法の痕跡を見つめていた。彼女にとっては、特に天使や悪魔の魔法に似ているが違うという点が余計に気になったのだろう。

しかしあちこち調べた結果、手掛かりゼロだったのだから、どうする事も出来ないというのが現状だ。

「……あ、こういうのはどうかな!?」

どうしたものか。そう考え込んでいたところで一つの可能性に思い至ったカグラは、その案について語った。

いわく、相手は他にも封鬼の棺がある場所を知っているかもしれない。ゆえに、封鬼の棺自体に目的があるのだとしたら他の場所も訪れるかもしれないと。

つまり、まだ謎の人物が訪れていない場所で見張っていれば、相手側から来てくれるはず。というのが、カグラの思い付いた策だった。

「私達が確認した時、前の二つにはこんな痕跡ありませんでしたからね。もしかしたら、あるかもです！」

まだ、謎の存在の正体を突き止めるチャンスは残っている。ティリエルもまた、そう判断したのだろう。「今のところ、誰かが来た様子はなさそうです」と、以前に設置してきた見張り用の魔法の監視状況について口にする。

ただ、目の前の魔法の痕跡を見つめながら「ですが、絶対とは言い切れません」とも続けた。

謎の存在が、とんでもない魔法の使い手である事は十分に読み解けた。だからこそ、見張りの魔法を誤魔化すような事も出来るかもしれないと、ティリエルは懸念する。

「うん……確かにそうよね」

カグラから見ても、相手の力は未知数だ。もしも別の場所に現れるとしても、もっと隠密性を高めつつ念入りに警戒し見張らなければ気取《けど》られてしまうだろう。

そのように判断した二人は、これまでよりも慎重に見張りの魔法を施した。

「よし、こういう時のためのものだからね……」

しかもそれだけでは終わらない。カグラはここで非常に貴重な式符を使う覚悟を決める。

謎の存在が再び戻ってくる可能性も考慮して、その特別製の式符を隠すように設置した。それは一ヶ月ほどの間、半式神化状態で待機させておく事の出来る特殊な式符だ。

カグラが使う《意識同調》や、入れ替わりの術などと最高に相性の良い式符である。だが、極めて高価なのが難点という代物でもあった。


封鬼の棺を後にしたカグラ達は、そのまま予定していた通り、大漁祭が絶賛開催中の港街にやってきていた。

けれど今は、そのお祭りを楽しんでいる場合ではない。

「それじゃあ行ってくるけど、楽しそうだからって遊びに行かないように。お祭り中だから特に人が多いし、悪い人も紛れ込みやすいんだから」

「もう、わかってますからー。ちゃんと待ってますからー」

ちょっと離れている間にティリエルがおかしな事に巻き込まれやしないかと心配するカグラと、そんな心配は無用であると何度も返すティリエル。

その様子といったら、過保護な姉と、独り立ちしたい妹であった。ただ実際の年齢でみれば大きく正反対なのだが、このような関係になったのには理由がある。

それは以前にティリエルが一人で街に出かけ、そこで悪い大人にコロッと騙され攫《さら》われかけたからだ。人間社会にまだまだ疎《うと》いゆえに、ティリエルは一人にすると直ぐ何かしらの問題に巻き込まれるのである。

だからこその過保護であり、ティリエルもまだ勉強不足と理解しているのか、言いつけをよく守るようになっていた。

なお、ティリエルを攫おうとした者達は、こっぴどく仕置きされた状態で警備所に転がされていたという事だ。


ティリエルにカメ吉を預けたカグラは、これまでに調べてきた封鬼の棺の見張りを強化するために動き出す。

まずは、二つ目に調査した場所だ。港街に向かう前から予《あらかじ》めピー助を飛ばしておいたため、移動は迅速。ピー助と入れ替わる事で、あっという間に現場に到着だ。

大地が割けたかのように続く大渓谷。挟み込むように聳《そび》え立つ断崖の中腹にある洞窟が入り口となっている。

カグラは一度ピー助を招来解除してから、再び手元に招来し直す。そしてそのまま、次は最初に調べた封鬼の棺に向かわせた。

「さて、ここにも来るのかどうか……」

今こうしているのも、全ては予想に過ぎない。だが謎の存在の正体を確認するため、その可能性にかけるカグラは、洞窟の中に入り下へ下へと進んでいった。

やがて一見何もない空洞に辿り着く。だが、何もないわけではなかった。その目の前に広がる壁こそが封鬼の棺の側面なのだ。

地中に埋まった封鬼の棺に唯一接触出来る部分がここである。よってこの事を知っているものならば、きっと間違いなくここに来るだろう。そう確信しながら、カグラは特別な式符を用意する。

と、そうしてここがよさそうだという箇所に、その式符を設置し終わってから、念のために周囲を確認してみたところ――。

「え……来てる!?」

最初に来た時には無かった。しかし再訪した今、それは間違いなくそこにあった。

そう、魔法の痕跡だ。こうして監視体制を強化する要因となった痕跡が、もう既に残されていたのである。

つまり、カグラ達が一度訪れた後、また来るまでの間に謎の存在が来たという証拠だ。

「んー、どうやら後手に回ったみたいね。でもこれで、可能性は高まったわ！」

どのタイミングで来ていたのかは、わからない。ここで待ち構えて正体を突き止めるという作戦も、既に相手が来た後という事で失敗確定だ。

しかし、その痕跡が見つかった事で推測が確信に変わりもした。

やはり謎の存在は、他の封鬼に棺についても知っている。そして今、こうして魔法の痕跡を残し順番に巡っているであろうという事もわかった。

よって、次の場所にも現れる可能性が高まったというわけだ。

「ただ相当な相手って事も、これで確定したわね」

上手くいけば、どこかしらで邂逅《かいこう》出来るはずだ。けれど相手の意図が読めない事に加え、とんでもない手練れであるとも判断出来た。

なぜなら、ここに来ていながら監視用の魔法に引っ掛かっていないからだ。

『ねぇ、ティリエル。ちょっと聞きたいんだけど――』

念のため、向こう側に残したカメ吉を通して確認するカグラ。

まず一つ、ティリエルの魔法は問題なく発動しており、今現在はカグラをしっかり捕捉出来ている
そうだ。

そしてもう一つ。やはりカグラより前には、誰にも反応していないという。つまり、ピー助と入れ替わりティリエルと離れている間の数十分で入れ違ったわけではないという事。

ティリエルの魔法は、かなり巧妙に隠されている。そして効果も確かであり、天使が施したそれをそこらの術士がどうこうするのは不可能だ。

だからこそこれに気付き、更にはティリエルに悟られないように誤魔化せるものなど多くない。出来るとしたら、それこそ天使のティリエル以上の魔法の使い手となるわけだ。

「でも、最近来たなら……」

今回も前回と同様、魔法の痕跡は綺麗に散らされていたため、そこから読み解ける情報は変わらなかった。

だが匂いは、まだ残っているかもしれない。そう考えたカグラはシバトノ彦を招来して、その匂いを探らせる。

結果は、ヒット。シバトノ彦は、匂いを見つけたと尻尾を振って振り返り「わうわう！」と、勇ましく駆け出した。

「よし、ナイスよ！」

次の場所で張り込むよりも先に見つけられるかもしれない。カグラは、そのまま追いかけ――ようとしたところで立ち止まり《意識同調》の方に切り替えた。

シバトノ彦だけで行った方が目立たないからであり、また何よりも未知数の相手であるためだ。出来る事ならば、まず相手を観察したい。そう慎重に考えたカグラは、シバトノ彦の視界と聴覚のみを共有し、匂いの追跡を見守った。

「うーん……何もなさそうね。見つけられると思ったのに」

シバトノ彦が追跡した先。若干ずれ気味ではあるものの、その方角に進んでいけば次の封鬼の棺が存在している。カグラ達が初めに確認した場所だ。

ただ匂いを追っていった先には、思わぬ光景が広がっていた。

それは、焼け跡だ。遠くまで続く草原の真っ只中に、小規模な焼け跡が残っていたのである。

「ルールは、ちゃんと守るタイプみたいね。悪い人じゃない……かも？」

シバトノ彦と入れ替わったカグラは、その焼け跡を詳しく調べた。すると、そこそこ大きな魔物の骨らしきものが無数に散らばっているとわかる。

それは、冒険者のみならずこの大地で生きる者達の常識ともいえる行動の痕跡だった。

一体や二体程度ならば、さほど問題にはならない。けれど十体を超える魔物の群れなどを倒した時は、そのままにせず燃やすなどして処理するのだ。多くの魔物の死骸が腐敗して死の空気を広めていくと、良くない事が起こりやすくなるからだ。

「にしても、ここまでかぁ」

魔物を焼いた臭いが強く残っているためか、謎の存在の匂いがそれに紛れてしまったようだ。今一度シバトノ彦で探させてみたものの、そこから先の匂いを見つけられなかった。

しかも幾らか現場を離れ予想出来る進行方向を探ってみたものの、どうやらどこかで方向転換でもしたのか、匂いは見つけられなかった。

けれど今回は、追跡の可能性が消えただけの事。ならば予定通りに待ち受けるまでの話だ。

一度ティリエルのいる宿に戻ったカグラは、状況を説明しながらピー助が次の現場に到着するのを待った。

「よしよし、いいわよ。どうやら私の方が早かったみたいね！」

最初に調べた封鬼の棺の前。その近辺を隈なく調べ回ったカグラは、どこにも魔法の痕跡がない事を確認するなり勝ち誇ったように微笑んだ。

前の二ヶ所に残っていた魔法の痕跡に加え、途中まで追えていた進行方向からして、謎の存在が次に現れる可能性が一番高いのがこの場所だ。

つまり、ここに魔法の痕跡がないという事は、まだ来ていないという証拠。よってカグラは、この場所で相手の正体を突き止めてやろうと意気込み、その準備を始めた。

「この辺り……かな」

相手の実力、そして洞察力なども考慮して特製の式符を設置する。気付かれず、それでいて相手を確認出来るだろうギリギリの位置だ。

更に次もティリエルの魔法が反応しない場合を想定し、監視用の式符も別の場所に配置する。とにかく動く何かを察知したら伝わるという、かなり感知範囲の広いタイプだ。

そうして出来そうな事を一通り済ませたカグラは、入れ替わり後に残ってしまう式符の事も考え、一度その場を離れた後にカメ吉と入れ替わりティリエルの待つ宿に戻った。

封鬼の棺に特製式符と監視用式符を設置してから、五日ほどが経過した。

その間に幾度かカグラの監視用が反応したのだが、迷い込んだ小動物や虫、風で運ばれた森のありふれたものばかりだった。

本命である謎の存在は、今のところ一度も現れてはいない。

また念のため、カグラの監視すらも通り抜けられてしまう状況も想定し、毎日夜遅くに魔法の痕跡がないかどうかも確認していた。

結果として、現時点では魔法の痕跡が見つかっていないため、まだ来ていないはずだ。

「今日は、シーフードピザがいいと思います！」

「ピザかー。いいわね、そうしましょう！」

大漁祭で賑わう港街。カグラとティリエルは謎の存在が現れるまでの五日間を、この街で過ごしていた。

いつ反応があっても動けるよう、いつでもティリエルを安全に待機させられるように宿を決めておく必要があったからだ。

そして今日も今日とて二人は反応を待ちながら大漁祭を楽しんでいた。そして昼の二時を過ぎた頃、遅めの昼食のために宿の目の前のレストラン街にやってきたところ――。

「あ、待って。何か動いたみたい。ちょっと確認するね」

そう言って立ち止まったカグラは、そのまま道の脇に移動して《意識同調》を開始する。なお、その間カグラを守るのはティリエルの役目だ。ティリエルは、ちょくちょくレストランの店頭販売に視線を引き寄せられながらも、きりりとした目で周囲を警戒した。

そして数秒後、ぱっと目を開いたカグラは慌てたようにティリエルに振り向いた。

「きたきたきた！　動物でも虫でも葉っぱでもない、完全に人っぽかった！　急いで戻るわよ！」

言うが早いかティリエルの手を取ったカグラは、急いで宿に駆け戻った。

そして部屋に到着するなり一番楽な体勢――ベッドに寝転がったカグラは、そのまま再び《意識同調》を行い特製式符を介して現場の様子を確認する。

（まだいる！）

視界に広がった封鬼の棺周辺。そこには、先ほどの人物が何かをしている様子が見えた。

封鬼の棺は、基本的には簡単に到達出来る場所にはなく、またそれとわからないよう周囲と似た何かに偽装されている。だがそんな場所に現れた人物は、確実にわかっているのだろう。ただの岩にしか見えない状態のその前に屈みこみ、何かの魔法を発動させた。

（やっぱり間違いない。こいつが犯人ね！）

これまでに確認した魔法の痕跡は、そこにいる者によって残されたものだ。そう確信を得たカグラは一度《意識同調》を解除するなり、カメ吉を招来しティリエルに預ける。

そして「ちょっと、確かめてくる」と言い残してから、特製式符を利用して入れ替わりの術を発動。

現場に降り立つと同時に複数の式符を準備して、対象に歩み寄っていった。

「そこのあなた、何者？　ここがどういう場所なのかわかっているようだけど」

カグラは、一定の距離まで近づいたところで警戒しつつ声をかけた。いくら怪しいとはいえ、相手が何者かわからない以上、攻撃をしかけるわけにはいかないというものだ。

すると相手は、そのままゆっくりと立ち上がり振り返る。

その人物は、一見するとありきたりな旅人といった装いをしていた。だがそれでいて、どれも上質だとわかる衣装だ。特に黒いマントは艶消しなどの処理が施されているため、闇夜に紛れるにはうってつけだろう。更につば広の帽子で、その顔も見え辛いときたものだ。

「その言葉からして、君もここがどういう場所なのかわかっているようだね」

カグラの質問に対してそのように答えた相手は、まるで確かめるかのような目で見つめ返してくる。その行為には知っているという意思表示と共に、カグラの事を探ろうという魂胆が含まれていた。

結果互いに睨み合う形となり、ひりついた空気が漂う。

なかなかに正体を判断し辛い相手だが、ただ一つ、声と顔からして相手は女性であろうと予想出来た。

「聞きたいんだけど、そこで何の魔法を使っていたの？　それと他の場所で二つほど見た事のない魔法の痕跡を見つけたんだけど、あれも貴女の仕業よね？」

少しでも情報を引き出すために、カグラは質問を続ける。目の前にいる相手こそが、追っていた人物で間違いないかどうかを確かめるためだ。

「へぇ、あれに気付くんだ。しっかり消したはずなんだけど、凄いね。それに……薄らと感じていた気配が急に変化したかと思えば、君が現れた。只者じゃあなさそうだ」

女性は感心したように答えながらも、ふと一点に視線を向けて不敵にほほ笑んだ。

その一点とは、カグラが特製の式符を隠して設置していた場所。つまり彼女もまた、初めから式符の存在に気づいていたというわけだ。

「貴女も、只者じゃないわね」

式符は、ただ隠していただけではない。念入りに封をかけてあった。しかも半式神化の状態であるため、ただの式神よりもずっと感知され辛いのだが、相手はそれでも見抜いていた様子である。

そこらの術士はもちろん一流の術士であろうと、カグラのそれは見抜けなかったはずだ。だからこそ、彼女の能力は計り知れないところがあった。

「つまり貴女は、何か仕掛けられているって気づいていながら、そうやって何事もないように魔法を使っていたってわけよね。先にこっちをどうにかしようとは思わなかったの？」

何かしらを企んでいるのならば、秘密裏に動いていたのならば、まずは気づいた不安要素を先に解消するものだ。

しかしそうしなかった相手に疑問を抱くカグラ。それに対する彼女の答えは――。

「それは簡単さ。私もね、それを仕掛けた存在が気になったからだよ」

というものであった。特定の存在しか知らない場所にあった何かの気配。何者が残したのか気になったのは彼女もまた同じだったようだ。

だからこそ、あえてそのままにして、それを仕掛けた何者かがこうして駆け付けるのを待っていたというわけだ。

待ち構えていた謎の存在と、その正体を探るべく駆け付けたカグラ。

瞬間、双方共に構え警戒心を引き上げていく。

「色々と、詳しく訊かせてほしいんだけど」

「そうだね、ならまずは君から洗いざらい話してはくれないか？」

牽制し合うように言葉を交わした二人は、それでいて互いに譲らず睨み合う。そして一触即発の状態から、どちらからともなく戦いの火蓋が切られると熾烈な捕縛戦が始まった。

勝利条件は、相手の目的を訊き出す事であるため、カグラが扱う術は攻撃よりも制圧重視。

そして相手もまた、カグラから情報を得るつもりなのだろう。牽制するような攻撃の中に、行動を阻害するタイプの魔法を織り交ぜていた。

（この魔法……やっぱりまったくわからないわね！　どれもこれも見た事ないし、マナの流れがわかり辛い。長期戦になったらどこに仕掛けられるか、わかったものじゃないわね）

相手もまた、魔法による遠距離戦を得意とするタイプのようだ。それでいてカグラが知るこれまでの戦いとは決定的な違いが、あった。

それは、相手の操る魔法が未知であるという点だ。

カグラもまた、対人戦においてはそれなりの場数を踏んでいる。そして相手には同じく遠距離戦を得意とする術士も多かったのだが、魔法や術についての知識において九賢者に敵う者はいない。

そしてそれらの知識を基に術式の構築やマナの流れなどを見抜き先手を取るなんて事も出来るのだ。

しかし今回の相手が操る魔法は、カグラが蓄積してきた知識のどこにも存在していないものだった。ゆえに、次にどのような魔法が飛んでくるかは、実際に見て判断する以外に対処法がない状況である。

「それじゃあ、予定通りに試してみようかな！」

ただ、相手が未知の魔法を扱うのは既に痕跡を調べた時からわかっていた事だ。だからこそカグラもまた、ここでとっておきの術の一つを発動させた。

『紡げよ紡げ、天に地に。一夜《ひとよ》と一年《ひととせ》想いを織れば、ここに希望が花開く！』

【式神招来：天猫《エルエル》】

カグラが組み上げた術式は、これまでの式神とは少し違ったものだった。その術式の一部にはティリエルが使う天使の魔法が組み込まれていたのだ。

カグラがとっておきだと招来したのは、ティリエルと協力して作り上げた新しい式神。カグラのみならず天使ティリエルの力までも秘める極めて神聖な、猫であった。

膨大なマナと神々しく溢れる光を纏う最新の式神、天猫。その姿は獅子よりも大きく、輝く毛並みはペルシャ猫のように立派だ。

しかも一見しただけでは強そうに感じられないが、その戦闘力はカグラが次の切り札候補にするほどに極まっていた。

「さあ、一気に決めるわよ！」

未知の魔法であろうと、これならば十分に通用する。複数回の撃ち合いからその度合いを導き出したカグラは、隙ありと先手必勝で勝負を決めにいく。

すると、それを目にした瞬間に相手の様子が変わった。

「待った！　ちょーっと待った！」

いざ、天猫の天使砲を発射しようとした直前の事だ。これまで隙なく構えていたその女性が、もう両手を思いっきり振りながらそう叫んだのだ。

「何、怖気《おじけ》づいたの？　でも待たないけど！」

降参宣言だろうか、それとも、そう見せかけて不意を突いてくる腹積もりだろうか。どういうつもりかは判断のしようがない。だが相手の意図がわからない以上、まだ手を抜く事は出来ないと、天使砲の発射準備を整えたところ――。

「いやいやいや、きっと私達は争う必要がないってわかったから－！」

いよいよ慌てたように手を振り始めた相手は、更にその意図を表明するかのように、もう争うつもりなどないと告げながら周囲に展開していた無数の魔法を全て解除していった。

「これって……」

彼女が言う通り、そこらに散らばっていた魔法の気配が次々と消失していく。しかもその中には、カグラですら気づかぬように仕込まれていた魔法もあったではないか。

騙すつもりであるならば、それらは残しておくはずだ。加えて相手は天猫を気にしつつ、「私の話を聞いてくれる間、それはそのままでも構わないからさ。一先ず聞くだけ聞いてくれないかな」と続けて口にした。

(うーん、嘘をついている……って感じじゃなさそうね)

どことなく焦った様子は、むしろ本当にそう思っているからに見えた。それこそ今が彼女の素なのだろうか。先ほどまでの謎な感じが薄れた今、「ちょっとでいいからー！」と叫ぶその姿からは悪意など微塵も感じられなかった。

「ええ、わかったわ」

話くらいなら聞いてみてもよさそうだ。そう判断したカグラは警戒を完全に解くまではしないが、それでも矛は収めて話を聞く事に同意した。

「そういう事なら、先に言ってよ。そしたら私も、あんなに警戒しなかったのに」

「いやいや、結構最初からやる気満々だったよね……。まあ天使の魔法の気配に加えてもう一つ増えてたから、気になったのは確かだけど」

封鬼の棺前で遭遇した、カグラと謎の女性。つば広の帽子を脱ぎ、いよいよ露わとなった相手の素顔は、精巧な人形のように美しかった。更に流れるような白い長髪は、この薄暗い場所でも輝いているように見える。

そんな相手とどうにか話し合いの場を設け自己紹介をしてから、きっちり情報を交換した結果、双方共に色々と誤解があったという事が判明した。

それどころか、むしろ二人の目的は似たようなものであった。

カグラは、キメラクローゼンの騒動によって問題となった封鬼の棺について、残りの分が大丈夫かを確認するために動いていた。

なお、それを説明する際には五十鈴連盟のウズメと名乗り、キメラクローゼン壊滅を計画した責任者であると明かしたという状況だ。

そして謎の女性――エタカリーナと名乗った彼女もまた、その時の騒動によって他に影響が出ていないか、魔法を使って内部を直接確認していたという事だった。

「それにしても、よく出来た術だね。綺麗に安定している」

「でしょ！　もうかなり苦労したんだから！」

エタカリーナが式神をまじまじと見つめながら感想を口にすると、カグラは嬉しそうに胸を張って答えた。

同じように安全点検が目的でありながら、双方で行き違い戦闘にまで発展した先ほどの状況。これを話し合いという形に落ち着ける事が出来た理由は、なんといってもカグラの式神天猫のお陰であった。

なんとエタカリーナは、そこに本物の天使の力が秘められている事に気づいたのである。

天使の力といえば、そこらの術士がおいそれと扱えるものではない。加えて天使の協力が不可欠になるが、秘められた力に強制されているような色は無い。

つまり彼女は、そこからカグラが天使と協力関係にある人物であると推察したわけだ。

天使と友好的な関係の人間だとしたら、まず悪人ではない。ゆえにエタカリーナは、それを判断した時点で対話を望んだというわけだ。

「ところで、二つほど棺が開けられたって話だけど――」

色々と誤解が解けたところで、エタカリーナが更に深い部分について触れた。

どうやら彼女は、この件について相当に詳しいようだ。封鬼の棺の場所のみならず、そこに鬼を封印するための楔《くさび》となった天使の事や、キメラクローゼンが利用していた事、更には元凶の公爵級悪魔の所業などについても把握していた。

そんな彼女が、特に気にした様子で質問してきた内容。それは、『楔となっていた天使は今、どこで何をしているのか』というものだった。

何でもエタカリーナは今回の封鬼の棺の一件について、とある知り合いから事の顛末を簡単に教えてもらったそうだ。

そしてその際に、楔となっていた天使は、信頼出来る仲間の友人が保護していると聞いたらしい。

「――それで、君の式神を見て直感したわけさ。きっと君が、その友人なのだろうってね。また、そう考えれば、ここでこうして出会った事も必然だったと頷ける」

エタカリーナは言う。天猫に秘められた天使の力は、とても温かいものだったと。

だからこそ天使が積極的に協力しているとわかり、カグラとの関係性も予想がついたわけだ。

「何よりも、さっきの術でよくわかる。君は、とても優しい人だとね」

その思いと言葉は、本心であるのだろう。そう口にしたエタカリーナの笑みには、もう一切の警戒は浮かんでいなかった。

「ま、まあね」

真正面からそのように褒められる事など滅多になかったカグラは、急に飛び出てきた真っすぐな言葉に戸惑い堪らず照れたのだった。


「ところで天使の力を判別出来るって……エタカリーナさんは何者なの？」

色々と誤解も解けて、更には互いの事情などが色々と判明したところで、カグラはそれらの中に浮かんだ疑問をそのまま口にした。

あまりにも自然と流れていったが、ふと情報を整理してみて気づいたのだ。

封鬼の棺と、その中に楔として天使がいた事まで知っていたエタカリーナ。彼女自身もだが、とある知り合いという人物も気になるところだ。しかしそれよりもまずカグラが疑問を抱いたのは、天使の力についてであった。

「と言われても……見れば誰だってわかるはずじゃない？」

そんなカグラの疑問に対するエタカリーナの答えは、こちらもまた疑問形だった。その言葉通り、天猫が放つそれを見れば一目瞭然だといった態度である。

ただ、そう口にしてからカグラの反応を確認した彼女は、徐々に焦りの色を浮かべ始め、『あれ？もしかして失敗した？』とでもいった表情に変わっていく。

（わかって当然とか、どういう界隈の人なの？）

再び疑問を抱くカグラ。実際のところエタカリーナのいう通り、天使の力というのは特殊なものだ。術士などを筆頭に、マナの違いなどを感じ取れる者ならば、その判別も容易だろう。

天猫を見て感じれば、そこに天使の力が秘められていると気づけるわけであり、その事に問題はない。

だがそのためには、一つ重要な前提が必要となる。それは、そもそも天使の力というのはどのようなものなのかを把握しているというものだ。

まずそれを知らなければ、天猫を特異な存在としか捉えられなかったであろう。

しかしエタカリーナは、それを一目で天使の力だと看破した。つまり彼女は、最初から天使を知っていたわけだ。

今カグラの傍にはティリエルという天使がいる。だが、そもそも天使などという存在は、そこらにおいそれといるものではない。その天使を知る彼女は何者なのか。

たまたま天使を知っていたのか。もしかしたら同じ天使だったりするのか。

(それか、もしかして――)

もう一つの可能性がカグラの脳裏に思い浮かぶ。

先日までヴァレンティン達のチームに協力していた事もあってか、その関係で悪魔について新たな情報を得る機会にも恵まれていた。

その一つとしてあったのが、天使と悪魔は近しい存在というものだ。

そして女性の悪魔というのは、それこそ人と同じような姿で社会に紛れ込んでいるというのもヴァレンティン達から教わった。

それらの情報から導き出された、一つの答え。もしやエタカリーナは黒悪魔だったりするのではないか。

その考えに行き着いたカグラは、その目に疑惑の色を浮かべる。

「あ……あれ？　またなんか疑われてる？　私、なんかやっちゃった？」

対してエタカリーナはというと、再び向けられた疑惑の視線を受けて焦り始めた。

「えっと、それは――」

ただ疑惑は浮かんだが今の彼女からは、そもそも黒悪魔のような不穏な気配はまったく感じられない。

そういった事もあって、カグラは思い浮かんだ疑問を全て包み隠さず彼女に伝えた。

「あー……そっかぁ。そういえば、今の時代だとそのあたりが問題になってるんだっけ……」

カグラが思ったあれやこれや。そしてそれらに伴うイメージと、今の彼女の印象。もしや悪魔なのではと疑った事。

そういった内容を十分に把握したエタカリーナは、納得すると同時に落ち込んだ。しかもそれは、悪魔かと疑われた事についてではなさそうだ。

「今の時代って言った？　もしかして貴女って、悪魔が今みたいになる前を知っていたりする？」

カグラは、そんなエタカリーナの態度と言葉を受けて浮かんだ疑問を瞬時に投げかけた。ヴァレンティン達から、悪魔が今の黒悪魔になってから数千年という年月が経過していると聞いていたからだ。

だからこそ、まるで当時を知っているような反応をしたエタカリーナの言葉に強く反応したのである。

「あ！　んー……。まあいっか――」

カグラの問いに対して最初は、『またやってしまった』という反応を示したエタカリーナ。だが、それから少し考え込んでから意を決したように答えた。

その通り。過去の悪魔と今の黒悪魔について、その事情は把握していると。

「――でね、これまで長い間、人里から離れて暮らしていたの。でも最近になって、色々な事が起きて大変だって友人から――さっき言った知り合いなんだけど、その子から連絡があってさ。中でも封鬼の棺については私も詳しかったりしたから、こうして点検を引き受けたって感じかな」

そのように語ったエタカリーナは、久しぶりに出てきた事もあってあちらこちらが随分変わっていて驚いたと笑う。そして、記憶していた環境などとも違っていたため大変だったと続けた。

何でも途中で魔物の群れと遭遇し、これを殲滅。だがそれが一部であったとわかり、残りも放置は出来ないからと駆逐しに行っていたそうだ。

結果、余計に迷い、封鬼の棺の場所を特定するのに時間がかかったとエタカリーナは苦笑した。

だが彼女の話は、それだけで終わらない。

「多分、君でいいんだよね。あの子が言ってた信用出来る仲間の友人って。つまりその式神の力って、ティリエルだよね？　私ね、彼女とも友人なんだ」

「え!?」

おまけとでもいった口調で告げられたエタカリーナの言葉。そこに飛び出してきた、ティリエルの友人という言葉に驚きを露わにするカグラ。

ティリエルから聞いた話によると、彼女が楔として棺に入ったのは一万年以上も前の出来事だ。つまりそんな彼女の友人といったら、一万年以上も前から関係があるという意味になる。

「ちょっと待って！」

あまりにも唐突過ぎる内容に困惑したカグラだったが、どうにか冷静さを保つ。ただ、それでいて慌て気味に《意識同調》を使ってピー助に繋いだ。

『ねえ、いきなりだけど、エタカリーナって名前の友人がいたりする？』

繋ぐなり直ぐティリエルに問うたカグラ。対してティリエルは、こっそりとおやつを――果物たっぷりゼリーを食べようとしていたようだ。突然ピー助から響いた声に、かなりびっくりしていた。

ただ、その言葉の内容は彼女にとって更に驚くようなものだったのだろう。

「え！　エタカリーナさんですか!?　とっても優しくしてくれたお友達です！　……あれ？　ですが、どうしてその名前が？」

おやつを手にしたまま、嬉しそうに答えるティリエル。そして同時に、なぜその名前が急に出てきたのかと首を傾げた。

その反応からしてわかる。エタカリーナの言葉通り、どうやら彼女は本当にティリエルと友人のようだ。つまりエタカリーナもまた、それだけの時を過ごしてきた存在と証明されたわけである。

『実は今ね、貴女の友人を名乗る人が目の前にいるの。細かい事はまた後で詳しく話すわ。――……それと、十分に冷やしてから一緒に食べようって約束したけど、どうしてそれを手にしているのかなぁ？』

「え!?　あ！　これはその……冷え具合を確認していたところだったんです！」

カグラの言葉を発しながらにじり寄るピー助。ティリエルは手にしたそれを頬に当てて「いい感じです！」と答えるなり、そっとテーブルの上の箱に戻した。

『あとちょっとで帰ると思うから、待っててね』

最近のティリエルは、食べ物——特に甘いものとなると子供っぽい行動が多くなる傾向にあった。ちょっとタイミングが悪かったかなと苦笑しつつ同調を解いたカグラは、「確認出来ました」とエタカリーナに告げた。

「おお、何かしていると思ったら、もしかして遠く離れていても話が出来るとかいう類の術かな？　凄いね」

エタカリーナという名の友人が本当にいると、ティリエルに確認がとれた。そのようにカグラが伝えたところ、それはもう感心しながら驚きを露わにしたエタカリーナ。特に長いこと人里から離れていたとあって、今の時代の発展具合については、まだまだ知らない事ばかりだそうだ。

「それじゃあ確認出来たなら、ティリエルちゃんに会わせてもらえないかな。出来ればはっきりこの目で無事を確かめたいんだ」

と、驚いたのも束の間。エタカリーナは、口調を改めてその言葉を口にした。その態度と表情は、彼女がどれだけティリエルを心配しているのかがわかるほどに真剣なものだった。

「ただいまー」

潮風の香る港街。外は大漁祭の活気に溢れる中、カグラは静かな宿の一室に入れ替わりの術で戻って来た。

「おかえりなさいです！」

あとちょっとで帰ると言ったからか、ティリエルは姿勢正しく椅子に座って待機していた。それはもうやましい事など何もありません、つまみ食いなどしていませんと主張するかのように、その態度で示していた。

とはいえ、突然に古い友人の名前が出てきたからだろう。先ほどの話が気になるようだ。「それで、エタカリーナさんがどうかしたのでしょうか？」と、疑問を顔に浮かべる。

「それについては、多分直ぐにわかると思うわ」

そのように答えたカグラは、続いて手にしていた金属の棒を、近くの床に置いてみせた。

「あ、それって！」

すると、それを目にしたティリエルが直ぐに反応する。どうやらそれがどういったものなのかについて、よく知っているようだ。直ぐに立ち上がるなり、今度は期待を顔いっぱいに浮かべた。

それから数秒ほどしたところで、金属の棒が淡く光り始めた。そして何となく探るように明滅した直後、エタカリーナがその場に転移してきたではないか。

そう、カグラが持ち帰った金属の棒は、ヴァレンティン達が使うものと同じような転移先の目印だったのだ。このように入れ替わりと転移を併用する事で、エタカリーナも直ぐにティリエルがいる宿に来れたというわけだ。

「あ……！　エタカリーナさん！　本当にエタカリーナさんです！」

名前のみならず、その全てがティリエルの知る彼女と同一だったようだ。彼女の姿を目にするなり、ティリエルは笑顔を咲かせて喜んだ。

「ああ、ティリエル!!」

だが、それ以上に喜んだのはエタカリーナであった。笑顔のティリエルを目に留めるなり涙を溢れさせると、感極まった様子でティリエルを抱きしめていた。目にも留まらぬ早業だ。

「身体はどう？　大丈夫？　おかしなところはない？　少しでも調子が悪かったら直ぐに言ってね」

友人とは言っていたが、余程大切な友人であったのだろう。エタカリーナはティリエルの頭の天辺から足の爪先まで確認しては、前と違う感じがしたりしないか、僅かでも気になる事はないかとあきれるほどの過保護っぷりを発揮する。

「はい、大丈夫です。とっても元気です！」

ティリエルはもみくちゃにされながらも、はつらつとした笑顔で答える。それこそ見ただけで息災だとわかり、更には目いっぱいに幸せそうだともわかる、そんな笑顔だ。

「ありがとう、ウズメさん。彼女の友人として、心から感謝します」

エタカリーナが、どれほどティリエルの事を心配していたのか。その態度と表情から強く伝わってきた。

また同時に、ティリエルにとっても彼女は大切な友人なのだろう。再会を喜ぶ表情といったら、それこそ万感の想いがこもっているといっても過言ではない。

「当然の事をしたまでですよ」

そんな二人の幸せそうな姿を前にしたカグラもまた、嬉しそうに答えるのだった。

遥かな時を超えた再会という事もあってかティリエルとエタカリーナは、それはもう時を忘れたかのように言葉を交わしていた。

中でも特に、エタカリーナが記憶にある時代からあらゆるものが様変わりしていると言ったところ、それはもうティリエルが得意顔で話し始める。

ティリエルもまた、これまでは歴史から取り残されたような状況であったが、最近は違う。カグラと共に大陸のあちらこちらを巡り、様々な今の文化に触れているからだ。

「──公衆浴場では、まず先に身体をお湯で流してから入るものなんです」

「そうなんだ。凄い勉強しているね。参考になるなー」

ゆえにティリエルは今の時代について、あーだこーだと、先輩風を吹かしていた。

(初めて温泉に行った時、大きなお風呂だっていって掛け湯もせずに一番に飛び込んでいたあのティリエルが、立派な事を言うようになっちゃって)

ティリエルが話すそれらは、そのほとんどが彼女自身の失敗談からきているものだ。カグラは、そんなティリエルの色々な初めてを思い出しながら、仲良しな二人を温かく見守っていた。

「……ところで、エタカリーナさんって実際何者なの？」

そんな二人だったからこそカグラの中で、その疑問が大きく膨れ上がっていった。

彼女は天使ティリエルの友人であるが、天使ではなく、また悪魔でもないという。それでいて一万年以上も前から存在している。何だかんだで、まだその辺りについて詳しく聞けていないと思い出したカグラは、だからこそ単刀直入に問うた。

「あー……、まあ当然の疑問だよねー」

エタカリーナは遂に聞かれてしまったかというように、どことなくばつの悪そうな顔をしながら苦笑を浮かべた。

「あれ？　まだお話ししていなかったんですか？」

ティリエルも、その辺りについてはまだだったのかと驚いた反応だ。そのやり取りからして、エタカリーナの正体には、少し特殊性がありそうだと察せられる。

「一応は落ち着いてからさ、こう本当に信用出来るかどうかを試してから話すつもりだったんだけどね——」

そのように答えたエタカリーナは、そのままちらりとティリエルを見やった。そして「この子が、これだけ信用しているなら、もう試す必要もなさそうね」と笑った。

次の瞬間だ。エタカリーナが、何かの魔法を行使した。

「これって……!?」

やはり見た事のないマナの構築と起動式。それだけで彼女がいかに特殊な存在かが窺えた。

彼女が扱う魔法は、正に未知のものだ。しかし組み上がっていく術式の中に、僅かだが読み取れる部分があった。

いったいエタカリーナは何の魔法を使ったのか。緊張の色を顔に浮かべるカグラだったが、その読み取れた一部から害のある類ではない事だけは見抜いた。

だが、直後。その魔法の効果が表れたところで、カグラは驚きのあまりに目を見開いていた。

エタカリーナが使った魔法、それは魔法を解除するための魔法だった。そう、彼女は解除したのだ。エタカリーナ自身にかけられていた幻影を。

するとどうだ。あろう事か、これまで何もなかったエタカリーナの頭に悪魔のような角が現れたではないか。

「凄い……」

なんと彼女は魔法を使い、ずっとその角を隠していたわけである。また何よりもカグラが驚いたのは、その完璧さだ。

術であろうと魔法であろうと、幻影であるのならカグラの目はそれを見逃さない。経験上、立場上、そして趣味と実益も兼ねて術や魔法の研究を行っていたカグラ。ゆえに知識のみならず、これを見破る目も相当だった。

能力の高さに加え、幾つもの対策を仕込んでいるカグラを欺くなど、同じ九賢者でもまず不可能なほどである。

だが、そんなカグラの目をもってしても見抜けなかったエタカリーナの幻影。カグラにしてみれば、脅威ともいえる相手であろう。

ただ――

「今のっていったいどういう魔法なの!? まったくわからなかったんだけど！ マナの安定性が違う？ いえ、それよりも反響領域の収束加減がもう別次元ね！ 何をどうしたら、そんな安定を維持出来るの!?」

だからこそとでも言うべきだろうか。カグラの興味は幻影によって隠されていたものではなく、その幻影自体に向けられていた。

いったい何をどうすれば、そこまで完璧な幻影を生み出せるのか。どのような術式を組めば、それほどまでに静かな状態を保てるのか。次から次へとカグラの疑問が飛び出して、あっという間に怒涛の質問攻めが始まっていた。

「いやいやいや、え？ そっちかい？ 待って待って、ほら、ほら角！ ね、角あるでしょ？ 普通ないでしょこんな角。ねぇ、ちょっとどういう事ー!?」

エタカリーナ自身は、自分の身の上について人々がどう思うか重々承知済みであった。ゆえにこれからされるであろう反応や、それからどうなるかという状況を幾つも予想し、覚悟していた。

加えて、それらを踏まえた説明までも用意していたわけだが、それらの予想にまったく存在しなかったカグラの反応を前にして、エタカリーナは完全に戸惑っていた。

「ティリエルー！　この子って何なのー!?」

そして最後には、ティリエルに助けを求める始末だ。

結果、エタカリーナが緊張して挑んだ衝撃の正体発表は、カグラという奇特な存在によってぐだぐだになってしまったのだった。


「――というわけで、私は天魔族の生き残りなの」

魔法については後でしっかり説明するからと説き伏せる事で、どうにかこうにかカグラを落ち着かせたエタカリーナは、とりあえず話を元の筋に戻す事に成功した。

そうしてようやく明かす事が出来た、エタカリーナの正体。それは天魔族というものであった。

「あー、確か、天使と悪魔の祖ってやつですよね――」

実は世界の秘密の一つにも数えられる事なのだが、カグラが一番初めに示した反応は、驚きでも動揺でも疑問でもなく納得だった。

なぜならば、以前に聞いた事があったからだ。

それは、ヴァレンティンの組織と協力するにあたり、色々な情報を共有した際に教えてもらった秘密でもあった。

その情報自体は、かなり重要なものだったが、カグラにならば話してもいいと判断されたようだ。

ヴァレンティンが、そのあたりについて詳しく教えてくれていたのだ。

神話よりも昔に存在していたという天魔族についての事を。

ある役目を終えた後、天魔族は転生門を使い、天使と悪魔になった。ただその際に世界の監視者として、また管理者として十人の天魔族だけが転生せず、この大地に残ったと。

「――って、聞いていたけど、まさかこんな形で出会うなんて思わなかったわね。その内の一人と知り合いって言っていたから、まあどこかしらにまだいるのかなって思ってたけど。やっぱり凄いのね、天魔族って。あんな魔法見た事ないもの」

見た目の特徴なども話には聞いていたため、心の準備は出来ていた。そのように答えたカグラは、だからといって驚いていないわけではないとも付け加えながら、それ以上に魔法が凄くてと再び目を輝かせ始める。

「えーっと、うん。まあ、今とはきっと構築基盤から違うだろうし、もう使えるのは私達くらいでしょうね。って、本当に気にするのはそこだけ!?」

天魔族など、もはや歴史書にすら載っていない存在だ。

誰それ、まったくわからないという反応をされるのが大半。知っている者にとっては、そんなばかなと驚かれるのが普通だろう。

友人からそんな話を聞いていたエタカリーナは、まさか天魔族だと名乗ってもこんな反応だとはと苦笑する。しかもそれどころか、魔法の方にばかり注目されるとは予想外だと困惑した。

「あ、そうそう。話は今の事に戻るけど。出来れば他の封鬼の棺も確認しておきたいんだけどさ、二人の確認状況ってどんな感じかな!?」

魔法への好奇心を燃やすカグラの相手をするのは面倒そうだ、というよりはそこばかりを気にするカグラに少々不満なのだろう。

エタカリーナは、魔法から話を逸らす作戦に出る。そのために元々の目的についての話題を引っ張り出したのだ。

「それでしたら――」

それを受けてカグラは、何の心配も要らないと説明する。一通り確認は完了したと。

開けられてしまった二つは対応済み。そして大陸北側のカグラ達が受け持った三つもまた、先日に確認を完了した。

そして南側の二つは、悪魔と行動を共にする仲間が対応しているため、まったく問題はないと話す。

「なるほど、そっかー……」

話はあっという間に終わってしまった。結果、さほど興味を逸らせておらず、「それで――」と再びカグラが魔法の話に戻ろうとしたところだ。ここが攻め時だと、エタカリーナの目がきらりと光った。

「全部で七つ……。うん、それで私に連絡してきたってわけか」

いったい何に気づいたのか。エタカリーナは、そう意味深に呟いた。

「なに……？　何か問題でもあったの？」

どこか訳知り顔のエタカリーナ。その顔は明らかに、カグラが知らない事を知っているぞという顔であった。

いわば、わかりやす過ぎる挑発であるが、だからこそカグラの興味は、そちらに逸れていった。

「状況的に、わからなくても仕方がないかな。これは、ほんの一部しか知らない事だからね――」

十分にカグラの興味を引けた事を確認したエタカリーナは、いよいよその秘密を口にした。「――実は、封鬼の棺って全部で八つあるの」と。

「ええ!?」

「そうなんですか!?」

これに驚いたのはカグラのみならず、ティリエルもまた同時に声を上げていた。

封鬼の棺を封じるため、その楔となっていたティリエル。だからこそ、より大きな衝撃を受けたようだ。

「いったい、どういう事なんですか!?」

驚きと戸惑いをその顔に浮かべたままエタカリーナに迫る。

「実はね、あの日貴女が楔になってから暫くして、もう一騒動起きていたの――」

封鬼の棺には、八つ目があった。けれどティリエルが心配する必要はない。エタカリーナはそのように前置きしてから、かつての出来事を語った。

精霊達のみならず、天使や悪魔の働きもあって、鬼達の遺骸は残らず全て封鬼の棺に納められた。

だがそれから数世紀が過ぎた頃、夥《おびただ》しい数の鬼達が散った大地の地底の方で異変が起きたそうだ。

後の調査の結果、その異変は大地に染みた大量の鬼の血が原因だと判明したらしい。大地に染み込んだ鬼の血が時間をかけて地底に染み出し空洞に溜まった事で、呪いに満ちた異形が生まれてしまったというのだ。

だが、それが悪さをするより先に、エタカリーナがその異変に気づいた。そしてこれが育ちきるより先に——面倒を起こす前に打ち倒したという事だった。

「——とはいえ、呪いを祓《はら》いきるまでは出来なくて。あのしつこさって、何なんだろうね。だから封鬼の棺と似たようなものを用意して封じ込めたの。一応念のため、異形の遺骸と呪いを別々に分けてね。だから正確に言ったら、棺はあと二つになるのかな」

そこまで説明したエタカリーナは、この事実と封じた場所を知っているのは、自分を含めてごく一部だけだと続けた。

「そんな事が、あったのですか……」

楔となり眠りについた後、鬼の一件でまた問題が起きていたとは。そう悔やんだ様子を浮かべるテイリエル。だが、そこまで気にするような事ではないと笑い飛ばしたエタカリーナは、「あれから、またこうして会えるなんてね」と言って笑った。

「八つ目……そこも気になりますね」

鬼が関係しているとあってか、カグラの関心はそちらに向かっていた。

これをしかと確認したエタカリーナは、この場を去る大義名分を得たと確信し、「それじゃあ、最後にそこを調べて終わりね」と口にするなり、どことなく逃げるように立ち上がった。

けれど、それはそれである。カグラは魔法の事も忘れてはおらず、逃がすものかと目を光らせる。だがそんなカグラよりも早く、ティリエルが言った。「私も、その場所を確認しておきたいです！」と。

これまでの間、七つある封鬼の棺を封じてきたティリエル。だからこそ、取りこぼしのような存在である八つ目が気になるのだろう。

それはもう意志の固い目でエタカリーナを見つめていた。

「……はぁ、わかった。ちょっと遠いけれど、一緒に行きましょう」

こうなるとティリエルは、とても頑固だ。その事をエタカリーナも知っているのだろう、これはもう仕方がないと諦めたようだ。そうため息交じりに答えるなり、ここから先の動き方について話し始めた。

何という事か、エタカリーナの魔法は二人までならばまとめて一緒に転移してしまえるそうだ。

そしてこれから目指す八つ目の場所は、カグラと出会った地点から行くのが一番近いらしい。ゆえに、転移用の印をもう一つそこに残しておいたとの事だ。

つまり転移で往復し送ってもらう事で、その場所からスタート出来るわけである。

「――まずはそっちに転移してから八つ目の場所まで歩いて丸一日……急ぎで行けばその半分くらい

で済むかな。んー、多分、日が変わって少しくらいの頃には到着出来ると思う」

　そのように説明しながら、転移の準備を始めるエタカリーナ。

　八つ目のある場所までピー助を飛ばした後、カグラが転移の目印を持って入れ替わる。その後、テイリエルとエタカリーナがカグラの許に転移すれば、陸路よりずっと早く到着出来るというわけだ。

「なるほど、確かにそれが一番楽で早そう。じゃあ、そうしよっか」

　カグラの案を採用したエタカリーナは、それから地図を広げるなり、八つ目のある地点を示した。

　だが、あまりにも昔の事であるためか「この辺り……だったかな」と、少し曖昧な言い方だ。

　流石に鬼の血が染みた場所に封じるわけにはいかず、それでいて適度に離れた場所を急いで選んだため、記憶が何となくぼやけてしまっているという。

「地図で見ると小さいけど、結構な広さよね……。それにエタカリーナさんの歩きで一日って、どのくらいなの……。思った以上に遠いんだけど」

　示された地点は、広い草原地帯。目印を隠してあるらしいが、それだけの範囲から探すのは相当に骨が折れそうだ。

　加えて距離もまた相当であった。最寄りの転移先からピー助を飛ばしたとしても、二、三時間はかかるだろう。そこから目印を探すとなったら更に何時間かかってしまうだろうか。八つ目の場所の入り口に到着するのは、下手をすると日をまたぐかもしれなかった。

「ちょっと時間を考えると、問題があるかも」

そのあたりの計算を終えたカグラは、そう難しい顔で告げた。

「問題？」

「はい。だから出発は明日の朝がいいかもですね。だから今日はこのまま、ちょっと魔法について色々と教えていただきたいなんて思ったり！」

その顔に懸念を浮かべたかと思えば、次にはその目を輝かせるカグラの変わりよう。それに対してエタカリーナは、確かに夜遅くなるかもしれないが、そこに何の問題もなさそうではないかとその場を見回す。

カグラ、ティリエル、そしてエタカリーナ。これだけの戦力が揃っていれば、到着が夜であろうと不都合はないというものだ。

だがエタカリーナがその辺りについて触れたところ、最も決定的な理由をカグラが明かした。

「えっと、夜遅くになると、ティリエルがお眠《ねむ》になっちゃいまして」

そう、ティリエルは早寝早起きの健康優良児なのだ。

「あー、そういえば夜はいつも早かったっけ。で、今もまだあの時のままなんだ……」

苦笑しながらも、どことなくからかうように言うエタカリーナ。ティリエルはというと、「今からでも大丈夫です！」と、どこか対抗するようにむくれっ面で返す。

だが、「本当に？　絶対に大丈夫かな？」と問いただしたところ、ティリエルは「うっ」と言葉に詰まり視線を泳がせ始めた。

「それじゃ、仕方がないね」

図星といったティリエルの反応。そして、そんなティリエルの事をよく把握しているカグラの事をちらりと見やったエタカリーナは、更にもう一段階信頼を寄せたようだ。

是非ともご教授をと期待するカグラに向き直るなり、「わかった。貴女の勝ち。教えましょう」と答えた。

これに喜びを示すカグラ。だがそこでエタカリーナは、不敵な笑みを浮かべながら、もう一言を添えた。

「でもその代わりに、貴女の本当の名前を教えてくれたらね」

どうやら彼女は、ウズメという名が偽名である事に気づいていたようだ。そしてそれには、よほどの理由があるのだろうとも見抜いている様子である。だからこその交換条件だ。

「う……」

まさかの条件を突き付けられたカグラは、途端に言葉を詰まらせる。カグラという名は、その状況と立場も相まって、おいそれと名乗れるものではなくなっているからだ。

ただ、どうしたものかと考えたカグラは、そんな条件を提示してきたエタカリーナをふと見つめながら思い返す。

カグラは、九賢者として色々と難しい立場である事は確かだ。しかし、目の前にいる彼女はどうだ。

太古の時代に存在しながら、もはや歴史にすら残っていないくらい遠い存在となり、更には今や十人しかいないという天魔族である。

考えてみれば、彼女の方がずっととんでもない状況と立場であるのだ。

そんな彼女が自ら名乗り、しかも天使ティリエルによってその真偽も証明済みだ。

「私は、カグラ。五十鈴連盟という組織の総帥ウズメであり、またアルカイト王国の将軍位で、九賢者という立場でもあります」

彼女に比べれば、九賢者がどうこうなどというのは大した秘密ではない。また何よりも、そんな天魔族の彼女が魔法を教えてくれるというのだ。カグラが守ろうとしていた秘密は、その利点に比べると綿のように軽くなるものであった。

それはもう素直に答えたカグラの目は、魔法に対する期待に染まっていた。

「一国の将軍様……か。結構な肩書があったのね。それがあちこち動いている事が知られたら、まあ面倒なのは確実か」

カグラがその名を隠していた理由に納得を示したエタカリーナは、それでいて思ったより葛藤もなく白状したカグラの魔法知識に対する貪欲さに苦笑する。

「ちなみに言っておくけど、教えてもよさそうな部分だけだからね。それ以上は期待しない事。いい？」

「もちろん、それで十分です！」

教えるとは言ったが、安全な範囲のみ。そのように念押しするエタカリーナに即答するカグラ。教えてもらえるのは未知の魔法だ。その基礎だけでも、知っているといないとでは大きな違いである。

「これは長い夜になりそうね！」

非常に研究しがいのあるテーマだと燃えるカグラは、そこで「あ、受付に言ってこなくちゃ」と思い出したように呟いた。

今は宿の部屋に直接エタカリーナが転移してきたという状況である。このまま彼女も滞在するとしたら、しっかり受付にも伝えなくてはいけないというものだ。

それはつまり、それだけの時間がかかる事を見越しての判断であり、全て教えてもらえるまで付き合ってもらうという意思の表れでもあった。

「それじゃあちょっと受付にいってきますが……絶対に待っててくださいね！」

そのように告げたカグラは、ティリエルにも絶対逃がさないようにと念押ししてから部屋を飛び出していった。

ティリエルは「お任せください！」と返事をして、エタカリーナを嬉しそうに見つめた。

そしてエタカリーナは、そんなティリエルを見やり、やれやれと肩を竦めて微笑むのだった。

（あ、話し声。よかった、ちゃんと待っていてくれたみたいね）

追加分の受付を済ませてから戻り扉を少し開けたところで、ティリエルとエタカリーナの話し声が聞こえてきて安堵するカグラ。

昔から相当に仲が良かったのだろう、ティリエルの声といったらかなり嬉しそうである。

「受付済んだから、もういつまで話していても大丈夫よ！」

その声にカグラもまた嬉しくなりながら部屋に戻ったところ――。

「カグラちゃん……随分苦労したのねぇ……」

先ほどの話し声から一転。いったい二人は何を話していたというのだろうか。振り返ったエタカリーナは、沈痛な表情でそんな言葉をかけてきた。

「え？　……え？」

急な変化に戸惑うカグラ。どういった話の流れから自分に矛先が向く事になったのか、窺うようにティリエルに説明を求めた。

ティリエルは言う。何でもエタカリーナは人里から離れていた間、あまり得られる情報が多くなかったそうだ。そのため最近の出来事なども含め、色々と教えていたのだという。

「貴女の事も、色々と聞かせてもらったよ……」

その中でも、特に五十鈴連盟とキメラクローゼンなどについての事は、詳細に話したようだ。エタカリーナの顔は、優しくも同情的な色に染まっていた。

ティリエルが話した内容は、キメラクローゼンの悪行と被害。これに立ち向かった勇士達。そして五十鈴連盟の長期に亘る活動と決着。封鬼の棺の状態と処置。そして最後に、五十鈴連盟始まりの理由——風の精霊リーシャについても触れたらしい。

「話した覚えがないんだけど、それをどこで……」

特にリーシャについては、ティリエルにも言った覚えのないカグラ。だがその事を、なぜティリエルが知っていたのかというと「アリオトさんが教えてくださいました！」というわけだった。

どうやらティリエルは、五十鈴連盟の幹部連中とも色々と交流があったようだ。特にその一人であるアリオトなどは初期メンバーであるため、カグラの愚痴だなんだに付き合わされる事も多かった。ゆえに、そういった事情なども把握しており、それがティリエルに伝わったという流れだ。

「あいつ……またそんな細かいところまで……」

わざわざ話すような事でもないだろうにと苦笑するカグラ。ただティリエルは、そんなカグラの活動と経歴を余程尊重しているようだ。是非ともエタカリーナに知ってほしかったのだと、我が事のように自慢げですらあった。

「もう……」

誇らしげにカグラの事を話すティリエル。色々と裏話を知られて恥ずかしそうなカグラ。

ただティリエルの想いが功を奏したのか、そんなカグラの人間性にエタカリーナは、かなりの好感を抱いたようであった。

「さあ、ほら。知りたいんだろう？　今は失われた神代《かみよ》の魔法をさ」

先ほどまでは仕方なしにといった態度であったが、今は違う。その言葉と彼女の顔には、積極性が表れ始めていた。

「知りたいです！」

エタカリーナの言葉の効果は覿面《てきめん》だった。即答したカグラは、それはもう風の如き速さでその前に正座して、期待の眼差しで彼女を見やる。

「……こほん。えっと私達が使う魔法っていうのは、いわば原点みたいなものでね。長い年月をかけて細分化されていったものが、ティリエル達が使う魔法だったり、今あなた達が使うような術だったりするの――」

素直さと真っすぐな好奇心は、ティリエルが話していた通りのカグラである。ただ、そこに僅かに交じる貪欲さと熱意には、少々内容を選んだ方がいいかもしれないと思わせる何かがあった。

ゆえにエタカリーナはそのように前置きした後、「カグラさんには、その始祖となる魔法の一つを教えましょう」と続けたのだった。

あとがき

お買い上げありがとうございます！

十八巻です。ここまでこられたのも、こうして買い支えてくださった皆様のお陰でございます。

多くの方々に助けられ、ここにいるのだと実感する日々です。

こうして本を出せている今、有難い事に色々と考えてご飯も食べられるようになりました。

バイト時代は、米、缶詰、納豆だけで過ごしていましたからね。今振り返ると、よくぞそこまで偏った食事で大丈夫だったなと思います。

ただ、それでも大丈夫だったのは、多分きっと納豆があったからでしょう。

偏っていながらも、欠かさず食べていた納豆。健康食として定番とされるその可能性を存分に実感しましたね。

と、そんな納豆ですが、とてつもなく種類が豊富であると知る方も多いはずです。豆の種類のみならず、何やら納豆菌にも色々あるのだとか。

そこで思いました。今度は、そんな納豆を色々試してみようと！

今ならば、お高めな納豆にも手が出せる。重ね重ね、本当にありがとうございます！

次巻の頃には、納豆パワーで今よりも健康になっているかもしれません！

Profile

りゅうせんひろつぐ

今を時めく中二病患者です。
すでに末期なので、完治はしないだろうと妖精のお医者さんに言われました。
だけど悲観せず精一杯生きています。
来世まででで構いませんので、覚えておいていただけると幸いです。

藤ちょこ

千葉県出身、東京都在住のイラストレーター。
書籍の挿絵やカードゲームの絵を中心に、いろいろ描いています。
チョコレートが主食です。

GC NOVELS

賢者《けんじゃ》の弟子《でし》を名乗《なの》る賢者《けんじゃ》 18

2023年2月5日　初版発行

著　　者　りゅうせんひろつぐ
イラスト　藤《ふじ》ちょこ

発 行 人　子安喜美子
編　　集　伊藤正和
装　　丁　横尾清隆
印 刷 所　株式会社平河工業社
発　　行　株式会社マイクロマガジン社
〒104-0041　東京都中央区新富1-3-7　ヨドコウビル
[販売部] TEL 03-3206-1641／FAX 03-3551-1208
[編集部] TEL 03-3551-9563／FAX 03-3551-9565
https://micromagazine.co.jp/

ISBN978-4-86716-387-0　C0093

本書は小説投稿サイト「小説家になろう」(https://syosetu.com/)に掲載されていたものを、加筆の上書籍化したものです。

第10回ネット小説大賞
大注目!!
受賞作が
同時発売!!
品が遂に!!
純粋で素直な
9歳の少年、
家をとび出し
冒険者になる!?!!
冒険者ギルドが十二歳からしか
入れなかったので、サバよみました。①
小説／KAME　イラスト／OX

話題の二作
トマトで領地を発展!?
魔族と一緒に国造り!
'23年
GCノベルズより発売!!
魔王スローライフを満喫する
～勇者から「攻略無理」と言われたけど、そこはダンジョンじゃない。トマト畑だ～ ①
小説／一路傍　イラスト／Noy